10/18
12, AVENUE D'ITALIE. PARIS XIIIe

Sur l'auteur

Kerry Hudson est née en 1980 à Aberdeen. Avoir grandi dans une succession de HLM, *Bed and Breakfasts* et campings à l'année lui a fourni la matière de son premier roman. Après *Tony Hogan m'a offert un ice-cream soda avant de me piquer maman*, elle signe son nouveau roman, *La Couleur de l'eau*, récompensé par le prix Femina étranger 2015, aux éditions Philippe Rey. Elle vit, travaille et écrit à Londres.

KERRY HUDSON

TONY HOGAN M'A PAYÉ UN ICE-CREAM SODA AVANT DE ME PIQUER MAMAN

Traduit de l'anglais (Écosse)
par Françoise Lévy-Paoloni

10/18

PHILIPPE REY

Titre original :
Tony Hogan bought me an ice-cream float before he stole my ma

ISBN 978-2-264-06445-5

Pour les trois meilleures femmes que je connais :
Susanna, Maria, Levia

1

« Sors de là, putain de foutue petite morveuse ! » furent les premiers mots que j'entendis de ma vie. La sage-femme au visage luisant, qui apprit ce soir-là un tas de nouvelles tournures, caressait les cheveux de ma mère.

« Vous allez bien toutes les deux. Faudra vous faire quelques points plus tard… la petiote vous a un peu déchirée en sortant. »

Maman me posa, toute collante et molle, sur sa poitrine, en se demandant comment une chose aussi rose, plissée et fragile pouvait être assez méchante pour déchirer l'être censé l'aimer le plus au monde. Mais les femmes Ryan étaient ainsi : poissardes jusqu'à la moelle, elles étaient toujours prêtes à en découdre et savaient frapper là où ça fait mal.

Je n'étais pourtant pas méchante. Personne n'aurait su dire si j'étais intelligente ou maligne comme ma grand-mère l'avait prédit en soufflant des ronds de fumée de ses Benson & Hedges au-dessus du ventre distendu de ma mère. J'étais un « bébé difficile » qui ne cessait de grimacer et de recracher le sein. Les marbrures de ma peau délicate témoignaient de mon indignation d'avoir été arrachée aux forceps d'une niche douillette et chaude où j'étais parfaitement heureuse.

Malgré mes coups de pied dans tous les sens et mes griffures sur le visage, j'avais la chance d'être jolie. Tout le monde le disait ; un bébé de rêve aux yeux très bleus, un nez et un front aux formes parfaites.

« C'te gamine va faire des ravages, décréta mémé en lissant son pantalon de nylon vert pomme. Et des tas de jalouses aussi. J'suis bien placée pour savoir que c'est pas facile d'être jolie. » Les yeux violets de mémé se remplirent de larmes qui se faufilèrent dans la poudre claire jusqu'aux rides dessous.

Maman me serrait contre sa poitrine osseuse, mon derrière posé sous ses côtes saillantes, contre le bourrelet de chair, unique vestige de mon cocon.

« Oui, elle ressemble à son papa. Il était superbe avec ses yeux bleus d'Américain. C'est son portrait craché. »

Le visage de maman se décomposa, sa bouche s'affaissa, elle poussa un gémissement et devint toute rouge. Je me demandais dans quel monde j'avais atterri.

D'autres mères du service vinrent m'examiner avec méfiance et s'assurer que je n'étais ni plus grosse, ni plus éveillée, ni plus jolie que leur bébé. Les gens de la famille arrivèrent et se penchèrent si près de mon visage que je pus sentir s'ils avaient picolé ou mangé au petit déjeuner. La plupart avaient picolé.

Tonton Frankie, avec ses taches de rousseur, ses yeux de la couleur du ciel d'Aberdeen et ses cheveux cuivrés, soyeux, me souleva et me brandit au-dessus de sa tête comme un trophée de football.

« T'as réussi, frangine ! Et c'est vraiment une petite beauté ! »

Quoique pas plus grand que maman et un rien enveloppé, il faisait rire les autres mères qui rangeaient leurs mèches de cheveux derrière leurs oreilles, tandis que les infirmières haussaient les sourcils et rentraient le menton, attitude courante chez elles, je l'avais remarqué.

Ma grand-tante Aggie débarqua avec ses lunettes comme des soucoupes et un sachet bien entamé de bonbons acidulés au citron. Elle déclara que j'étais le portrait craché de Rodney Boyle, son premier amour qui lui avait brisé le cœur, et alla s'asseoir au pied du lit, une clope éteinte à la main, pour mettre mémé au courant du « fiasco Andy Maguinness ». Mes oreilles, pas plus grandes qu'une lamelle de champignon de Paris, m'apprirent que le petit jeune « l'avait bien cherché ». Quand elles eurent fini de savourer les bonbons acidulés et les détails juteux – « debout dans les toilettes de la gare routière, Aggie. Tu imagines, la saleté ! J'y ficherai plus jamais les pieds, j'te l'jure » –, elles hissèrent leur sac à main et, perchées sur leurs hauts talons beiges, filèrent au bingo.

La lumière tremblotante fut éteinte et l'infirmière me coucha dans le berceau en plastique. Quand le crissement de ses chaussures se fut assez éloigné, maman me prit dans ses bras et cala ma tête dans le creux de son épaule. Je lui offris une minute de silence, fis une moue de mes lèvres si petites et si jolies qu'on avait envie de les croquer comme un bonbon, moue que maman prit joyeusement pour mon premier sourire. Ce n'était en fait que l'amorce d'un pet. Sentant ses bras se relâcher à l'approche du sommeil, je remplis mes poumons et me mis à hurler comme seule une femme Ryan sait le faire.

La grincheuse d'en face se redressa et alluma vivement sa lampe de chevet.

« Pour l'amour du ciel, ma vieille… » Sa croix en or brilla quand elle se pencha en avant. « Occupe-toi de ta mioche et laisse-nous un peu de repos. Elle va tourner enfant gâtée avant même de quitter le berceau. »

Ma mère, Iris Ryan comme on l'appelait, se redressa et déclara avec toute la dignité dont était capable une femme avec deux taches de lait humides sur sa chemise de nuit : « Ma môme peut pleurer autant qu'elle veut ! De toute façon, ça doit être ta sale gueule qui lui fait peur ! »

Elle posa ses jambes lourdes sur le sol et m'emmena arpenter les couloirs verts et luisants. Je cessai de pleurer, lui fis cadeau d'un nouveau sourire vague et compris pour la première fois qu'elle était ma mère et que, à partir de cette nuit, c'était nous contre le reste du monde.

Tonton Frankie emprunta une voiture rouge à son copain Gros Bras. Emmaillotée à l'intérieur de mon couffin sur les genoux de maman installée dans le siège avant, je suçais deux doigts, les pieds couverts des mouchoirs entortillés et trempés que maman ne cessait de fourrer là. Ça faisait vingt-quatre heures qu'elle pleurait, ses sanglots étaient de moins en moins sonores et ses yeux de plus en plus bouffis. Elle avait tellement pleuré qu'on ne voyait plus la moindre trace de son mascara. Frankie lui dit même qu'il la reconnaissait à peine. Ce jour-là, maman effaça des années de résidus de mascara.

« Allez, frangine, tu rentres à la maison. M'man va s'occuper d'la môme et toi, tu vas t'reposer. »

Maman se mordit les joues en regardant droit devant elle. Ses larmes coulaient et mouillaient l'encolure de son tee-shirt.

« Démarre, Frankie. »

Au lieu de cela, il tendit la main vers la banquette arrière et attrapa un sac en plastique.

« Et r'garde ce que j't'ai apporté. Un p'tit cadeau ! »

Maman le prit, coinça le sac entre son ventre et mon couffin, puis attendit que la voiture démarre.

« Allez, ouvre-le. »

Elle écarta les bords du sac et en sortit une fine bouteille noire de vodka et une minijupe d'un rose atroce que, même avant sa grossesse, ma maigre petite maman n'aurait jamais pu enfiler. Elle contempla la jupe rose comme si elle cherchait à déchiffrer un code et la retourna entre ses mains.

« C'est quoi ? demanda-t-elle, la colère asséchant ses larmes. C'est une blague ? Tu te fous du gros cul de ta sœur ? »

Les yeux bleus de Frankie s'écarquillèrent de confusion et il se mit à rougir sous ses taches de rousseur. « Quoi ? Reenie, non, je…

— C'est Iris, putain, j'te le redirai pas ! Merde ! Je me suis pas tapé tout ce foutu chemin jusqu'à Londres pour être toujours la même Irene en rev'nant ! » Un postillon atterrit sur ma joue, mon moteur s'emballa, j'émis quelques hoquets et commençai à pleurer.

« Iris. Pardon. Mais, j'te jure, c'est pas une blague. J'voulais juste te rappeler que les sorties le soir, c'est loin d'être fini. Maintenant que t'es plus en cloque, tu vas pouvoir aller faire la fête. Et Shelley, c'est ma nouvelle copine, elle devait venir m'aider à te choisir une fringue, mais elle a dû garder un môme et j'ai juste… »

Même avec les yeux fermés pour pouvoir sortir mes vagissements les plus sonores, je savais que Frankie était au bord des larmes.

« Laisse tomber, Frankie. On y va.

— Tu vois, Reenie, j'veux dire Iris. J'ai acheté ce p'tit truc en attendant que tu viennes avec moi choisir quelque chose qui te plaise. » Le bruit de la pluie fouettant le pare-brise et mes hurlements de colère rendirent cette dernière phrase à peine audible.

Les larmes s'amassaient sur les cils de maman. « Désolée, Frankie. C'est gentil de ta part. J'suis fatiguée. Tu veux bien démarrer ? »

Frankie contempla maman qui fermait les yeux, la tête appuyée contre le dossier, puis il regarda mes jambes et mes poings qui s'agitaient au rythme de mes cris, et il secoua la tête.

« Et encore un truc, dit maman, les yeux toujours fermés. Qu'est-ce qu'il y a de si important pour que maman ait pas pu venir ? »

Une goutte de sueur apparut sur le front de Frankie et roula dans ses épais sourcils bruns. Il chercha où poser son regard mais ne trouva rien.

« Ah, heu, le bingo. »

Le visage de maman prit des couleurs pour la première fois de la journée et elle ouvrit brusquement les yeux. « Tu veux dire que c'est à cause du bingo – *numéro 88 : deux grosses dames, numéro 11 : deux jambes !* – qu'elle est pas venue chercher son premier petit-enfant ? »

Frankie éteignit le chauffage et se frotta la nuque du plat de la main. « Ouais, mais c'est… » Il jeta un coup d'œil à maman puis adressa le reste de sa phrase à ses genoux en un murmure : « … triple cagnotte le jeudi.

– Putain, la salope. »

En sortant du parking, maman regardait droit devant elle, les yeux brillants et sans larmes, et je laissai le sommeil envahir mon petit corps épuisé.

On traversa la cité grise et Frankie nous accompagna à la porte, moi et la bouteille de vodka sous un bras, un nounours avec un nœud rose sous l'autre. Maman l'informa qu'il pouvait garder la jupe pour faire ses vitres et nous suivit en traînant son sac à provisions contenant une chemise de nuit, un bouquin de Harold Robbins et quelques serviettes hygiéniques sales.

Sur le seuil, maman fit une grimace qui pouvait passer pour un sourire.

« Merci d'être venu nous chercher. Et désolée pour tout à l'heure, je suis rien qu'un paquet d'hormones. J'arrive pas à croire que je suis revenue dans ce trou. »

Frankie se pencha pour l'embrasser. Leurs têtes toutes proches me firent de l'ombre, et puis le ciel bleu et les nuages chargés de fumée surgirent de nouveau entre eux.

« Écoute, tu vas être une mère super. Tu t'rappelles comment tu t'es occupée de moi ?

— Ouais, notre chère maman était toujours à moitié bourrée ou partie au bingo, alors... y a pas grand-chose de changé, hein ? Tu montes boire un verre de cette vodka de luxe ? Arroser la naissance de la gamine ?

— Désolé, frangine. Shelley m'a promis qu'elle me le revaudrait si je ne venais pas faire les courses.

— Alors, Roméo, vaut mieux que tu la fasses pas attendre. »

Le sourire de Frankie s'effaça. « Y a autre chose. » Il me tendit à maman, posa la vodka et le nounours sur le seuil et sortit une enveloppe brune de sa poche arrière. « Bon, te fâche pas. C'est juste un peu de thune au cas où un truc arriverait et que tu veuilles pas retourner chez McHennessy. »

Les yeux de maman se remplirent de larmes quand il glissa l'enveloppe dans mon couffin. « Frankie…

— C'est pas beaucoup à cause du loyer qui augmente et de la nouvelle télé, juste quelques biftons au cas où.

— T'es trop gentil, ça oui. » Ils se regardèrent. « Bon, tu vas pas faire attendre ta chérie ? »

Frankie fit un autre baiser rapide à maman et saisit ma main entre le pouce et l'index. « Elle est magnifique », et il descendit les marches d'un bond.

« Hé, Frankie ? cria maman dans son dos. Bon Dieu de merde, mets une capote ! T'as pas envie de te retrouver avec un truc comme ça ! » Mais il était déjà dans la voiture et « Too much too young » des Specials faisait vibrer les vitres.

Maman eut du mal à ouvrir la porte, la vodka sous un bras et moi en équilibre sur ses genoux. Le petit appartement sentait la cigarette et la vaisselle sale. Dans la chambre, maman s'assit sur le lit défait, me posa derrière elle et attrapa un papier sur la table de nuit sur lequel était écrit « IRENE » en grosses lettres majuscules avec un gribouillis en rond au-dessus du R, là où le stylo avait cessé de marcher. Maman se pencha en avant et je vis les bosses de ses vertèbres à travers son tee-shirt, et ses épaules s'affaisser quand elle eut fini de lire.

« Bon, mon bébé, mémé veut qu'on sorte acheter du lait et un paquet de Benson & Hedges. Putain de bienvenue à la maison. »

Elle me posa dans mon petit berceau et entre les barreaux, je vis le reflet de la bouteille qu'elle portait à ses lèvres.

La vodka était à moitié vide quand maman sortit en titubant de la pièce et revint avec le nounours rose, trempé et crasseux après des heures passées sur le seuil. Elle le mit dans mon berceau, puis elle s'allongea et s'endormit d'un sommeil si profond que même mes cris de famine ne la réveillèrent pas.

2

Mémé avait préparé du *mince and tatties* avec du *skirlie*[1]. C'était le jour où elle touchait sa retraite. Vêtue d'une chemise de nuit en nylon aux manches en dentelle qui grattait, maman mélangeait sa bouillie de flocons d'avoine et d'oignons avec les pommes de terre.

« Ouais, bon, je m'attendais pas à ça, c'est tout. Ça fait seulement quelques jours que je suis rentrée.

— Je me suis dit, puisque tu la mets pas au sein, ça change rien que ce soit toi ou moi. Et McHennessy's paie mieux que le chômage.

— Mais j'en ai marre, maman. Les bottes blanches qui puent les pieds des autres bonnes femmes, les seaux d'eau sanguinolente et l'odeur dégueulasse des entrailles de poisson. Je suis pas une poissonnière et je veux pas le devenir.

— C'est pas assez bien pour toi, hein ? Mademoiselle la putain de princesse se trouve trop bien pour la pêcherie depuis qu'elle est allée à Londres et s'est fait mettre en cloque par un Ricain ? Là,

1. Plats écossais. *Mince and tatties* : viande hachée avec des pommes de terre et des oignons. *Skirlie* : flocons d'avoine frits. *(Les notes sont de la traductrice.)*

t'es vraiment gonflée ! C'était assez bien pour faire bouillir la marmite de ma mère et de sa mère avant elle. »

Maman mélangea moins vite ses pommes de terre et agita le pied gauche.

« Arrête, m'man, c'est pas ça. C'est juste que je veux apprendre à connaître ma gosse. Et quand tu seras au bingo ou que tu voudras aller au Black Dog ?

— Je l'emmènerai, bien sûr. »

Maman contempla le mélange boueux dans son assiette, les lèvres serrées. « Eh ben, j'y retournerai pas et tu peux pas m'y obliger. »

Mémé posa son couteau et sa fourchette à côté de son assiette à moitié pleine et attrapa ses clopes. « Merde, tant que t'es chez moi, j'te prie de croire que tu vas y aller. On dirait que t'as oublié que c'est toi qui es venue frapper à ma porte, sans un rond et sans père pour ta môme. » Mémé ne parlait pas plus fort, mais sa voix était pareille à l'acier : froide, coupante, prête à trancher. Maman n'avait pas peur, elle avait l'habitude des paroles acérées de sa mère.

« Quoi ? Et tu vas la traîner de pub en pub comme tu l'as fait avec nous ?

— Qu'est-ce que c'est censé vouloir dire ? Au moins, y avait un homme à la maison, quelqu'un que vous appeliez tous papa.

— Sauf que c'était pas un homme, hein ? C'étaient trois hommes, et quelle putain de brochette de charmeurs ! »

Mémé tira une taffe de sa clope et l'écrasa. « Au moins ils étaient là et ils m'aidaient à ramener du fric à la maison. C'est pas comme le tien. C'est pour ça, petite ingrate, que tu dois travailler. »

Au milieu de mon nid d'oreillers sur le canapé, je voyais l'éclat des couverts dans les mains crispées de maman.

« Et où ils sont maintenant, hein, m'man, tes super mecs ? Tu les caches sous l'évier ? Tu vas peut-être filer dans une chambre de luxe au Palace Hotel pendant que je suis à la pêcherie ? Parce que, la dernière fois que je suis venue, y avait que toi, toute seule, dans ce trou à rats. »

Elle posa ses couverts sur l'assiette. Le visage de mémé se fripa, comme si l'air avait été aspiré de ses joues par ses lèvres, mais elle se reprit, leva le menton et pointa un ongle verni sur maman.

« Quelle garce ingrate ! Te moquer d'une pauvre retraitée qui t'a accueillie et qui, par pure bonté d'âme, te propose de s'occuper de ta petite bâtarde.

— Ah ouais ! Parce que tu t'en es si bien occupée le jour où on est sorties de l'hôpital.

— T'es toujours la même Irene Ryan, tu changeras jamais. L'avorton de la portée, le mouton noir. Tu fous le camp à Londres et tu te fourres dans je sais pas quoi. Tu traînes avec un Ricain qui pense qu'à te plaquer le plus vite possible. T'as toujours été tarée, mais j'ai jamais écouté les ragots, je gardais la tête haute et c'est pas pour ça que j't'ai pas aimée. » Le dentier de mémé sortit de sa bouche et elle le remit en place d'un coup sec. « T'as jamais été une vraie Ryan, t'es rien de mieux qu'un coucou qui s'incruste dans le nid. »

Je sentis que je roulais de côté, je voyais le visage abasourdi de maman à l'envers, puis le sol se précipita vers moi, mon bras et mon épaule explosèrent avec un bruit sourd, la moquette marron à l'odeur aigre me râpa la joue.

Silence, six poumons en suspens, maman et mémé me fixaient, horrifiées, puis je me mis à hurler : brûlure sur ma joue duveteuse, explosion de douleur dans mon épaule pas plus solide qu'un cure-pipe ou de la pâte à modeler.

Maman me ramassa. « Tu vas bien ? » Elle secoua mes membres un par un. « Elle va bien ? » Elle se tourna vers mémé qui me prit sans ménagement.

« Bah, c'est rien. Regarde, elle se débat et c'est juste une petite brûlure à cause du tapis, mais ça prouve que t'es pas capable de t'occuper d'elle. »

Maman m'inspecta, les lèvres si serrées qu'elles ne formaient qu'un trait, et tendit les bras pour me récupérer. « Je vois bien ce que t'essaies de faire. T'essaies de me prendre mon bébé, mais t'y arriveras pas. Elle est à moi et t'arriveras pas à me retenir ici en me la volant. »

Maman tirait sur les poignets de mémé pour les détacher de ma taille. Ma tête bringuebalait dans tous les sens pendant la bagarre.

« T'es pas capable d'être une bonne mère et tout le monde te dira la même chose.

— Ah ouais ? Regarde-toi dans la glace, maman. »

Dans un éclair de folie géniale, maman leva les mains et chatouilla les aisselles moites de mémé, puis m'attrapa. Ma tête partit en arrière avec la violence du geste.

« T'es rien qu'une vieille sorcière aigrie et tu nous reverras pas, ni elle ni moi. Je suis sa mère, bonne ou pas, et c'est pas à toi ni à personne d'autre d'en juger. »

Mémé ramena sa main en arrière et assena une gifle qui résonna dans ses assiettes décorées d'un motif de chasse au renard et retentit dans mes oreilles comme un cri.

« Alors, fous le camp de ma putain de maison.
— T'en fais pas, on s'en va. »

Mémé se rassit dans son fauteuil, alluma la télé et ne se retourna pas quand maman sortit, me tenant sur un bras et palpant d'une main tremblante la marbrure rouge et brûlante sur sa joue.

On partit dans la rue sous la pluie, maman en chemise de nuit, manteau et tennis crasseux, et moi dans un moïse posé sur mon landau. Sous moi, un tas de slips mélangés à des hochets et des flacons de shampooing qui fuyaient.

Maman m'avait emmitouflée dans ma combinaison en grognant chaque fois que mes jambes s'échappaient. On était sorties dans un tourbillon de vêtements saisis au vol, de cris et, finalement, en jetant dans la boîte aux lettres l'enveloppe pleine des billets de tonton Frankie. Les billets éparpillés pour rappeler à sa mère qu'elle ne vivait aux crochets de personne. La fille de la météo nous avait annoncé « de la pluie, de la pluie et encore de la pluie » d'une voix sonore, comme si le volume de la télé était en soi la preuve que mémé ne réagissait pas.

Il pleuvait à verse. J'imaginais les gouttes glissant sur les centimètres de peau nue entre le manteau de maman et ses tennis, mouillant ses chevilles osseuses. Arrivée à la cabine téléphonique, maman cala le landau à moitié à l'intérieur et farfouilla jusqu'à ce qu'elle trouve une pièce de dix pence. Elle s'y prit à deux fois avant de composer le bon numéro.

« Frankie ? Non, elle va bien, mais maman et moi on s'est disputées à mort et elle nous a virées. On sait pas où aller. Tu viens nous chercher ? Il tombe des cordes. »

La pluie parsemait ma couverture de diamants mouillés et brillants.

« Quoi ? Comment ça, tu veux pas prendre parti ? Bordel de merde ! Comment ça, y retourner ? Elle m'a foutue dehors et en plus elle m'a giflée, pendant que j'avais la petite dans les bras et tout… Je l'ai fourrée dans la boîte aux lettres, je veux pas qu'elle dise que je vis à ses crochets… Ouais ? Eh ben, va te faire foutre ! »

Elle raccrocha brutalement, frappa la vitre du plat de la main, me regarda avec pitié, peut-être un peu de haine, décrocha de nouveau et tapa vivement trois chiffres.

« Allô ? dit-elle d'une voix plus douce et plus polie. Non, pas les pompiers ni les ambulances. Peut-être la police ? Oui, ben, je suis dehors sous la pluie avec un bébé de deux semaines et on n'a nulle part où aller. » Elle écouta et murmura tout bas « connasse ».

Le temps que maman débite des demi-vérités (une gifle, un bébé, nulle part où passer la nuit) et des demi-mensonges (pas de porte claquée, pas de gentil facteur avec des billets de vingt livres, pas de va te faire foutre à Frankie), on avait une adresse.

J'étais mouillée, je pleurais ces grosses larmes vaines de bébé qui croit qu'on lui doit quelque chose. On marcha vingt minutes en passant devant des fenêtres derrière lesquelles il faisait chaud et des portes entrouvertes de pubs d'où fusaient des éclats de rire. Maman pleurait aussi, ses larmes salées se mêlaient à la pluie et faisaient briller ses joues. La famille qui pleure de concert reste unie. Aberdeen, froide, dure et grise comme on pouvait s'y attendre d'une ville taillée dans le granit.

Une femme portant foulard en plastique, anorak et bottes en caoutchouc nous arrêta.

« Tout va bien, mon chou ? » Elle jeta un coup d'œil à la peau bleue de maman, là où son manteau était ouvert. « Vous ne devriez pas être dehors par ce temps. » Elle regarda dans le landau mon visage rose qui hurlait et la pile de vêtements trempés. « Et avec un bébé. Vous savez où aller, ma petite ?

— On va quelque part. Merci quand même.

— Où ça, mon chou ? Pourquoi vous ne prenez pas le bus ? » Elle regarda le tas de vêtements, l'énorme landau de luxe que Frankie avait acheté. « Non. Peut-être qu'un taxi serait mieux pour vous ? »

Maman exhalait des sanglots muets.

« Non, franchement, c'est plus qu'à dix minutes. Vous en faites pas, on va quelque part. »

La femme, joues rouges et rebondies, prit maman par le coude. « Alors vous allez me laisser vous mettre dans un taxi, d'accord ? » Elle regarda attentivement le visage de maman. « Pour le bébé au moins, si ce n'est pas pour vous. »

Maman hocha la tête. Et toutes les trois on attendit qu'un taxi passe dans les flaques de la rue luisante. Le taxi qui allait nous emmener quelque part où il ferait chaud, une fois que le chauffeur aurait casé dans le coffre nos slips, nos flacons de shampooing et notre landau, et que la femme aurait fourré un billet de cinq livres dans la main de maman et fait le signe de croix en entendant l'adresse – même si on ne pouvait la connaître que si on y avait été soi-même. Maman prit le billet dans sa main molle et mouillée et ne pensa pas à dire merci quand le taxi démarra.

C'est ainsi qu'on se retrouva au Refuge de femmes de Grafton, une maison d'apparence si inoffensive que personne n'aurait pu deviner le nombre de visages et d'espoirs meurtris qu'elle abritait.

Des années plus tard, on me raconta cet épisode à la manière d'une histoire drôle pour me mettre en garde contre le fameux caractère des femmes Ryan, mais au moment où maman rassembla son courage pour sonner à la porte, il n'y avait rien de drôle, rien du tout, chez cette femme tremblante de vingt ans en chemise de nuit et manteau, avec un bébé qui hurlait dans le landau à côté d'elle.

Un cercle de lumière, une étoile brillante, apparut au milieu de la porte et disparut tout aussi vite.

La porte s'entrouvrit sur une frange brune et un nez qui se leva puis s'abaissa en nous évaluant. Puis elle s'ouvrit en grand, enveloppa nos piteuses silhouettes d'une lumière sirupeuse et j'entendis maman pousser un soupir, laissant échapper tout le froid, toute l'horreur de l'après-midi.

La femme sur le seuil sourit, scruta la mine de maman et, en me voyant, sourit encore plus. Elle avait des cheveux courts, dont la coupe évoquait un lavabo et une paire de ciseaux de cuisine. Elle était petite, trapue, portait un sweat-shirt vert à pompons, et je n'avais encore jamais vu autant de bonté sur un visage durant mes deux courtes semaines d'existence.

Une douce odeur de tomates et d'ail planait dans le hall.

« Iris, c'est ça ? Je suis Jane, la directrice du centre. » Elle eut un petit rire bref et sourit devant l'expression de maman. « On a téléphoné pour nous prévenir de votre arrivée. Vous êtes en sécurité. »

Son accent était différent, les mots glissaient comme du beurre au creux des oreilles.

Tout était si calme que je me demandais si les gens qui vivaient là allumaient parfois la télé ou émaillaient leurs phrases de gros mots et de cris destinés à blesser.

« Bon, je vous emmène à l'accueil et je vous installe. Je suis sûre que vous êtes épuisées et que vous avez froid. »

Maman laissa le landau dans le hall et me prit dans ses bras. On entra dans une pièce bien chauffée, avec un papier peint rose à fleurs et de gros fauteuils orange. Un chauffage électrique trônait dans un coin et une lumière jaune dansait derrière les morceaux de charbon en plastique poussiéreux.

Dans un des fauteuils, une tête d'un blond sale était penchée en avant. Elle se tourna et je vis deux grands yeux bleus remplis de terreur et un visage pareil à un fruit écrasé et trop mûr : jaune et violet, plein d'entailles, gonflé et enfoncé aux mauvais endroits.

« Oh, Sandra. Vous attendez toujours le docteur ? Désolée, j'installe Iris et je vais voir si je la trouve. »

Maman regarda bouche bée la fille assise dans le fauteuil. Elle était peut-être plus jeune qu'elle.

« Bien, Iris, nous parlerons de tout cela demain. En attendant je vais…

— Y a rien à dire.

— Bon, vous ne parlerez que de ce que vous voudrez. Nous avons le temps. Je vous en prie, ne vous faites aucun souci pour le moment. »

Maman tournait la tête de tous côtés, cherchant une échappatoire. « Non, ce que j'veux dire, c'est que je suis pas comme elle. » Elle fit un signe de tête vers la fille qui répondit par un « Ha ! » moqueur.

Maman se mordit la lèvre. « Désolée, je voulais pas dire... Non, je voulais juste dire que je crois qu'il y a erreur. Je ne savais pas que c'était ici qu'on nous envoyait. »

Jane posa la main sur l'épaule de maman. « Écoutez, quel que soit votre problème, et ici tout le monde est différent, je vous le promets, il y a une place pour vous et... comment s'appelle votre petite fille ? Je peux ? »

Elle ouvrit ses bras vêtus du sweat-shirt vert et maman m'y déposa. Jane sentait la vanille et les journaux.

« Oh, j'ai pas encore choisi. Mais écoutez, je suis pas à ma place ici. »

La fille dans le fauteuil poussa un soupir exaspéré, se retourna et dit d'une voix dure et enfantine : « Écoute, personne n'a envie de venir ici. Putain, tu peux plutôt les remercier. Tu sais où aller autrement ? »

Maman avait les bras ballants et l'air penaud. Jane cessa de me regarder.

« Venez, Iris. Allez prendre une douche et vous réchauffer. Je vais vous chercher des vêtements. Nous parlerons de l'avenir quand vous aurez dormi. »

Maman hocha la tête sans un mot et je sentis les bras de Jane se desserrer.

« Ça ne vous dérange pas, Sandra ? Je montre juste la douche à Iris et je reviens voir où est passée ce docteur. »

Transportée de l'étreinte douce et sécurisante de Jane aux bras hésitants de Sandra, je la sentis retenir sa respiration, puis souffler en me regardant. J'avais toujours ma petite blessure de guerre sur la joue.

Dans le couloir, j'entendis Jane dire à maman que la maison était parfaitement sûre. En regardant les grands yeux bleus de Sandra, je me dis que toutes ces couleurs déglinguées étaient vraiment jolies.

3

On apporta un matelas pas trop taché du hall jusque dans une chambre occupée par trois autres filles.

Deux d'entre elles ne quittaient leur lit que pour les repas. Elles s'asseyaient en silence, se remplissaient la bouche et avalaient devant l'insistance de Jane, avant de se retirer sous leur couette. L'une avait le corps anguleux d'un petit garçon et l'autre de gros seins tombants. On les appelait « les Dormeuses ». C'était Jodie, la troisième fille à partager notre chambre, qui leur avait donné ce nom et il leur resta comme les plis de l'oreiller sur une joue.

L'érotisme transpirait du corps de Jodie par tous ses pores. Elle le mettait en valeur en portant des chemisiers sans manches au décolleté plongeant et des minijupes en jean, même si le froid faisait virer au gris et se friper sa peau.

Son visage aussi était généreux : nez rond de travers, couvert d'une croûte de poudre pâle appliquée en vitesse, dents en avant et lèvres pulpeuses, yeux globuleux sous des sourcils roux en bataille. Le même roux violent se dressait sur sa tête en mèches désordonnées partant dans tous les sens.

La première nuit au Grafton Hilton, comme ses résidentes l'appelaient, Jodie et maman échangèrent leurs histoires en chuchotant, des murmures telles de grosses chenilles veloutées se faufilant dans leurs oreilles.

« … ai atterri dans un bar topless, mais à Mayfair quand même. Je m'en foutais. Avant d'avoir celle-là j'avais une chouette paire de seins. J'étais vachement fière de les montrer.

— Ils sont encore beaux, Iris. J'les ai tout de suite remarqués. J'parie que tu me plains d'avoir un corps de rêve et de me trimbaler une tronche comme ça. Un de mes petits amis, et pas celui qui m'a fait atterrir ici, me baisait toujours par-derrière. Il me baisait comme une chienne pour pas voir ma tête. Je l'aimais tellement que ça me gênait pas vraiment. Et puis il m'a emprunté quarante livres et je l'ai plus revu.

— Merde.

— Ouais. C'était un sacré connard. Tu parles de l'hôpital qui se fout de la charité ! »

Les sourires s'attardaient dans le noir. Les secrets partagés, plus réconfortants que cinq couvertures et un radiateur.

Jodie se tourna sur le côté. « J'suis vachement contente que tu sois là, Iris. Ça fait du bien de parler avec quelqu'un qui écrit pas tout ce qu'on dit en hochant la tête d'un air compatissant ou qui somnole pas comme les deux autres. Tu vas rester combien de temps ?

— Aucune idée, mais pas longtemps à cause du bébé. J'avais pas prévu ça, Jodie. » Maman se tut, comme si les grosses chenilles veloutées s'étaient mises à descendre dans sa gorge.

« Ben, personne ici n'avait prévu ça, Iris, j'peux t'le dire.

— Je sais, et je m'en sors beaucoup mieux que d'autres. La dernière fois que ça a mal tourné, j'étais dans un squat à Londres et j'avais l'intention de prendre la ligne Victoria pour aller dans une clinique et m'en débarrasser. Je sais pas pourquoi j'ai changé d'avis. Je crois pas que j'vais y arriver. »

La voix de maman était chargée d'émotion, les mots sortaient de sa bouche à toute vitesse. Jodie quitta son lit. La lumière du couloir auréolait ses cheveux fous et ses jolies formes.

« Aucune de nous ne pense pouvoir y arriver, Iris. Mais on y arrive, et t'y arriveras aussi. Que ça tourne ou pas, tu te débrouilleras. »

Elle caressa les cheveux de maman.

« Bon, lève-toi et viens dans mon lit parce que tu vas crever de chaud à côté du radiateur et de toute façon je peux pas dormir seule. »

Alors on s'est couchées, deux S et une virgule nichées dans la chaleur de nos corps.

On est restées trois semaines au Grafton Hilton. Durant cette période, j'ai vu des larmes qui tombaient dans les plats de spaghettis et des épaules qui tressautaient rien qu'en entendant les mecs bourrés dans la rue.

On était quatorze en tout mais seulement deux enfants, moi et Mark. Mark, un gros garçon de quatre ans, mettait tout le temps des trucs dans la couche qu'il portait encore : l'œuf au plat du petit déjeuner ou la petite agrafeuse de Jane, il n'était pas difficile.

Deux jours plus tard, avec sa copine Jodie, maman tenait sa cour aux repas et parlait d'une voix sonore de son voyage psychédélique à Londres et de mon papa.

« Un Ricain. Plein aux as, qu'il était, mais j'lui ai dit : "Je m'en fiche. T'es juste pas assez bien pour une vraie Écossaise." » Des gloussements se firent entendre autour de la table. « "S'il te plaît ! il m'a suppliée. J'ai pris huit Valium." Huit ? "Alors, je lui ai répondu, tu vas faire une bonne sieste. Et maintenant bye-bye !" »

Les femmes riaient si fort que Jane jeta un coup d'œil pour voir d'où provenait le vacarme. Tout le monde avait oublié le hachis Parmentier dans les assiettes sauf les Dormeuses qui y plongeaient à contrecœur leur fourchette, impatientes de retourner au lit. Jane leur fit un signe d'encouragement qu'elles ignorèrent et adressa un long regard à maman.

Comme je ne cachais dans ma couche que ce que voulait la nature, j'étais la préférée et je passais de main en main « juste pour la tenir », comme un jouet convoité dans une famille pauvre. Parfois maman rentrait, sentant l'extérieur et la fumée, et criait : « Où est la gamine ? Jodie, si tu lui as encore fait les ongles, j'te tue ! »

Jodie et maman partageaient les tubes de mascara et les trucs pour bien tailler une pipe, et prévoyaient des soirées au Roxy quand elles auraient un peu de fric et pas de couvre-feu.

« J'ai un ensemble de chez Selfridges à Londres. Ça a coûté une blinde, le Ricain me l'a acheté quand il a essayé de me récupérer. Je le mets sans rien en dessous, c'est super sexy. »

Tous les deux ou trois jours, Jane recevait maman dans son bureau, avec moi si je ne me faisais pas chouchouter par une des femmes battues, afin d'envisager les possibilités pour la suite.

« Bon, nous avons la maison de Monarch Avenue et…

— Pas question que j'aille à Monarch Avenue, j'vous l'ai dit. Est-ce que c'est un endroit pour un bébé ? Autant commencer tout de suite à la shooter à l'héroïne parce que c'est ce qui va se passer. »

Jane prit une profonde inspiration et hocha la tête.

« Ou, l'autre option… » Jane attendit un moment et baissa la voix, comme pour me protéger : « … c'est un placement temporaire. Juste le temps que vous repreniez pied ? Nous avons quelques très bonnes familles d'accueil et c'est tout à fait temporaire.

— Non, pas question qu'elle soit placée. Je sais comment ça marche : vous la prenez et puis elle tape dans l'œil d'une bonne femme riche aux ovaires ratatinés et je ne la revois plus jamais ! Putain, pas question. »

Jane jeta un coup d'œil à la pendule au-dessus de la tête de maman.

« Bon. » Elle regarda maman dans les yeux. « Iris, tout le monde ici vous… aime beaucoup. Moi en particulier, je vous aime beaucoup. Mais on ne nous autorise pas plus de quatre semaines d'hébergement quand il y a un enfant mineur. »

Jane prit la main de maman et, du gras du pouce, lui frotta la paume.

« Il y a… une autre solution. J'ai une… » elle eut une petite toux gênée « … une chambre libre chez moi, et comme je vous l'ai dit, je me suis prise d'affection pour vous, je vous aime beaucoup. »

Maman se raidit, pencha la tête de côté comme si elle faisait un effort pour entendre, bien que le message soit parfaitement clair.

« Et je sais que vous êtes devenue amie avec Jodie, mais je me suis dit… enfin, quand vous ne serez plus sous ma responsabilité officielle, il n'y a pas de raison que je ne vous propose pas un endroit où vivre. Avec moi. »

Le visage de Jane brillait comme un phare : rouge, plein d'espoir et de gêne. Maman retira lentement sa main et donna une petite tape sur le genou de Jane.

« Jane, vous êtes super, mais c'est pas mon truc. J'veux dire, si ça l'était, je serais pas dans cette situation ! Mais je suis flattée, parole. Et j'veux dire, si vous aviez une bite, eh ben, alors… » un gloussement monta dans la gorge de maman « … ça serait une autre histoire ! »

Jane eut un petit rire sans joie et baissa les yeux.

Maman se pencha et déposa un gentil baiser sur la joue brûlante de Jane. « Ça vaut toujours le coup d'essayer, hein ? Bon, maintenant dites-m'en un peu plus sur la maison de Monarch Avenue. »

Deux jours plus tard, Jane nous offrit un fish and chips et des sodas. Mark vola une croquette de poisson et la mit dans sa couche, mais personne n'y fit attention, c'était notre soirée, à maman et à moi. Les filles nous dirent qu'on allait beaucoup leur manquer et me couvrirent le visage de baisers puant la friture. Le froissement du papier journal chaud emplit la pièce tandis que les framboises graisseuses de leurs bouches vibraient sur mon ventre.

Maman se leva, fit tinter la fourchette à poisson en bois contre sa bouteille de Coca.

« Mesdames, mesdames ! J'voudrais faire une annonce. Comme vous le savez toutes, la p'tite machine à chier et à bouffer qui est ici n'avait jusqu'à maintenant pas de nom et n'était pas très dégourdie. Mais j'ai décidé qu'elle porterait le nom de deux des meilleures femmes que je connaisse. » Elle me souleva. « Je vous présente Janie ! »

Silence. Quelques femmes échangèrent des regards interrogateurs, l'une fourra discrètement une frite dans sa bouche.

« Vous comprenez ? C'est Jane et Jodie mélangées ! »

Jodie intervint. « Moi j'ai que "ie" ? »

Maman la regarda et me baissa un peu. « Et le "J", vous l'avez toutes les deux !

— Iris, c'est un grand honneur. Je vous remercie infiniment. » Les yeux de Jane brillaient.

« Ouais, merci beaucoup », dit Jodie d'un air boudeur en prenant une bouchée de cervelas.

Jane se mit debout. « Portons un toast à Janie, Iris et Monarch Avenue ! » Les filles haussèrent les yeux au ciel en entendant le nom de Monarch Avenue, mais elles levèrent aussi les bouteilles de Coca et d'Irn-Bru[1]. Maman me brandit au-dessus de sa tête et, au milieu des emballages de frites, des bouteilles levées et des femmes meurtries aux yeux inquiets et aux lèvres souriantes, on fêta la soirée où je devins Janie Ryan.

La saleté était incrustée dans tous les recoins du 125 Monarch Avenue. Le poêle à charbon bouché avait noirci le mur derrière et la cuisine dégageait une

1. Boisson caféinée écossaise, couleur orange vif, longtemps plus populaire que le Coca-Cola.

odeur âcre et douceâtre dont maman ne trouvait pas l'origine, mais c'était notre première vraie maison. Elle avait même deux chambres et un jardin à l'arrière avec une forêt d'orties que le mauvais temps de la fin novembre maltraitait.

On était tout au bout de Monarch Avenue. « Plus facile pour s'échapper », disait maman.

Alors que j'allais acheter l'essentiel pour emménager (thé, lait, pain, clopes, Cif et demi-bouteille de vodka), mes yeux absorbaient notre nouveau voisinage. Graffitis et traces de brûlures, souvenirs de petits incendies, seuils décorés. Canettes de Golden Special Brew et bouteilles cassées de vodka, brillantes comme des diamants, amoncelées dans les caniveaux. Les jardins de devant arboraient des pataugeoires moisies et, parfois, une carcasse de voiture rouillée. Je n'avais jamais rien vu d'aussi beau, d'aussi coloré, dans la grisaille d'Aberdeen.

Maman fit ses courses dans une boutique poussiéreuse où un écriteau disait : « Pour éviter les ennuis, ne demandez pas de crédit », et quelqu'un avait griffonné dessous au stylo bleu : « Pas la peine de vous dire d'aller vous faire foutre. »

Maman voulut vite rentrer chez nous, sans s'arrêter pour regarder autour d'elle. Trois ados aux lèvres noires et aux cheveux raides de mousse coiffante marchaient derrière nous.

« Matez un peu la putain de grosse poussette, dit celle qui avait noirci au crayon ses sourcils pâles et duveteux.

— T'occupe pas de la poussette, vise un peu la grosse meuf qui la tient », dit une fille plus grande qui suçait un Mr Freeze bleu, assez fort pour faire oublier le froid de l'hiver.

La troisième fille, rouleau de graisse autour du menton, ventre saillant sous son tee-shirt, ne portait pas de manteau. « Ouais ! Une grosse salope », ajouta-t-elle.

Maman serra les poignées du landau et je la vis tressaillir en s'entendant traiter de grosse.

« Hé, connasse ! Ouais, toi, tu t'arrêtes pas pour taper la discute ? T'es trop snob pour nous, c'est ça ? provoqua la Fille au Mr Freeze en croquant la glace bleue de ses dents grises.

— T'es pas du quartier, hein ? Avec une putain de poussette de luxe comme ça », cria Sourcils. Maman ne se retourna pas. « Hé, cul coincé, j'te cause ! »

Sourcils fit une très grande enjambée pour marcher sur le talon de maman. Le cœur de maman battait si vite que je voyais les pulsations dans son cou. On avait déjà dépassé la fenêtre condamnée taguée PÉDÉ et, en quelques minutes, on aurait pu être à la maison et fermer la porte, et peut-être barricader les fenêtres. Mais maman avait vécu assez longtemps dans cette ville, s'était installée dans assez de squats, pour savoir que fermer la porte ne suffisait pas.

La Fille au Mr Freeze reprit : « À ton avis, Shona, y a combien dans ce porte-monnaie ? »

Elles étaient si près que je sentais leur parfum écœurant sur leur peau sale et leur haleine enfumée entre leurs dents irrégulières.

« Assez pour une p'tite défonce, je pense », répondit Sourcils. La Fille au Mr Freeze suça le reste du tube en plastique et le recracha vers maman. « Alors, connasse, tu nous files ton porte-monnaie ? » Maman accéléra le pas, les talons à quelques centimètres de leurs pieds.

« R'garde-moi ça ! La grosse salope nous snobe. Bon, Shona, on a demandé gentiment, hein ? Va falloir qu'on le prenne. »

Sourcils et la Fille au Mr Freeze foncèrent sur la poignée du landau où pendait le sac de maman, mais maman se précipita, tout son corps penché en avant, et elle avait l'air capable de tuer. Elle parla sans élever la voix, mais avec une expression féroce. « Putain, dégagez, foutez-nous la paix à moi et à ma môme. »

Sourcils leva la main et maman lui enfonça violemment deux doigts dans la poitrine.

« Putain de merde, j'vous préviens. J'vous laisse une chance de vous tirer. Prenez-la. »

La Fille au Mr Freeze leva les yeux au ciel mais ne bougea pas. Maman les regarda avec insistance.

« Vous connaissez mon mec ? Non ? Eh ben, mon mec c'est Tony Hogan. Ça vous dit quelque chose ? Non ? Alors demandez à vos frangins ou à vos vieux ou à votre putain de dealer. J'vous préviens, cassez-vous ou il va vous faire votre fête et pas seulement à vous mais à tous les mecs à qui vous avez taillé une pipe ces six derniers mois. »

Sourcils et Bouboule reculèrent de quelques pas mais, il faut le reconnaître, la Fille au Mr Freeze tint bon quelques secondes puis haussa les épaules. « C'était juste pour se marrer.

— Ah ouais ? Alors, putain, tirez-vous et allez vous marrer ailleurs. »

Elles partirent en courant et Bouboule trébucha sur ses lacets.

Maman avança jusqu'à notre porte aussi lentement qu'elle le put en regardant droit devant elle, les épaules en arrière. Elle monta le landau sur les marches du perron, ouvrit la porte d'une main tremblante et la verrouilla de nouveau avant de glisser contre le mur de l'entrée. Je mâchouillais ma chaussette jaune pâle en me demandant qui était ce Tony Hogan et ce qui se passerait quand on découvrirait que maman avait menti.

4

Tony Hogan mit plus de deux ans à se montrer. Pendant ce temps, j'apprenais à faire mes premiers pas dans un coin de jardin ensoleillé et débarrassé des orties. J'apprenais des mots aussi : maman, Frankie, café et caca. Quand il entra dans nos vies, mon mot préféré était, comme on pouvait s'y attendre, « putain ! » que je lançais d'une voix joyeuse ou parfois contrariée. J'adorais l'attention que m'apportait ce mot.

Maman riait davantage. Parfois elle riait tellement qu'elle en avait les larmes aux yeux et ces gouttelettes brillantes se transformaient en gros sanglots. Je gardais un œil sur elle.

Pour mon premier anniversaire, les amis de maman vinrent boire un coup. Jodie arriva en boitant avec un œil au beurre noir et Maman ne voulut pas la laisser repartir. Elle s'installa dans ma chambre et dormit sous la couette Danger Mouse que Frankie m'avait achetée.

J'avais beaucoup de tontons, mais Frankie était celui qui venait toutes les semaines, m'apportait des cadeaux et jouait avec moi – pas seulement avec maman. Les autres tontons me prenaient dans leurs bras environ trois minutes, puis me posaient comme un vieux mégot sans quitter des yeux maman ou bien la porte de sa chambre par-dessus son épaule.

Jodie dragua Frankie une année entière, de moins en moins vêtue à mesure que son désir – et l'indifférence de Frankie – augmentait. Je la surpris un jour assise sur ma couette Danger Mouse, le nez enfoui dans la veste de mon oncle et la main dans sa petite culotte. Un jour, Frankie lui dit de s'intéresser plutôt à son pote Gros Bras. Jodie fit ce qu'on lui disait.

Après quelques mois à Monarch Avenue, maman déclara qu'elle « enterrait la hache de guerre » et se mit à prendre le bus pour aller chez mémé où elle faisait le ménage, les courses pendant que je regardais *Rue Sésame* à la télé.

Quelquefois j'essayais de vaporiser le produit mousseux à la place de maman quand je voyais à ses épaules tombantes qu'elle en avait marre, tout en nettoyant cinquante-six assiettes décoratives, d'écouter les conseils de mémé à moitié bourrée sur la façon d'élever les enfants.

Quand on rentrait chez nous, il y avait parfois tellement de monde que je n'arrivais pas à mettre des noms sur les visages, les odeurs et les bizarreries qui se succédaient. Je ne pourrais pas dire qui était l'homme moustachu à l'anorak déchiré restant une heure aux toilettes, ni le nom de la femme dont les bracelets dansaient sur ses poignets écorchés. S'il se passait un truc bizarre, maman disait : « C'est juste un pote de Frankie. Je vais lui dire de le virer. »

Tout ce monde n'empêchait pas maman de trouver le temps pour me laver dans ma baignoire trop petite en plastique rose posée devant le chauffage. J'avais toujours droit à mes gouttes de vitamines au goût de banane mais à l'odeur d'eau de Javel, et maman passait une heure par jour à m'encourager, sans succès, à « couler un bronze et pisser un bock » dans mon petit pot rouge vif.

Le mensonge de maman sur Tony Hogan me revint à l'esprit le soir où elle affirma que je pouvais me passer de couches et de baby-sitter. Jodie, verre en main et collants déjà filés, tenta de la raisonner.

« T'es sûre, Iris ? Sois un peu patiente. Tu te rappelles pas le gros môme, Mark, au Grafton Hilton ? »

Devant la glace, maman balançait les hanches au rythme de The Human League et, avec une aiguille, séparait ses cils collés par le mascara.

« Si, je me rappelle, et comment ! » Elle posa son aiguille et chercha à tâtons son paquet de clopes. « En plus… » ses mots glissaient sur ses lèvres comme s'ils étaient huilés « … ma mère nous a enlevé nos couches à deux ans et putain, pas question que je lui donne encore une occasion de se vanter. »

Jodie pressa un tube et en sortit une grosse noix de gel bleu qu'elle appliqua sur ses cheveux. L'odeur de chewing-gum emplit la pièce.

« Toi et ta foutue mère, Iris. J'te jure, si t'avais accouché d'un bébé en or massif, ta mère aurait dit que le sien était incrusté de diamants et chiait des merdes en platine. »

Maman attrapa son paquet de clopes et en alluma une. Le briquet passa deux fois devant le bout avant de le trouver.

« Ouais, ouais. Plus important, est-ce que Gros Bras ramène des potes ce soir ?

— Ouais, les gars de sa nouvelle bande.

— Bon, j'espère qu'il y aura un bon coup dans le lot. »

Maman et Jodie étaient debout devant la glace et se déhanchaient. Jodie avait enfilé une robe rouge en dentelle et maman, pommettes saillantes et corps squelettique, un pantalon en cuir et un chemisier en satin noir.

« Bon, tu me donnes un coup de main avec cette commode ? » Maman débarrassa la commode des flacons de vernis à ongles, des crayons d'eye-liner crasseux et d'un cendrier rempli de mégots.

« Iris, sérieux, t'es vraiment sûre ? On pourrait leur dire d'apporter de la gnôle et de la beuh et faire une petite fête ici ?

— Pas question. » Maman ébouriffa devant la glace ses boucles serrées embellies par la chimie. « J'suis pas sortie de la semaine. Et y a pas de problème, Denise a dit qu'elle jetterait un œil de temps en temps. »

Maman se pencha et me fit sur la joue un bisou puant l'alcool.

« Très bien, Janie-Jane, tu vois ton pot ? Si t'as envie de couler un bronze ou de pisser un bock, tu vas t'asseoir dessus. Dors bien, mon bébé, et mets pas de l'eau partout ! »

Elle me laissa avec ma cuvette remplie d'eau et de pots de confiture. Je repris mon cycle amusant et sans fin ; je remplissais et je vidais, je remplissais et je vidais, pendant que maman parlait de son « cul moite dans ce pantalon ». Elles tirèrent la commode devant la porte.

« Bye bye ! »

Claquements de talons, sac à main jeté sur l'épaule : elles partirent en ne laissant que l'odeur des clopes et du gel parfumé au chewing-gum.

Pendant un bon moment, je remplis et vidai pour remplir de nouveau, fascinée par le grand arc de l'eau qui changeait de forme en passant d'un pot à l'autre, du pot à la cuvette. Puis, comme un coup qui m'aurait brusquement coupé le souffle, j'en pris conscience : le silence. Un silence tel que j'entendis le bourdonnement maussade du frigo et le coup de pied dans une poubelle dehors.

« Maman ! » Mais ma voix fut engloutie par le silence. « Maman ! Maman ! Maman ? »

Je savais qu'elle était partie. Je le sus dès mon premier gémissement, mais je remplis mes poumons. Ça faisait du bien de crier. Je me jetai à plat ventre sur le lit et me mis à hurler. Je me disais que Denise m'entendrait peut-être, viendrait me faire un câlin et m'emmènerait chez elle pour regarder un peu la télé.

Je pleurai jusqu'à en avoir les poumons en feu et le visage raidi par la morve, et je ne m'arrêtai qu'en sentant la crispation bien connue dans mon ventre. Le pot était dans le coin, brillant et rouge, sentant encore le plastique tout neuf, mais je ne voulais pas m'en servir. Je n'avais pas envie de faire plaisir à maman en me levant pour aller « couler un bronze » dans ce stupide pot rouge. Et donc, mon premier acte de rébellion fut de me chier dessus. Ça lui apprendra, me dis-je, en sentant la merde chaude couler sur mes jambes.

Les coups sur la porte me réveillèrent : maman essayait d'introduire la clé dans la serrure. J'avais le bas du corps poisseux et ça me démangeait. Je me mis à pleurer. Maman tituba dans le couloir jusqu'à notre chambre et s'arrêta devant la commode.

« Chony, tonne-boi un gout d'bain. » Maman avait la langue empêtrée par la vodka.

« Bordel de merde, c'est quoi cette odeur ? »

La première fois que Tony me vit, j'avais le visage rouge et couvert de morve, et mon caca coulait sur mes jambes et sur la couette de maman. La première fois que je vis Tony avec son nez pointu, ses yeux étroits et sa bouche tordue de dégoût, je compris que, si je ne l'avais pas déjà fait, je me serais chié dessus sur-le-champ.

Au début, Tony dérangea mes journées par petites touches en lançant un caleçon sale sur mes Lego, en mettant un joint allumé entre les lèvres de maman dès son réveil ou en me larguant chez Denise pour aller manger un steak avec maman. Depuis qu'il était à la maison, maman n'avait plus le temps de me donner un bain et le couvercle de mon flacon de vitamines restait fermé.

Tony avait les cheveux blond paille. Il les teignait une fois par mois et laissait une odeur pisseuse d'ammoniac dans la salle de bains. Il passait une demi-heure, parfois plus, à s'assurer que les épis se dressaient comme il fallait. Un jour, il me surprit à l'observer. Il se retourna et me donna la première claque de ma vie. Elle laissa pendant vingt minutes l'empreinte d'une main d'homme sur mes fesses, mais maman ne la vit pas.

Son teint couleur Spam[1] s'accordait mal avec ses cheveux décolorés. Il portait une boucle d'oreille d'où pendouillait un crâne en argent. Quand les gens rencontraient Tony pour la première fois, ils le toisaient et faisaient une grimace amusée. Jusqu'à ce qu'ils croisent son regard meurtrier et l'entendent se présenter : « Tony. Tony Hogan. Vous avez peut-être entendu parler de moi. » Et même si ce n'était pas encore le cas, s'ils ne savaient pas encore qu'il était le roi d'Aberdeen, ou au moins le duc, dans

1. Célèbre marque de jambon en boîte.

le milieu des voyous et de la drogue, ils faisaient comme si, et lui témoignaient leur respect en hochant la tête et en détournant les yeux.

Et maman ? Maman adorait le pouvoir que lui donnait le fait d'être liée, pour de vrai cette fois, à ce nom. Elle pensait l'avoir provoqué le premier jour à Monarch Avenue, assurait Jodie. « C'était le destin. » Elle prenait le bras de Tony en signe de propriété et souriait aveuglément devant son nez pointu et ses yeux sombres.

Quand il lui demandait d'aller lui acheter des clopes, il sortait de sa poche un paquet de billets de vingt chauffé par ses fesses, en prenait deux et lui disait de se payer des bonbons. Maman riait sottement, pas un rire d'adulte, mais un petit bruit nerveux, tendu. Vraiment un rire idiot.

Tony et Jodie ne s'aimaient pas.

« Elle essaie de te monter contre moi, Iris. Elle est jalouse. » Il embrassait le poignet de maman, le mordillait. « Et on peut pas lui r'procher, hein ? »

Jodie s'en alla peu après vivre avec Gros Bras et sa maman dans un appartement au-dessus de la friterie. Jodie partie, Tony me renvoya dans ma chambre en jetant pêle-mêle sur le lit mes jouets, mes vêtements et moi-même. Quand maman rentra des courses, elle nous trouva en un tas abasourdi. Il la saisit par le coude et lui dit dans l'ombre du couloir : « C'est la place d'une môme, elle a rien à faire dans not' lit. »

Maman lança un coup d'œil et me vit ranger mes affaires par taille et par couleur, en silence. « Oui, t'as peut-être raison. J'ai pas trouvé de Tennent's, tu veux une Skol ? »

Frankie ressemblait à un petit garçon essayant d'impressionner un ado. Il riait trop vite au baratin de Tony, roulait les manches de son tee-shirt sur ses épaules et appelait maman « la p'tite meuf », exactement comme Tony.

Ils étaient assis et buvaient du whisky et de la Special Brew. Tony refaisait le monde et roulait des épaules sur sa chaise. « J'connais un mec, il est super-réglo et il a la meilleure came qu'on peut trouver en Écosse en ce moment. »

Frankie hocha lentement sa tête rousse coiffée au bol et fit siffler l'air entre ses dents.

Tony prit une autre gorgée de Special Brew. « Elle est pas coupée. On peut faire un sacré bénef en gérant bien le truc, grogna-t-il. Pour le plaisir ou pour le business, t'as qu'à dire et j'te branche.

— Ouais, merci, mec. Ça peut l'faire. »

La voix de Frankie se fit plus grave comme par magie, mais une rougeur révélatrice apparut derrière ses taches de rousseur. Tony se mit à rire et ébouriffa la tignasse de Frankie.

« Déconne pas, hein, gamin ? »

Frankie secoua la tête et avala son whisky trop vite. Il continua à tousser longtemps après que le petit rire de Tony se fut éteint.

Mémé ne savait pas trop quoi penser de Tony et de ses affaires, et elle interrogea maman, lèvres rouge nacré autour d'une clope.

« C'est quoi déjà, son boulot ? » Mais maman n'eut pas besoin de répondre car, juste à ce moment-là, un bouquet Interflora arriva et toutes les questions de mémé s'évaporèrent à la vue de la douzaine de roses rouges.

C'est ainsi que Tony étouffa la vie que maman et moi avions construite, moisissure duveteuse envahissant un bout de fromage suintant.

Ça commença par une boucle d'oreille, un truc aussi petit que ça. Insignifiant même, sauf que la boucle d'oreille était une petite croix gammée.

Maman dit qu'elle ne voulait pas sortir avec lui s'il la portait. Ils avaient bu des canettes tièdes de bière blonde au soleil, enlacés sur une grosse couverture jetée sur les orties qui repoussaient. Maman riait en disant ces mots, mais il approcha son visage du sien et la regarda avec dureté de ses yeux implacables.

« T'as honte de moi, c'est ça ?

— Quoi ? Non, je voulais juste dire… » Maman essaya de se dégager mais Tony la tenait par l'épaule et enfonçait l'ongle sale de son pouce dans le creux tendre de sa clavicule. Maman battit des paupières et ses grosses créoles dorées s'agitèrent de concert.

« Non, je dis juste que ça me gêne. Quand j'étais à Londres, j'avais plein de potes de couleur. » Sa voix tremblotait comme ses paupières.

« Quand j'étais à Londres », singea Tony d'une voix grinçante et son ongle s'enfonça plus profond. Même de là où j'étais, juste en face d'eux, je le vis entamer la peau.

« Ah ouais ? Et tu les laissais te baiser ? Les Blacks avec leurs grosses bites de singe et peut-être aussi les Pakis avec leurs petites chipolatas ? »

Maman se débattait mais il la tenait par le poignet, si fort que son poing était blanc. Elle cessa de se débattre et baissa la tête. « Y se trouve que non. Mais t'as tes opinions et j'ai les miennes. Et si on oubliait tout ça ? Et qu'on passait une bonne soirée ? On peut laisser Janie chez Denise et… »

Tony prit une gorgée de bière et la lui cracha au visage. L'odeur douce et collante se répandit et j'eus mal au cœur.

« Tony ! Je...

— Tu crois, espèce de pute stupide, débile, que tu peux me dire ce que j'ai à faire juste parce que t'as vécu à Londres ? Une pute dans un squat ? Tu crois que tu vas me dire c'que j'dois mettre ? »

Je vis qu'elle me cherchait des yeux. Elle me trouva, genoux relevés, contre la porte de derrière.

« Janie, rentre tout de suite. » Sa voix était ferme, elle essaya même de sourire, mais je ne pouvais pas bouger, j'étais clouée sur place par la fascination morbide d'un enfant qui assiste à une scène entre adultes.

Tony passa un doigt dans les créoles dorées de maman.

« C'est moi qui te les ai achetées, tu t'rappelles ? »

Les cils de maman frémirent, brins d'herbe noire dans la chaleur de l'été, et son regard rencontra celui de Tony.

« Oui, oui, Tony, elles sont très belles. Merci... c'était... » Elle cherchait ses mots, respira : « ... très gentil de ta part.

— Bon, ben je les reprends. »

Tony saisit les créoles des deux mains et les arracha des lobes tendres et blancs de maman, puis il se leva et la poussa par terre, appuya un genou sur sa poitrine et lui tint les bras de sa main libre.

« Janie, dit maman. Va dans ta chambre tout de suite et ferme la porte. Putain, dépêche-toi, j'ai dit. »

Ce que je fis. Je tournai le dos à ma maman clouée au sol par un psychopathe reconnu et je me bouchai les oreilles en collant mon coussin Danger Mouse sur ma tête pour ne pas entendre les cris et les coups.

Le lendemain matin, Tony nous emmena prendre le petit déjeuner dehors et j'eus droit à un ice-cream soda et à un bol de frites. Je boudais de façon impressionnante.

Maman rayonnait, malgré les deux traits sanguinolents de ses lobes et une longue et profonde égratignure à l'intérieur du bras. Tony n'arrêtait pas de lui faire des petits bisous dans le cou et ses épis blonds effleuraient les oreilles qu'il avait déchirées la veille.

Mon ice-cream soda arriva, débordant de mousse.

« On a quelque chose à te dire. » Maman se tut et regarda Tony. Il leva les yeux au ciel, mais se pencha vers moi en souriant.

« Désolé de t'avoir fait peur. Des fois les adultes se disputent pour des trucs d'adultes, mais ça veut pas dire qu'on s'aime pas.

— Ou qu'on t'aime pas », ajouta maman. L'interruption exaspéra Tony.

« En fait, je me dispute avec ta maman parce que je l'aime vraiment. Et à cause de ça, j'ai demandé à ta maman d'être ma femme. »

Maman tendit le bras sur la table. Un grand sourire étira sa lèvre fendue ; un bleu couleur moutarde restait visible sous la croûte de blush pêche. « Tony va être ton papa. »

Je ne dis rien, enfonçai mon doigt potelé dans la mousse molle de mon Coca.

« Eh ben, qu'est-ce t'en penses, Janie ? » demanda maman.

Je haussai les épaules, remuai la mousse avec mon doigt. « Putain. » Voix maussade, « ain » sonore. Maman s'affala dans le box ; la déception se voyait aussi clairement que les bleus sur son visage. Tony se mit à rire et ouvrit son paquet de clopes.

« Alors, tu veux peut-être pas de ce délicieux ice-cream soda, Janie ? »

Je me penchai en avant et aspirai tout le Coca avec la paille rouge. Les bulles glacées me brûlèrent le fond de la gorge et en un temps record je fourrai la mousse à la vanille dans ma bouche avec la cuillère longue et fine. Tony était peut-être un connard, mais il ne valait pas la peine de gaspiller un bon Coca à la vanille.

Mes membres s'allongeaient, perdaient leurs rondeurs de bébé et j'utilisais les toilettes comme une grande. D'un seul coup, comme si quelqu'un s'était glissé près de moi la nuit et les avait posés sur ma langue, je connaissais plein de mots et je savais comment les combiner pour blesser, être drôle ou en colère. Je pensais que j'aurais dû être le point de mire, à cause de mon intelligence, mais il n'y avait que le dessin animé de *Tom et Jerry* avant le foutu film qui était devenu notre quotidien.

Peu importait le motif. Si le toast était brûlé ou si elle portait un pantalon qui la grossissait, si elle consacrait trop de temps à me « passer mes caprices » ou si elle s'habillait en rouge.

Le visage de Tony se fermait et, d'une voix basse et patiente, il expliquait pourquoi ce qui l'occupait à ce moment précis faisait d'elle une « vraie connasse ». Maman essayait d'esquiver, mêlant paroles de protestation, d'apaisement et de flatterie, mais cela marchait rarement, voire jamais. Très vite la bouche colérique de Tony lui envoyait des postillons tandis qu'elle gardait la tête basse et essayait de s'éloigner de tout angle vif.

La tête encore baissée, elle me criait d'aller dans ma chambre et, avec une boule de honte toujours plus grosse dans la poitrine, je m'exécutais chaque fois. Je me réfugiais sous les couvertures, j'allumais ma mauvaise radio pleine de parasites et j'entendais les coups et les supplications au rythme de « Billie Jean ».

Le lendemain, maman, plus maigre que jamais, préparait le petit déjeuner, « comme si de rien n'était », ses « peintures de guerre » plaquées sur le visage, et Tony surveillant chacun de ses mouvements. L'atmosphère était ponctuée par le rire grêle, hésitant de maman, qui disait à Tony avec des yeux trop écarquillés et larmoyants que c'était « déjà oublié ».

Aussi vrai que le camion de glaces qui beuglait « Greensleeves » en passant dans notre rue juste avant le début de *Blockbusters* à la télé, cela continua. La routine ne fut interrompue que par le trajet à l'hôpital (deux côtes cassées et un nez écrasé qui resta bossu et de travers) et par cette première fois où, honteuse, ma vessie tiède se vida dans mes draps.

Un jour, je vis maman penchée sur la baignoire laver mes draps trempés de pipi. Sa peau était grise, son visage sans expression sous de grandes traînées de blush, et je me mis à m'arracher les cils pour elle, un par un, histoire de me faire pardonner ma vessie lâche et traîtresse.

Je ne réussis à en enlever que quelques-uns avant d'avoir trop mal, mais je les étalai sur l'oreiller de maman le lendemain matin et fis un vœu.

Je suppose que mon vœu se réalisa. J'avais quatre ans quand maman cessa de rêver à un petit bracelet en or ou même à un jour où elle porterait une jolie robe et qui se terminerait par une bonne cuite. Elle ravala ces rêves et se contenta des pauvres mots du lendemain et des rares jours de tranquillité. Maman laissa les promesses merveilleuses de Tony se déposer sur sa peau et former comme une armure contre la raclée suivante.

La fin de Tony commença avec une pizza aux poivrons, *The Tube* à la télé et la chaleur de juin. Maman pensait peut-être qu'elle était en sécurité parce que cette pizza était une gâterie du lendemain de la part de Tony, tout comme l'ice-cream soda un an et demi plus tôt, et aussi parce que j'avais le droit de me coucher plus tard et de rester avec eux.

Maman était assise sur le canapé et riait en regardant New Order à la télé, une main dans mes cheveux blonds emmêlés, l'autre tenant sa part de pizza. Elle était en slip et portait un tee-shirt avec dessus « Fanta, fais-moi pétiller ». J'étais assise sur la moquette à leurs pieds, dans mon pyjama Winnie l'Ourson, et je me remplissais la bouche de fromage gras et élastique et de viande salée, désirant que la soirée ne finisse jamais.

Maman était tellement occupée à traiter les gars de New Order de connards qu'elle n'avait pas remarqué que le visage de Tony s'était durci, et avant qu'elle s'en rende compte, il lui avait arraché sa pizza des mains.

« Putain, regarde dans quel état t'es. Putain, tu bouffes comme un porc. »

En levant les yeux pour les regarder, je me dis qu'elle devait être vraiment détendue, persuadée qu'il lui restait du crédit de la veille à cause des huit brûlures de clopes suintantes qui dansaient sur son bras comme les points à relier d'un dessin, parce qu'elle ne se recroquevilla pas et enfourna une autre bouchée de pizza. C'était peut-être le soir où finalement elle en avait assez, assez de tressaillir quand la porte s'ouvrait et assez d'éviter le regard interrogateur des autres. Assez de se mordre la lèvre au sang en se demandant si ce soir-là, elle allait ou non y passer.

« Tony, non. On passe une bonne soirée. Faut pas la gâcher. » Il écrasa la part de pizza de maman sur son visage, tout en la tenant de sa main libre. C'était pire que les gifles et les coups, il y avait quelque chose de vraiment atroce dans la traînée de sauce tomate sur sa joue pâle, dans la rondelle de poivron qui pendit de son menton avant de tomber sur son genou nu. Maman dut le sentir aussi car je vis ses larmes et elle ne prononça qu'un seul mot tout bas.

« Tony.

— Tu crois que tu vas m'dire c'que j'dois faire ? Regarde… » Il lui saisit le menton, l'obligea à lever la tête : « … Même ta fille est dégoûtée. »

Je m'étais levée, j'essayais vainement de transformer mon expression de terreur en autre chose. Même après tant d'années, je n'avais pas appris à être courageuse. La poitrine de maman tremblait, ses larmes coulaient sur le poignet de Tony qui tenait son menton, et elle me regardait.

« Janie chérie, va dans ta chambre et allume ta radio. Tout de suite. » Je tenais toujours ma pizza entamée, je regardais Tony et maman et je me demandais si c'était la dernière fois que je la voyais avec toutes ses dents ou bien la même forme de visage, mais j'avançais tout de même vers la porte et ma vessie me faisait mal.

« Non, pas ce soir. T'y vas pas. » C'était Tony.

« Tony, écoute. Je t'en supplie. Pas elle. »

Je pleurais, la morve coulait dans ma bouche. Je sentais des bulles de panique inonder ma poitrine. « Maman ? »

Elle se débattait et Tony resserra son étreinte. « Janie, tu vas balancer ta part de pizza dans la gueule de ta mère parce qu'elle est méchante. Lance-la bien, après tu peux te casser. »

Je regardai maman qui sanglotait et la main de Tony qui l'obligeait à garder la tête levée. « J'te préviens, lance. »

Je la jetai sur maman. Pas bien, elle glissa de son genou nu, mais quand même un geste irréparable.

« Tu vois, connasse. Même la chair de ta chair trouve que tu le mérites. »

Il leva une main, celle avec la grosse bague de jais et d'argent, et je me jetai sur maman, enfouissant la tête dans son tee-shirt mouillé.

« Vous vous y mettez à deux, c'est ça ? Moi, j'm'en fous, une ou deux c'est pareil. »

Il leva de nouveau la main, plus haut cette fois, et je sentis du chaud entre mes jambes, ma vessie qui se vidait. J'attendais la morsure d'une claque, mais maman me tira dans l'entrée et on se retrouva dehors sur les marches sombres en béton. Maman en slip et tee-shirt hurlait dans les oreilles sourdes de Monarch Avenue.

« Au secours, il va nous tuer. »

Tony était derrière nous. Il tirait sur la main de maman qui, de l'autre, s'agrippait à la rampe, et je me balançais sur leurs bras pour essayer de le faire lâcher prise.

Maman s'échappa, tomba au bas des marches, m'entraîna à sa suite. On se mit à courir en chancelant jusqu'à la porte de Denise.

« Putain, ouvre-nous. » Maman frappait à la porte des deux poings. « Il va nous tuer, Denise, putain, ouvre. »

Denise ouvrit la porte et la referma en un clin d'œil, donna un tour de clé et poussa le verrou du haut et celui du bas avant de se retourner vers nous avec une expression signifiant qu'elle ne voulait pas s'en mêler. Maman s'écroula par terre, m'attira contre elle, me prit la tête dans ses bras et je sentis son souffle chaud sur ma nuque.

Denise nous aida à nous relever et nous fit entrer en hâte au salon. Maman et elle tirèrent une table basse devant la porte fermée. Puis on se boucha les oreilles pour ne pas entendre les menaces et les coups de Tony contre la porte.

Quarante minutes plus tard, les policiers arrivèrent, sentant le café et l'ennui, et le lendemain les services sociaux se pointèrent. Je compris à son expression que maman était trop fatiguée pour continuer à se battre.

5

Le fait qu'ils étaient deux, presque un gang, aurait dû nous mettre la puce à l'oreille. La femme, blafarde avec des yeux gris globuleux sous une lourde frange châtain, et l'homme, promenant son regard sur les poupées en porcelaine de Denise. La femme avait un œil paresseux qui errait dans les recoins de la pièce et l'homme portait un jean avec un pli marqué et des chaussures de marche faites pour des terrains encore plus mal fichus que ceux de Monarch Avenue. Elle tendit la main.

« Mademoiselle Ryan. Je peux vous appeler Iris ? Nous sommes les travailleurs sociaux affectés à vous et Janie. »

Elle parlait comme si elle s'était entraînée devant la glace. Maman, vêtue d'un jean de Denise extra-extra-large et de son tee-shirt taché de sauce tomate, ne répondit pas et se contenta de regarder devant elle, une clope allumée à la main.

Denise, dont l'haleine sentait déjà le cidre, me prit la main. « Viens, on va faire du thé. »

Tout en attrapant du lait dans le frigo qui sentait le rance, j'entendais leurs voix ricocher d'un mur à l'autre, l'une chic et guindée, l'autre basse et hésitante. Je n'entendais pas celle de maman, mais j'imaginais qu'elle les regardait avec dureté et soufflait la fumée de sa clope vers le haut pour dissimuler son visage.

J'enfonçai le doigt dans un scintillement de sucre répandu tout en tendant l'oreille et j'entendis la voix paniquée de maman. « Plutôt crever ! C'est moi la victime et vous la prendrez pas. »

Je courus au salon et je serrai très fort maman dans mes bras.

Les travailleurs sociaux avaient l'air fatigué ou peut-être qu'ils pensaient à leurs sandwichs au fromage et aux pickles qui les attendaient au bureau.

L'homme examinait ses mains aux ongles soignés comme ceux d'une femme. Maman me prit dans ses bras et chuchota dans mes cheveux que je n'irais nulle part. La femme regarda son collègue avant d'exprimer son agacement et de se tourner vers nous.

« Mademoiselle Ryan, Iris, nous avons les papiers avec nous. Sans oublier que c'est votre deuxième incident signalé de ce genre et...

— Deuxième ? Bon, si vous voulez parler de la visite à l'hôpital, je suis tombée dans l'escalier et...

— Non, ce n'est pas ça. Il s'agit de votre séjour au refuge des femmes de Grafton en octobre 1980. Et ajouté à l'incident d'hier soir, eh bien... ce n'est qu'un placement temporaire. Cela nous permettra de faire une évaluation et ensuite, si tout va bien, vous récupérerez très vite Janie chez vous. C'est pour votre bien à toutes les deux.

— Putain, me dites pas ce qui est bon pour ma fille ! »

Je m'agrippai encore plus fort. Mes larmes entamaient la morve séchée de la veille.

La femme regarda son collègue. « Gerard ? »

Il finit par lever la tête. « Il va y avoir une évaluation, mademoiselle Ryan, et si vous ne vous montrez pas coopérative, si vous rendez les choses plus difficiles que nécessaire, il y a de fortes chances pour que cela vous porte préjudice.

— S'il vous plaît, ne faites pas ça. »

La femme me tendit une main que je repoussai d'un geste brusque. En levant les yeux au ciel, l'un bon, l'autre paresseux, elle me saisit sous les bras et l'homme décolla mes mains de maman.

« Maman ! » Je hurlai, donnai des coups de pied et battis l'air tandis qu'ils m'emmenaient.

Maman était debout, retenant d'une main l'immense jean de Denise. À travers ses larmes, elle m'assura que ça ne durerait pas longtemps du tout, que je devais être gentille et essayer de m'amuser.

Denise passa le bras autour de maman et l'aida à nous suivre dehors. Ils me calèrent dans le siège-auto trop petit d'une voiture noire trop grande. Je vis maman s'effondrer sur le perron et Denise se pencher sur elle pour la protéger de son corps enveloppé et doux.

Jc continuai à hurler en donnant des coups de pied quand ils mirent le contact et quittèrent Monarch Avenue. J'avais l'intention de hurler à m'en rendre malade.

Trois semaines après que ma vessie eut commencé à me jouer des tours et deux mois avant le soir de la pizza, je m'étais découvert le besoin de tenir le sac à main rouge de maman quand nous quittions la maison.

Si elle ne voulait pas me le donner, je me jetais par terre et hurlais jusqu'à ce que des bulles de morve sortent de mon nez et que les graviers du trottoir collent à mes joues. Quand elle en avait assez, elle finissait par me passer la bandoulière autour du cou en m'intimant de bien le tenir.

C'est pourquoi, dans cette voiture noire trop grosse qui sentait le mégot rance et les pets, à trois rues de Monarch Avenue, je cessai d'appeler ma maman et je me mis à réclamer un sac.

« Sac ! Je veux sac.

— Je ne comprends pas pourquoi c'est toujours moi, Gerard. Tu n'as donc pas de couilles ?

— Écoute, Sarah. Je ne vois pas l'intérêt de brusquer les choses. Lentement, fermement et doucement, c'est ma technique. Sinon, on se retrouve avec des parents hystériques et… » il me jeta un coup d'œil dans le rétroviseur « … des gueulards.

— Oui, bon, au moins elle a l'air de l'aimer assez pour devenir hystérique. »

J'avais la tête qui tournait à force de hurler, des points lumineux tombaient en pluie devant mes yeux.

« Seigneur ! » La femme pivota sur son siège. « Il faut que tu te calmes, Janie. Tu vas te rendre malade.

— Et nous aussi par la même occasion, ajouta l'homme doucement.

— Sac, sac, sac ! »

Il soupira. « Pour l'amour du ciel, donne-lui le tien si ça peut la calmer un peu. On a encore vingt-cinq minutes de trajet. »

D'un air excédé, elle sortit son porte-monnaie, le posa sur le tableau de bord et me tendit son sac noir mou.

Il ne sentait pas le tabac et la poussière comme celui de maman, mais je le fourrai sous mon menton baveux, cessai de hurler et regardai les maisons qui défilaient.

Je ne savais pas où nous étions ni même si nous étions loin ; j'étais incapable de me souvenir du chemin pour retrouver maman. Ces adultes bougons et lassés étaient les seuls à savoir comment me ramener à la maison et je compris que je devais être gentille si je voulais qu'ils le fassent.

Je fourrai un tampon de cuir salé dans ma bouche, le mordis et pleurai en silence au point que j'eus l'impression que mes yeux allaient exploser. La femme me dévisageait, sourcils froncés, bouche dure.

« Fantastique ! Des marques de dents ! Sur du cuir d'Italie. »

Ils me conduisirent dans une pièce où des enfants aux bouches édentées enfournaient des sandwichs de fish and chips et se poussaient du coude autour de saladiers en plastique bleu remplis de chips posés sur deux longues tables. On entendait le gargouillis des briques de jus d'orange vidées jusqu'à la dernière goutte et on sentait l'odeur écœurante du pain détrempé par le vinaigre de malt.

Je me tenais sur le seuil, encadrée par Gerard et Sarah, dans l'un des tee-shirts gris de Denise qui me tombait jusqu'aux chevilles. Je sentais mon visage brûlant, morveux et rouge de honte. Un enfant attablé posa les yeux sur Gerard et Sarah et se mit à pleurer, jusqu'à ce qu'un adulte arrive et l'emporte hors de la pièce.

Il y avait des enfants de tous les âges. Les plus vieux nous regardaient de la tête aux pieds, mais ils s'appliquaient surtout à dessiner des spirales parfaites de ketchup et à plonger furtivement les mains dans le saladier de chips avant que quelqu'un dise : « Bon sang ! Laissez-en pour les autres. »

Une femme s'approcha de moi. C'était la première personne noire que je voyais ailleurs qu'à la télé.

J'adorais Arnold dans *Arnold et Willy*, c'était mon préféré, mais je n'avais le droit de le regarder que chez Denise.

Cette femme paraissait différente des gens à la télé. Sa peau était plus sombre et brillait comme un caillou brun et salé qu'on met dans la bouche parce qu'il est tout doux et puis qu'on crache dans sa paume. Elle n'était pas comme maman. Elle était ronde et douce, mais pas non plus comme Denise, parce qu'elle avait l'air forte, ferme. Elle portait une robe orange et un long collier de perles vertes qui cliquetaient. Elle se pencha pour me parler et je me dis que si sa voix était belle, c'était parce qu'elle sortait de ce visage brillant et souriant.

« Tu dois être Janie ? Je m'appelle Nell. » Elle suivit mon regard tourné vers les enfants les plus grands qui chuchotaient et se posta devant eux. « Ne fais pas attention à eux. Je te présenterai à tout le monde plus tard.

— Tu parles comme ma maman mais t'es une négresse ! » Les travailleurs sociaux se raidirent un peu derrière moi, les enfants se turent et Nell se mit à rire.

« Vraiment ? Eh bien, c'est sans doute que ta maman et moi sommes toutes les deux d'Aberdeen. Et la prochaine fois, tu diras noire au lieu de négresse, d'accord ? C'est mieux. »

Je croyais que j'avais été vilaine, mais elle sourit et je glissai ma main poisseuse dans la sienne douce et chaude. Alors l'image de maman effondrée sur les marches s'imposa et je retirai ma main.

Elle nous emmena dans une petite pièce avec des étagères remplies de serviettes, de jeux de société déglingués et de filets de ping-pong roulés.

Quand elle attrapa une grosse boîte sur l'étagère du haut, je remarquai qu'elle était pieds nus et que ses ongles de pied n'étaient pas vernis, mais épais et jaunes.

« Bon, je te demande de fouiller là-dedans et de choisir les vêtements que tu as envie de mettre. Le temps qu'on te trouve quelque chose qui sera à toi. Je sors juste dire deux mots à Gerard et Sarah et après on t'habille et on te donne un énorme sandwich avec des chips. »

Elle laissa la porte entrouverte. J'étais tout excitée en pensant à la pile de jouets, aux énormes sandwichs et aux chips. Je me dis que c'était peut-être comme des vacances, pour que maman puisse sortir et faire la fête, une « pause » comme elle appelait les soirées où elle bafouillait et tanguait, et qu'ensuite elle se trouverait peut-être un autre copain qui ne serait pas Tony. Elle m'avait dit de m'amuser. Peut-être qu'elle pleurait seulement parce que j'allais lui manquer.

J'étais déboussolée, j'avais un peu sommeil, parce que mon cœur avait arrêté de cogner dans ma poitrine et que je ne sentais plus mon ventre se retourner.

Je fouillais dans le carton de vêtements d'autres enfants partis du foyer, y découvrant une jupe à volants, quand j'entendis le nom de ma rue.

« Monarch Avenue. Mère célibataire, petit ami, pardon, *fiancé*[1], avec un casier judiciaire, mauvais traitements.

— Sur les deux ?

— La mère dit que non, mais certainement que si depuis hier soir. »

J'entendis un soupir.

1. En français dans le texte original.

« À en juger par le trajet, Janie est très perturbée, ajouta Sarah.

— La mère veut vraiment la garder mais je ne serais pas surprise qu'elle se drogue. Vous savez, maigre comme un clou, pas beaucoup de réaction au début.

— Oui, bon, suppositions mises à part, il suffit de regarder Janie pour voir que c'est vraiment une petite fille perturbée.

— Enfin, on l'a arrachée de force à sa maman… » il y avait une note glaciale dans la voix de Nell « … et ce n'est donc pas vraiment étonnant. Écoutez… » Je compris qu'ils tendaient l'oreille vers moi. « Elle est sage comme une image maintenant. »

Sarah éleva la voix, ses mots fendirent la chaleur de la petite pièce. « Quoi qu'il en soit, n'allez pas lui promettre qu'il n'y en a que pour quelques jours.

— C'est une institution de placement temporaire et je dis aux enfants ce que je pense être approprié, merci. Et pour la mère ?

— Une évaluation et un entretien librement consenti avec un psychiatre. » Un silence. « Elle a un dossier.

— D'accord, merci de me tenir au courant. Dites-moi comment ça évolue et je vous appelle demain. »

Ils ne se dirent pas au revoir.

Nell ouvrit la porte et me trouva tenant un tee-shirt He-man et la jupe orange à volants.

« Janie, tu es sûre de vouloir mettre ça ? »

Je hochai la tête, c'étaient les plus beaux vêtements que j'avais jamais vus. Mon regard s'attardait sur une des boîtes. Nell hocha la tête et l'attrapa sous une pile d'autres boîtes.

« Seulement jusqu'à ce que maman vienne me chercher quand elle sera reposée. Tu sais quand elle va venir ? Parce que je vais jouer jusqu'à ce qu'elle arrive et je veux être prête. »

Nell frotta sa paume sèche contre ma joue.

« Tu peux jouer autant que tu veux, Janie, jusqu'à ce que ta maman soit reposée et de nouveau heureuse. Bon, tu aimes les bâtonnets de poisson ? »

Je sortis avec les vêtements et la boîte sous le bras en espérant que maman attendrait que j'aie mangé les bâtonnets de poisson et joué un moment avec Nell avant d'avoir fini de se reposer.

Je répondis du tac au tac aux gentilles questions de Nell tout en coloriant dans son bureau et passai le reste de la journée allongée à plat ventre sur la moquette verte de la salle de jeux, les yeux noyés dans les jetons rouges et jaunes.

Les autres enfants s'approchaient par curiosité ou parfois à la demande d'un adulte.

« Je peux jouer ? »

J'étais généreuse. Je les laissais s'allonger en face de moi et regarder du coin de l'œil la nouvelle venue à travers les trous vides du plastique bleu. Chaque fois que le visage de Tony se glissait dans ma tête, je comptais les jetons jaunes et rouges et j'en alignais quatre. Je savais compter jusqu'à six, mais j'oubliais parfois le cinq.

La plupart des enfants étaient plutôt gentils, sauf une fille boulotte qui donna un coup de pied dans le plateau et éparpilla les jetons sous le canapé quand je lui dis qu'elle ne pouvait pas jouer deux fois. Aucun d'eux n'avait l'air de m'en vouloir de mon apparition soudaine ni du fait que je m'étalais dans leur salle de jeux.

Il y avait des saucisses et de la purée au dîner et Nell s'assit à côté de moi. Elle ne me donna pas de tape sur la main et ne lança pas la bouteille de ketchup sur le mur quand je fis des points rouges sur les deux cuillères de purée granuleuse. Au lieu de cela, elle me posa des questions calmes sur mes repas à la maison, est-ce que maman était bonne cuisinière et est-ce qu'il m'arrivait d'avoir vraiment faim ? Je répondis à ses questions par d'autres questions.

« On mange des saucisses tous les jours ? Y a du dessert ? C'est toi qui fais à manger, Nell ? Tu manges pas ta saucisse ? »

Le dessert était un blanc-manger rose et tremblotant surmonté d'une grosse goutte de confiture rouge. Nell me donna la moitié de sa part.

On regarda *Tom et Jerry* avant d'aller dormir. Quand Nell éteignit le magnétoscope, ce fut soudain la bousculade pour quitter la pièce et je compris pourquoi en voyant les queues devant les salles de bains. Les deux portes étaient surveillées par un adulte qui faisait souffler les enfants pour vérifier leur haleine avant qu'ils sortent.

Le tee-shirt gris de Denise en guise de chemise de nuit, je tenais une brosse à dents rose avec un canard sur le manche. Quand je vis les chambres avec les lits si proches qu'on pouvait toucher les enfants d'à côté, j'eus mal au ventre en pensant au ketchup rouge, à la confiture et au blanc-manger qui se mélangeaient.

Je tirai doucement sur la robe de Nell. « Je peux te dire un secret ? »

Elle s'accroupit. « Tu peux tout me dire. Qu'est-ce qu'il y a ? »

Je mis les mains autour de son oreille en espérant qu'aucun enfant ne m'entendrait. « Des fois j'ai tellement envie de faire pipi la nuit que j'arrive pas aux cabinets. »

J'éloignai la tête mais elle ne broncha pas, elle ne m'attrapa pas le bras et ne m'entraîna pas aux toilettes. J'essayai de lui faire comprendre. « Ça veut dire que des fois je fais pipi au lit. Mais je vais vraiment essayer de pas le faire ici, promis. »

Nell hocha la tête. « Bon, tu es vraiment une grande fille de me le dire. Je vais veiller à ce que tu sois dans une chambre où personne n'y fera attention, même s'il arrive un accident. Ne te fais pas de souci et fais de beaux rêves. »

Je me mis dans la file de la salle de bains et vis Nell échanger quelques mots avec un des adultes. Après avoir avalé une perle de dentifrice rayée et soufflé sur une femme à l'air soupçonneux, je la retrouvai. Elle m'emmena dans une chambre avec deux lits seulement : un pour moi et un pour Sue, la fille qui avait donné un coup de pied dans le plateau de Puissance 4. Nell nous embrassa en nous souhaitant bonne nuit et laissa une lumière allumée. En essayant de m'installer confortablement, j'entendis le craquement rassurant de l'alèze plastifiée.

Tout en m'endormant, j'imaginais maman buvant de la vodka au Roxy, les jambes flageolantes, riant de Tony et de la police. Peut-être rencontrerait-elle un gentil petit ami noir, le frère de Nell, qui empêcherait Tony de revenir.

Je me réveillai le lendemain matin sans avoir les cuisses moites et irritées et sans devoir cacher les draps au fond du panier de linge sale. Quand Sue se leva avec une tache humide sur son pantalon de pyjama, je me détournai et fis comme si je ne voyais rien.

6

Cela faisait vingt minutes que je lisais le *Dandy*[1] dans le bureau quand maman arriva à bout de souffle et expliqua qu'elle était en retard à cause des bus. Elle n'était pas maquillée et ses yeux paraissaient petits, sa bouche étroite. Ses cheveux mouillés étaient peignés en arrière. Je voyais bien qu'elle avait couru.

Elle se mit à genoux et me prit dans ses bras, puis recula pour me regarder. « Janie ? Qu'est-ce qu'ils ont fait à tes belles boucles ? »

Mes cheveux étaient coupés court et je portais la salopette rouge et le tee-shirt jaune que Nell m'avait achetés. Maman me dévisageait comme si j'étais un imposteur.

« Le coiffeur a dit qu'il pouvait pas du tout les peigner. J'ai pleuré quand il a tout coupé, maman, mais maintenant j'aime bien. » Je touchai les pointes de mes cheveux courts et doux et je me rappelai les boucles dorées balayées sur le linoléum, mes larmes devant ma « coupe de garçon » et Nell me caressant la tête en me disant que c'était un nouveau départ et qu'ils repousseraient « raides et brillants comme ceux d'une princesse ».

1. Magazine anglais pour les enfants.

Ce jour-là, Nell m'acheta la salopette, quatre tee-shirts de couleur différente, une paire de tennis orange et une brosse rose dont le manche scintillait. Le soir, pendant que nous regardions notre dessin animé, elle me montra comment séparer mes cheveux en deux parties et les brosser jusqu'à ce qu'ils deviennent doux comme le « poil d'un chaton ».

D'un doigt, maman releva mon menton et m'examina, cherchant les changements survenus au cours des quinze jours de séparation. « Est-ce qu'on t'a fait du mal, Janie ? Je t'ai manqué ? »

Elle paraissait fâchée, avec ses lèvres minces et son visage tendu et pâle. Je baissai mes cils fins pour couvrir mes yeux. « Non. Est-ce qu'on t'a fait du mal, maman ? »

Sarah sortit de derrière son bureau. « Je vous assure que personne n'a fait de mal à Janie, Iris. C'est l'un de nos meilleurs foyers. Elle a été heureuse, en fait... mais... bien sûr vous lui avez beaucoup manqué. »

Maman me serra contre sa poitrine et sa clavicule s'enfonça dans ma joue. « Tu sais que j'ai jamais voulu que tu partes ? Et ça arrivera plus. J'suis ta maman. »

Je hochai la tête, les yeux fixés sur mes tennis orange, embêtée de les avoir déjà éraflés alors que je voulais les garder beaux, neufs et propres.

« Tu m'as manqué, maman. »

Nell m'avait dit que maman voudrait entendre ces mots.

Une fois dehors, maman me prit la main.

« On retourne à Monarch Avenue ?

— Ben oui, bien sûr. C'est chez nous. Et y a une grosse surprise pour toi. »

Je m'arrêtai net, attendant qu'elle se mette à mon niveau, la tête penchée pour me montrer qu'elle écoutait. Au lieu de cela, je perçus une trace d'impatience. Stressée, les yeux écarquillés, elle essayait de garder son calme et de refouler ses larmes. Je me dis que j'allais peut-être la décevoir.

« Est-ce qu'il y aura Tony ? À la maison ? »

Son visage se radoucit et les larmes débordèrent en silence et coulèrent sur ses joues. Elle s'accroupit et me regarda dans les yeux.

« Non, Janie. Tu verras plus jamais ce type, j'te le promets. À partir de maintenant ça sera juste nous deux. »

Je mis mes bras autour de son cou et glissai un petit baiser sur sa joue salée.

Dans le minibus, le A13, maman, d'un ton vide et joyeux, me bombarda de questions sur les enfants, les repas, les adultes, ce que je faisais pendant la journée.

« J'ai joué à Puissance 4, c'est un jeu, et je me suis brossé les cheveux le matin et avant de dormir, et j'ai pas fait pipi au lit, pas une fois ! »

Assise sur ses genoux cagneux, je lui racontai la femme noire qui parlait comme nous et qui m'avait appris à me brosser les cheveux. Maman baissa les yeux puis les leva, sa bouche s'affaissa. Elle avait la même expression quand Tony la giflait par surprise.

Après cela, je pris la décision de garder Nell secrète, de ne pas raconter à maman que le matin, tout en tripotant ses perles vertes, j'avais pleuré sur les genoux douillets de Nell parce que je ne voulais pas partir. Elle m'avait expliqué que j'allais être heureuse avec ma maman, que j'avais de la chance de rentrer à la maison et que je devais dire à ma maman qu'elle m'avait manqué.

« Regarde, Janie, plus qu'un arrêt avant la maison et ta surprise ! » La bouche de maman esquissa un sourire qui ne gagna pas le reste de son visage. Ses cheveux commençaient à sécher en formant des boucles à des endroits bizarres.

Je vis les reflets des bouteilles cassées, les graffitis sur une fenêtre condamnée. Oui, nous étions presque arrivées.

En passant la porte j'essayai de faire entrer l'air dans ma poitrine serrée. Je n'étais partie que quinze jours mais la maison me semblait déjà étrangère.

Je remarquai pour la première fois son mauvais état : la moquette bordeaux clouée sur les bords, la tache sur le mur là où Tony avait un jour lancé une bouteille de whisky, et la marque de brûlure à côté de la cuisine là où un des copains de Frankie s'était endormi avec une clope allumée. Notre maison, faite pour être un lieu de passage.

Dans le salon il y avait des ballons par terre, des longs qui font mal à la poitrine quand on les gonfle si on ne les étire pas un bon coup avant et, au-dessus de la fenêtre, une feuille brillante « Bienvenue à la maison ! » collée avec quatre bouts de chewing-gum gris. Sur la table il y avait un gâteau, des chips et une bouteille de Coca. Frankie, Denise et Jodie étaient assis en rang sur le canapé. Gros Bras était dans le fauteuil, le bras tendu au-dessus de l'accoudoir pour caresser la jambe de Jodie. Ils tenaient leur verre de Coca et souriaient faiblement.

« Surprise ! » cria maman. Le mot résonna dans la pièce silencieuse. « Je vais mettre de la musique. »

Frankie ouvrit les bras. « Viens ici, la môme. »

Je courus vers lui et il me hissa sur ses genoux. Jodie lui fit un grand sourire et Gros Bras retira sa main avec un soupir excédé. Denise passa ses doigts grassouillets dans mes cheveux. « Hanging on the telephone » de Blondie retentit dans la pièce.

Maman s'assit par terre entre les jambes de Jodie. Jodie se pencha et lui serra gentiment les épaules. Frankie m'examinait.

« Tu vas bien, la môme ? »

Je hochai la tête et mes yeux se posèrent sur le Battenberg cake[1] jaune et rose.

« Tu verras plus jamais ce type ici, tu piges ? Tu fais confiance à tonton Frankie ?

— Oui, maman l'a dit. J'aime bien Blondie, tonton Frankie, moi aussi je suis une blondie, t'as vu ? »

Frankie regardait la moquette. « Si seulement j'avais su, j'aurais pu arranger ça plus tôt. Parce que tonton Frankie sait tout réparer, d'accord, Janie ? Oublie pas. »

Ses paroles fendirent l'air, cinglantes et aussi malvenues que des éclats de verre. Même moi je savais que tout le monde savait. C'était inscrit sur le visage de maman, il suffisait de regarder sous la tonne de peinture de guerre camouflant la vérité.

Denise remua. « Et si on mangeait un p'tit bout de gâteau ? » Sa voix douce trembla. « Vous savez bien que j'peux pas voir un gâteau sans l'manger. Et merde pour les calories. Bon, de toute façon, j'commence le régime Slimfast après-demain. »

Jodie se leva, peut-être pour que nous ne soyons pas obligés de voir Denise bouger du canapé bas, et elle coupa des tranches épaisses de Battenberg cake pour tout le monde. Elle servit maman en premier et je vis qu'elle pleurait de nouveau.

1. Gâteau à base de génoise et de pâte d'amandes, et dont une tranche montre quatre carreaux alternativement rose et jaune.

« Putain, j'ai vraiment tout foutu en l'air. » Maman tripotait sa tranche de gâteau.

Jodie vint s'asseoir sur la moquette à côté de maman, sa part en équilibre sur son genou nu. « Allons, Iris. » Elle parlait à voix basse, comme si cela pouvait nous empêcher d'entendre alors que nous étions à côté. « Arrête de pleurer pour Janie. R'garde tous les efforts qu'a faits Denise et y faut encore qu'on donne les cadeaux. Les larmes, ça s'ra pour quand elle sera couchée. »

Je n'écoutais qu'à moitié, occupée à détacher la couche collante de pâte d'amande et à séparer les carrés jaunes des carrés roses.

« Bon, on passe aux cadeaux, hein ? » dit Frankie en donnant une tape sur son jean sale. Tout le monde approuva, sauf Gros Bras qui faisait la tête.

Maman alla à la cuisine en traînant les pieds. Elle revint et resta sur le seuil, le bras droit caché derrière la porte.

« Bon, ça c'est juste le petit... Surprise ! »

Si sa voix était sans expression, je ne m'en rendis pas compte. Elle tenait un parapluie en plastique rouge transparent, de la même couleur que ma nouvelle salopette. Mon visage se fendit d'un sourire et tout le monde se mit aussi à sourire. Si c'était le petit cadeau, comment allait être le suivant ?

Maman se pencha puis se redressa et dévoila un immense clown en chiffon, au moins aussi grand que moi, avec des bras et des jambes longs et maigres qui pendaient. Il semblait mort : il avait de grands yeux mauvais et sa bouche béante et rouge laissait voir ses dents. Sa tête penchait de côté ; j'avais l'impression qu'il allait se réveiller la nuit pour me manger la cervelle. J'enfouis la tête contre la poitrine de Frankie.

« Non ! Enlève-le ! Je l'aime pas ! » Je rassemblai des raisons pour pleurer. J'avais envie de jouer à Puissance 4, de regarder des dessins animés et de me brosser les cheveux. Je voulais être avec Nell. « Il me fait peur, je le déteste. »

Maman rangea le clown dans la cuisine. Je regardai autour de moi pour m'assurer que la porte était fermée sur le vilain jouet. Elle revint, me caressa la tête et me demanda si le parapluie me plaisait. Je hochai la tête de mauvaise grâce et le lui pris des mains. Maman se rassit par terre et se mit elle aussi à séparer les carrés jaunes des roses. Les autres se racontèrent les derniers ragots sur la séparation de Blondie et sur James Bruce qui avait fait de la taule pour arnaque. À un moment, Jodie demanda à maman : « Elle est où la mémé de Janie, un jour comme aujourd'hui ? »

Maman leva les yeux au ciel, inspira un coup. « À son putain de bingo. » Elles eurent un rire minuscule, puis maman vit que je plissais les yeux. Elle rassembla ses genoux sous son menton et recommença à faire une boule de pâte d'amande.

J'avançai un peu sur les genoux de Frankie et tendis mon parapluie devant moi. Il sentait les produits chimiques, mais il était brillant et sa poignée était rouge comme le plastique transparent. Je défis la pression de l'attache et regardai le plastique se déplier comme une fleur géante en bouton. Je glissai la main pour l'ouvrir, mais celle de Denise jaillit, entoura le parapluie et bloqua la mienne.

« Non, Janie, ça porte malheur d'ouvrir un parapluie à l'intérieur. »

Maman eut un rire bref. « Je crois qu'on a dépassé ça depuis longtemps, Denise. On a eu largement notre part dans cette maison. Vas-y, Janie, peut-être qu'au contraire ça va nous porter chance. »

Frankie se mit à rire et Jodie aussi. Denise sourit. J'appuyai sur le bouton du parapluie et regardai la triste fête et la pièce sordide se remplir de couleur au moment où il s'ouvrit d'un coup. Je fis tourner le parapluie en le regardant onduler et gloussai d'excitation. Très vite les recoins poussiéreux de la pièce se remplirent de nos rires à tous. Sauf de Gros Bras qui faisait toujours la tête.

Tout le monde partit. Maman me conduisit dans la cuisine et me fit une tasse de thé avec deux cuillères de sucre. Nous étions assises à la table de la cuisine, maman sur un tabouret et moi sur la petite essoreuse. Maman ouvrit un paquet de chips.

« Janie, tu te rappelles les gens des services sociaux qui t'ont emmenée ? »

J'avais les yeux rivés sur les chips.

« Janie ? »

Je levai les yeux, hochai la tête et regardai de nouveau les chips.

« Bon, si t'as pu rentrer à la maison c'est parce que je leur ai dit qu'on allait changer des trucs. S'organiser. »

J'attrapai la plus grosse chips et me mis à lécher le goût sucré et piquant de fromage et d'oignon en faisant des bruits râpeux.

Maman poussa un soupir et s'en prit aux petites peaux sanguinolentes de ses ongles. « Bon sang, Janie, arrête ça et mange-la. »

Je mis la chips dans ma bouche et la croquai pour la réduire en pâte.

« Bon, la première règle tu la connais, c'est qu'on peut plus voir Tony. Y a une loi spéciale qui l'empêche d'approcher et si on le voit, même si c'est seulement dans la rue ou dans une boutique, y faut partir et le dire à la police, d'accord ? »

Mâchonnant toujours, je pris une autre chips avec une grosse bulle dessus. Je hochai la tête.

« Bon sang, Janie, je rigole pas. » Elle saisit vivement les chips et les jeta dans un placard. « S'il te plaît, Janie, essaie d'écouter, c'est important. Quand on aura fini de parler, tu pourras manger tout le paquet, d'accord ? Bon, bois ton thé. Donc, c'est la première règle. La suivante, c'est qu'il faut que t'ailles à la garderie cet été avant d'aller à la grande école. T'es tellement intelligente, Janie, que ça suffira que tu y ailles quelques mois. Y aura plein d'enfants et tu te feras des copains. »

Je posai ma tasse des deux mains. Maman se mordit la lèvre.

« Ça sera comment à la garderie, m'man ? Tu viendras aussi ? C'est tous les jours ?

— C'est un endroit où je te laisserai pour la journée et où tu joueras avec les autres enfants. Et c'est seulement trois jours par semaine et il y aura des gentilles dames qui t'aideront et s'occuperont de toi. »

Mon cœur vrombissait d'excitation et d'inquiétude. Maman ne sera pas là. Je serai toute seule et il y aura des enfants avec qui jouer.

« Alors c'est comme la maison de Nell ?

— Pas tout à fait, c'est…

— Et est-ce qu'il y aura un Puissance 4 ? Ou est-ce qu'y faut que j'en apporte un ? Est-ce que je peux l'avoir en avance sur le père Noël ?

— Je suis sûre qu'ils en ont un.

— Est-ce qu'il y aura des bâtonnets de poisson ? »

Maman souffla sur son thé en faisant la moue. « Peut-être, Janie, je sais pas. Les questions ça suffit, j'ai encore des choses à te dire. »

Je fronçai mes sourcils pâles et hochai la tête en même temps qu'elle, mais en fait je me demandais si les autres enfants me reconnaîtraient quand je serais debout et sans mon masque de plastique bleu avec des trous. Je me demandais si Nell me brosserait les cheveux après le déjeuner ou m'emmènerait de nouveau acheter des tee-shirts.

« Janie ? Janie, t'as écouté ce que je t'ai dit ? Arrête de faire l'imbécile, putain de merde. » Elle posa brutalement sa tasse. « J'ai dit qu'on déménageait. On déménage dans quatre jours. » Ses yeux étaient pleins de larmes. « Je me demande pourquoi je me donne tout ce mal. »

Elle ouvrit le placard et lança le paquet de chips ouvert qui se répandit sur la table, puis sortit. J'entendis claquer la porte de la chambre. Assise sur l'essoreuse, j'essayais de penser à d'autres choses concernant la garderie et de manger quelques chips mais elles me faisaient mal à la gorge tout d'un coup et je ne pouvais pas penser à Nell sans qu'elles me grattent et me blessent encore plus.

Le lendemain, trois jours avant le dernier à Monarch Avenue, je me levai pour faire le petit déjeuner de maman. Elle n'était pas sortie de son lit depuis la veille et m'avait envoyée dans ma chambre quand j'avais voulu me coucher avec elle. Depuis mon retour à la maison, j'avais surtout vu ses larmes et sa mauvaise humeur. Je me disais qu'elle était peut-être malade. Comment expliquer autrement la disparition de tous les rires, les câlins et les gentillesses d'une maman ? Maintenant que Tony était parti, elle aurait dû aller mieux.

Dans la cuisine, je sortis la margarine Flora du frigo et traînai le tabouret de maman pour grimper dessus et prendre le café et le pain dans le placard. Le pain était un peu dur sur les bords, mais il se ramollit avec une couche bien épaisse de margarine. Une fois la tartine terminée, le pain était couvert de traces de doigts sur une mer molle, jaune et grasse. On aurait dit de minuscules empreintes d'éléphant alors j'en fis d'autres.

Je devais faire du café à maman pour aller avec son toast froid. Elle disait toujours : « Janie, dis pas un mot. Faut d'abord que j'boive une tasse. » Je n'avais pas le droit de toucher la bouilloire, parce qu'un jour j'avais tiré le câble pour essayer de voir la vapeur, et maman avait baissé mon collant et m'avait donné une fessée. Mais je savais que le café devait être chaud, alors je grimpai de nouveau sur le tabouret et répandis la poudre de Mellow Bird's dans les trous du grille-pain. J'en versai un bon demi-pot et j'ajoutai une goutte de lait, comme j'avais vu maman le faire. Quand maman allait chez mémé, elle disait : « Juste une trace de lait dans le mien, m'man. » J'appuyai sur le bouton et je descendis.

Je courus dans la chambre et me jetai sur la bosse que faisait le drap. Maman dormait depuis longtemps.

« Maman ! Je t'ai fait le petit déjeuner. »

J'entendis un bruit sous les couvertures comme un chien qui proteste après avoir reçu un coup de pied, puis elle montra le bout de son nez et j'étais si près que je sentis la sueur dans ses cheveux et la fumée dans son haleine. Son visage était déjà mouillé.

« Quoi ? T'as fait quoi ? J'te préviens, si t'as touché la plaque ou la bouilloire, je...

— Non, maman, je l'ai pas touchée ! Je t'ai fait un toast mais pas chaud parce que j'ai chauffé ton café dans le grille-pain. »

On entendit un grand clac dans la cuisine. Maman se redressa d'un coup, sauta du lit en slip et débardeur et glissa ses pieds nus dans une paire de vieilles bottes de Tony.

« Bordel de merde ! Bouge pas. »

En revenant dans la chambre, elle me regarda de ses petits yeux pas maquillés comme si j'avais fait exprès de lui faire de la peine. Elle me regarda un long moment, à croire qu'elle essayait de me reconnaître, et moi, je contemplais ses jambes maigres qui sortaient des grosses bottes noires et j'essayais d'étouffer un fou rire.

« J'ai pas bien fait ? Un petit déjeuner pour que tu sois contente ? »

Son visage était sévère et j'eus la sale impression que j'avais peut-être oublié de faire quelque chose. Est-ce qu'elle voulait de la confiture ? Une clope allumée à fumer en même temps ?

Elle se pencha jusqu'à ce que nos nez se touchent et son haleine de fumeuse me couvrit le visage.

« Toi, Janie Ryan... » Je tremblai en entendant mon nom de famille. « ...Tu es une sale petite môme et un chef archinul ! »

Elle me jeta sur le lit et se mit à me chatouiller avec les doigts spécialistes en chatouilles de maman. Je me tortillais, mes bras partaient dans tous les sens, mais tout en lui hurlant d'arrêter, je la suppliais en réalité de continuer.

7

Buchanan Terrace faisait partie d'une grande cité en béton. En marchant dix minutes dans n'importe quelle direction, on avait l'impression que quelqu'un avait joué avec des briques de Lego grises, quelqu'un qui aimait les lignes droites et l'ordre et qui ne se préoccupait pas trop du fait que les familles aient moins d'espace que des poules en batterie.

Ce n'était toutefois pas des tours. Chaque bâtiment était en forme de U, avec quatre étages de dix appartements. On avait même un en haut et un en bas et maman disait que ça en faisait une vraie maison. Buchanan Terrace était coincé entre deux immeubles sinistres. Notre porte était la rouge au quatrième étage.

On n'emporta presque rien de Monarch Avenue. Tonton Frankie ne pouvait pas caser grand-chose dans le coffre de sa toute belle petite voiture noire.

La cité était horrible, mais on n'y sentait pas la même menace. À la place des bouteilles cassées et des bidons d'essence, il y avait des emballages de Mr Freeze et des couches merdeuses qui débordaient des sacs-poubelle déchirés.

« C'est un endroit pour les familles, Janie. »

Des bandes de gosses couraient dans les rues, les plus jeunes avec des couches lourdes et détrempées sous leurs tee-shirts trop courts, et quand le camion de glaces arrivait, au son de « Teddy bears' picnic », ils couraient derrière, tapaient la carrosserie de leurs poings sales, refermés ou non sur une belle pièce de monnaie.

Frankie disait que les affaires marchaient bien. Il m'acheta une couette Mon Petit Poney et un cheval à bascule gris à la crinière raide et brillante. Il offrit à maman un grille-pain Breville et une platine radio tourne-disque avec une araignée morte sur la bande de réglage de la radio. Le plus beau cadeau, pour nous deux, fut une grande télé couleur avec une télécommande. Le son et la couleur entraient dans la pièce le soir et repoussaient tous les coins obscurs comme un arc-en-ciel.

Même mémé nous apporta quelque chose.

« T'imagines pas ce trajet en bus. J'espère que t'apprécies. Bien sûr, si tu t'étais pas mise à la colle avec un voyou j'aurais pas besoin de t'apporter c'que ma voisine voulait plus. » Elle arriva avec d'épais rideaux orange. Je m'enveloppai dedans et je me baladai dans l'appartement comme si j'étais une princesse. Plus tard, maman me trouva endormie au pied de mon lit, entortillée dans le velours mandarine.

Maman décida de « s'organiser » et tous les lundis on partait rejoindre la longue file impatiente qui faisait la queue à la poste pour toucher les allocations, avant d'aller au Safeway et de sortir la liste.

« Ensuite on tiendra sur l'argent qui restera jusqu'à la fin de la semaine et au moins on aura de quoi manger à la maison. »

Les premiers jours, on mangeait des spaghettis en boîte, du poisson pané et des gaufrettes roses, mais quand arrivait le dimanche, les placards étaient vides et on mangeait surtout des toasts et du porridge en parlant de ce qu'on allait acheter le lendemain dans les allées rutilantes du Safeway. Tout en mâchonnant son toast avec une trace de margarine, maman expliquait qu'elle commençait à s'y habituer et qu'elle allait trouver le moyen de « faire durer la bouffe ».

Le lundi, j'aidais maman à porter les sacs de courses et à ranger les trucs dans le congélateur. Ensuite maman me donnait un billet d'une livre : mon argent de poche.

« File là-bas et reviens tout de suite. Et laisse personne te le prendre, Janie. »

Le billet roulé serré dans ma petite patte moite, je courais jusqu'à la boutique où j'achetais une BD et un Cornetto ou parfois un cône de glace à l'italienne à la framboise avec une boule de chewing-gum froide et effritée au fond.

« Tu veux pas en mettre de côté pour la semaine, comme ça tu pourrais aller au camion de glaces ? » demanda-t-elle. J'étais montée sur mon cheval à bascule et une traînée de glace coulait lentement sur son flanc gris.

« Non. »

Non, j'avais vu les enfants de l'étage courir devant notre porte, poursuivre le camion de glaces rouge et blanc, comme une meute en chasse, et je ne voulais vraiment pas descendre avec mon précieux argent de poche.

Mon cuir chevelu était irrité et mes cheveux électriques à force d'être brossés. J'avais commencé à 6 h 30 et terminé à 8 heures passées. J'avais mis ma salopette rouge, un tee-shirt bleu et mes tennis orange.

« Comme ça ils me reconnaîtront, maman. »

Elle me regarda, haussa les épaules, poussa vers moi le compte-gouttes de vitamines et continua à beurrer son toast. « Mets tes vitamines dans ton lait. »

Je pressai le compte-gouttes, observant les gouttes jaunes et huileuses dériver sur la surface blanche. Mes mains tremblaient, ma tête était en ébullition : c'était le grand jour.

« Est-ce qu'il y aura un Puissance 4 ? Pour jouer avec les enfants ? »

Maman haussa les épaules, l'air pincé. Elle ne se maquillait plus jamais et n'allait nulle part sauf le lundi. Je me disais que « s'organiser » devait la fatiguer. Ses ongles étaient rongés jusqu'à devenir des moignons enflés et couverts de croûtes et j'avais peur que ma livre d'argent de poche nous rende très pauvres.

Je m'assis pour regarder *Rue Sésame* et essayer d'avaler le toast qui restait coincé dans ma gorge pendant que maman s'habillait. Elle revint portant un jean taché, un grand tee-shirt noir avec une panthère dessus qui avait appartenu à Tony et des chaussures blanches à talons. Ses bouclettes étaient plates sur le sommet de son crâne et crépues au bout. Je vis qu'elle fumait une clope roulée.

« T'es jolie maman. T'es belle. » Elle me saisit le bras et approcha mon visage du sien, ses yeux bruns me fixant avec dureté. « Raconte pas de conneries, Janie, tu m'entends ? Jamais, même pour faire plaisir. Même à ta pitoyable maman. »

Sa voix était calme mais il n'y avait pas trace de sourire. Elle lâcha mon bras et me donna un rapide baiser sur le front. « D'accord ?

— D'accord, maman… Je trouve que tes cheveux sont un peu emmêlés. Je vais chercher ma brosse ?

— Oui, Janie, mais dépêche-toi. Faut pas être en retard. »

J'allai chercher ma brosse et, avec mes doigts potelés, je suivis le trajet de ses poils dans les cheveux de maman pendant qu'elle fumait une autre clope roulée et restait assise sans bouger pour moi.

Quand j'eus terminé, elle se leva. Son visage était mouillé de larmes et ses cheveux avaient doublé de volume, doux et aériens comme de la barbe à papa. Elle les tâta et eut un petit rire.

« Bon, c'est vrai que ça fait mieux, Janie. »

Elle me prit par la main et on partit pour mon premier jour à la garderie.

C'était un bâtiment bas avec des barbelés sur le toit et des personnages de bande dessinée écaillés et abîmés par le vent sur les murs. Je me dis que ce n'était pas grave si c'était ailleurs.

Maman me fit un câlin qui me coupa le souffle et m'écrasa les côtes avant de me pousser dans les jambes d'une vieille dame à la grosse poitrine et aux lunettes rondes et roses.

« Sois gentille. Je reviens plus tard. »

Elle partit très vite, tête baissée, et ne se retourna pas.

« Janie, je suis Mme Walker. Tu es contente d'aller à l'école ? »

Je ne lui répondis pas. J'étais trop abasourdie par le départ précipité de maman : elle mourait d'envie de partir.

La femme me prit la main et m'emmena dans une pièce remplie de jouets et d'images, tous en compétition pour se faire voir. Les seules couleurs et formes qui n'encombraient pas ma vue étaient celles que j'aurais voulu retrouver. Mes yeux ne se posaient pas sur la peau brillante de Nell ni sur ses perles vertes cliquetantes. Les nez en trompette, taches de rousseur et bleus sur les tibias au milieu du tapis n'appartenaient à aucun des enfants que je connaissais, et je ne voyais nulle part de boîte de Puissance 4.

Je me mordis la lèvre supérieure. Maman l'avait dit, elle avait promis. Je sentis le picotement dans mes yeux, le gonflement dans ma poitrine. Je tirai sur la manche de Mme Walker.

« Est-ce qu'il y a un Puissance 4 pour que je joue avec ? » je lui demandai en chuchotant.

Les enfants se figèrent, les doigts dans le nez, ils sortirent les mains de leur short, multitude de bras et de jambes qui se tortillaient sur le tapis devenu silencieux : ces enfants savaient reconnaître la montée d'une colère. Devant, un garçon avec des cernes noirs sous les yeux respirait bruyamment par la bouche.

« Oh, eh bien, je ne suis pas sûre. Puissance 4, tu dis ? » Elle fit rouler le nom sur sa langue. Elle ne l'avait jamais entendu. « En tout cas, nous jouons les uns avec les autres ici, Janie, gentiment, tous ensemble. »

Je commençai à accorder ma respiration au souffle bruyant du garçon, et puis la douleur qui enserrait ma poitrine explosa et je me mis à hurler. Les enfants me regardaient ; des filets de bave coulaient de ma bouche grande ouverte et des ruisseaux de morve s'amassaient sous mon nez. Ils me regardaient, les yeux écarquillés. Je rougis de plus en plus et me jetai en boule par terre. Mme Walker s'affairait auprès de moi. Elle essaya d'abord de me calmer et m'éloigna finalement de mon public, dont certains auditeurs menaçaient de se mettre aussi à pleurer. Elle me souleva et je criai : « Lâche-moi, espèce… espèce de sale grosse pute. »

Tous les enfants sur le tapis retinrent leur souffle. Le garçon aux cernes noirs se mit à pleurer.

« La tape pas ! » Je ne sus jamais s'il s'inquiétait pour moi ou pour Mme Walker, car elle m'entraîna de l'autre côté de la pièce, faisant grincer mes tennis sur le lino jaune.

Je passai le reste de la journée dans la « pièce de repos » à déverser ma mauvaise humeur sur d'innocents crayons. Je gribouillais rageusement sur du papier cartonné et faisais en sorte de casser et d'écraser tous les crayons de la boîte. Si je voyais un bout de crayon par terre, je le piétinais pour faire de grosses traces cireuses.

Quand maman arriva, il y avait par terre une explosion de couleurs digne d'un feu d'artifice et je dormais sur un singe en peluche. Elle se pencha et me secoua gentiment.

« Janie ? »

Toujours accroupie, elle contempla Mme Walker, puis la haine crayonnée par terre.

« Est-ce qu'elle s'est bien amusée ? Je veux dire, est-ce qu'elle a été sage ? »

Mme Walker fit la moue et souffla par son nez aplati. « Eh bien, à vrai dire, j'ai connu des débuts plus faciles, mais je suis sûre que ça ira mieux demain. »

Maman me hissait déjà sur mes pieds d'un air distrait et je sentis son odeur de tabac et de café. « Oui, bon, alors à demain. »

Mme Walker tendit la main et toucha le bras de maman. « Encore autre chose : les enfants ramassent n'importe quoi de nos jours. Pourriez-vous avoir une petite conversation avec Janie à propos des gros mots ? Peut-être lui expliquer pourquoi il ne faut pas en dire, surtout à la garderie ? »

Maman me regarda puis se tourna vers Mme Walker d'un air interrogateur.

« Et est-ce que Janie a Puissance 4 à la maison ? Est-ce qu'elle aime particulièrement y jouer ? »

Le regard interrogateur de maman s'accentua, l'air indécis. « Puissance quoi ? Non, madame Walker, je ne crois pas. Je ne l'ai jamais entendue en parler, mais je lui demanderai ce soir. Mais là, faut vraiment que je rentre. »

On quitta la garderie en silence. Maman fumait sa clope roulée, elle avait l'air de ne pas avoir dormi depuis une semaine ou peut-être d'avoir dormi la semaine entière. Quand la garderie ne fut plus qu'une trace de doigt sale derrière nous, maman me regarda et dit, de la voix snob qu'elle prenait au téléphone : « Pourriez-vous avoir une petite conversation avec Janie à propos des gros mots ? Putain de fouineuse. »

Je ris et je balançai nos mains qui se tenaient. « Oui, putain de fouineuse ! »

Nos éclats de rire montèrent en spirale dans le ciel bleu écossais. On rit jusqu'à la maison et le soir maman ne me parla pas des gros mots, mais elle ne m'interrogea pas non plus sur Puissance 4.

Le reste de l'été, les gamins de la garderie m'observèrent prudemment. Je pouvais leur prendre leur jouet ou leur voler la moitié de leur biscuit au chocolat, mais quand il fallait marcher deux par deux je me retrouvais toujours avec Davey, le garçon aux cernes noirs et aux mains couvertes d'eczéma écailleux. N'ayant personne d'autre avec qui marcher, je bavardais joyeusement tandis qu'il me regardait avec intérêt sans rien dire. Je tirais tout de même la manche de mon pull sur ma main avant de prendre la sienne.

Davey habitait dans l'immeuble collé au nôtre. Au-dessus de ses cernes noirs, il avait des yeux bleu laiteux qui donnaient l'impression qu'il s'attendait à une raclée. Sa sœur, Leanne, avait six ans et allait déjà à la grande école. Elle était maigre avec des cheveux noirs raides qui encadraient un visage dur aux yeux étroits et marron. Sa peau grisâtre semblait avoir besoin d'être frottée sans ménagement avec un gant de toilette humide.

Je me liai à eux et tins bon comme si je m'attendais à être rejetée. Leanne était ma meilleure amie à la maison et nous laissions Davey nous suivre en silence, se gratter les mains et jouer les rôles dont nous ne voulions pas dans nos jeux.

Leanne était courageuse et bruyante. Elle criait beaucoup et ne respectait pas les règles. Elle faisait aussi caca sur elle. On jouait à la marchande ou à la coiffeuse et soudain le visage de Leanne prenait un air sérieux et l'odeur montait vers nous. Elle ne disait jamais rien, se levait avec précaution et se mettait à courir jusque chez elle, les jambes écartées. Moi aussi, il m'arrivait encore certains jours honteux de me réveiller les jambes poisseuses avec une odeur âcre et je ne disais rien non plus.

Les parents de Davey et Leanne aimaient bien boire un coup. C'est ce que maman disait quand je lui demandais pourquoi parfois ils n'arrivaient pas à marcher droit. C'était vrai : quand j'allais chez Leanne, le matin comme le soir, il y avait toujours sur la table une canette suintante de bière blonde et une bouteille en plastique de cidre. Sa mère et son père étaient vautrés sur le canapé et regardaient la seule chaîne qu'ils pouvaient capter avec un cintre tordu pour antenne.

Maman les appelait Jack Sprat et sa femme[1] parce que le papa de Leanne était si maigre qu'on voyait ses os et que le gros cul de sa mère débordait du canapé. Tous deux avaient des tatouages bleu-vert sur les bras et si on regardait assez longtemps on distinguait les dragons, les lions et les mots qui grimpaient jusque sous les manches de leur tee-shirt. La seule chose que le papa de Leanne ait jamais dite devant moi, c'est : « Leanne, ma chérie, sers-nous un *snakebite*[2]. »

Nous les enfants, on faisait ce qu'on voulait, ce qui en général voulait dire nous déshabiller et nous courir après au milieu des vêtements sales et puants et des assiettes graisseuses, et sauter sur les lits jusqu'à ce que quelque chose en dessous se casse net. Je restais souvent chez eux pour le dîner mais ça ne plaisait pas à maman. « Ils en ont bien assez comme ça sans une bouche de plus à nourrir, Janie. »

Mais la maman de Leanne était organisée elle aussi et le lundi on tombait souvent sur elle au rayon gnôle du Safeway avec quatre gros sacs de frites surgelées qui dégelaient dans son Caddie. Chez Leanne, il y avait toujours une odeur de gras qui

1. Référence à une comptine : *Jack Sprat could eat no fat./ His wife could eat no lean./And so between them both, you see,/ They licked the platter clean.* « Jack Sprat ne pouvait pas manger de gras./ Sa femme ne pouvait pas manger de maigre./ Et donc à eux deux, voyez-vous,/ Ils ont fini le plat. »

2. « Morsure de serpent ». Panaché de bière blonde et de cidre.

faisait saliver et en début de semaine il y avait aussi de la sauce rouge.

Après un certain nombre de visites où elle venait me chercher pour le dîner ou pour me mettre au lit, maman céda et accepta « un verre de cidre et une assiette de frites, Iris ? ». Ensuite elle alla souvent les rejoindre avec sa bouteille de cidre devant la télé, sur un fauteuil débarrassé de leurs canettes de bière aplaties.

Lorsque maman ne voulait pas que je reste pour le dîner, Leanne et Davey venaient chez moi et écoutaient, fascinés, mes descriptions de la tourte aux pois Fray Bentos ou des crêpes Findus croustillantes que je venais de manger. Je leur disais que je demanderais à maman s'ils pourraient venir bientôt dîner, mais je ne le faisais jamais de peur de rater mon assiette de frites chez eux.

Un soir, les adultes riaient si fort qu'on descendit en courant. La maman de Leanne tenait un paquet de frites vide.

« Appelez la police ! bafouillait maman. Non, les journaux ! Mary Dunne a plus d'frites. »

Sur le canapé, la mère de Leanne tenait le sac renversé et pleurait de rire.

Une fois les larmes essuyées et les rires éteints, maman tendit la clé de chez nous à Leanne. « Allez, va chercher trois œufs et trois tranches de pain. »

Leanne regarda maman, fronça les sourcils et leva le menton. « Et pourquoi je ferais ça ? »

Maman but une petite gorgée, les paupières à demi baissées. « Parce que pour vous les enfants j'vais faire des œufs à la coque avec des mouillettes ! »

Leanne saisit la clé et fonça vers la porte, Davey et moi à la traîne derrière elle.

Assise sur le seuil, je regrettais mon assiette de frites pendant que Leanne gambadait dans la rue en criant à tue-tête. « On va manger des œufs à la coque avec des mouillettes ! Des œufs à la coque avec des mouillettes au dîner ! »

Quand janvier arriva avec le vent d'hiver qui nous transperçait jusqu'aux os, les choses avaient changé. J'étais entrée à la grande école et n'avais pas eu d'ennuis, sauf quand Mme Brown, notre maîtresse, avait surpris Davey sur moi ; j'avais dit qu'on jouait à la maman et au tonton. Maman fut convoquée à l'école, hocha la tête et parut préoccupée, mais on rit toutes les deux sur le chemin de la maison.

Maman s'était coupé les cheveux et ils se dressaient sur sa tête comme les plumes douces et noires d'un oisillon. Elle se mettait aussi un trait épais d'eye-liner autour des yeux. Quelquefois, elle empruntait même les jolis vêtements de Jodie. Elle était de nouveau belle.

On prit l'habitude d'aller chez mémé tous les dimanches. Maman et elle faisaient la cuisine pendant que tonton Frankie et moi regardions la télé au salon.

Un dimanche, il me fit jurer de ne pas manger de sel. J'étais assise avec lui, en culotte rose et débardeur bleu, sur le sac à carreaux de linge sale qu'il apportait à mémé, et je picorais du poulet rôti et des frites.

« Mange pas de sel, Janie. » Frankie retira de mes mains potelées la salière en porcelaine marron. « Ça va te bousiller le cœur. » Il posa sa main rugueuse sous mon cou. « Le truc qui pompe le sang ? » Il se fourra dans la bouche un bout de peau de poulet. « Ouais, Janie, ça va te tuer de manger du sel comme ça. »

J'attrapai une grosse frite dorée, enlevai les granules huileux et essuyai mes pattes graisseuses sur mes cuisses. Maman se mit à rire sur le seuil de la cuisine. « Mon p'tit frère, quel putain d'idiot. Janie, y faut que ton cinglé de tonton mette son grain de sel partout. » Et, tout en riant de son jeu de mots, elle retourna dans la cuisine où mémé réclamait à grands cris de l'aide pour la vaisselle.

Le rouge monta aux joues de Frankie. Il posa violemment son assiette et renversa la tête en arrière. « Crois pas que tu sais tout, frangine. »

Maman revint et s'appuya contre le montant de la porte de la cuisine en souriant. « T'as raison, Frankie, mais j'en sais assez pour m'être tirée à Londres et pas dans un trou comme Blackpool. »

Mémé arriva, un slip dans une main et un savon noir dans l'autre. « Ouais, mais lui au moins, il est rentré avec un paquet de fric et une bouteille pour sa mère, pas comme d'autres. Toi, quand tu t'es pointée, t'étais dans la merde avec un polichinelle dans le tiroir. »

Frankie grogna, prit son assiette et hocha la tête pour me montrer qu'il était d'accord.

Les traits de maman s'affaissèrent. « Écoute, maman, il a plus de vingt ans. Tu crois pas qu'il est assez grand pour prendre du savon et nettoyer lui-même ses traces de merde ? »

Mémé haussa ses sourcils maquillés et fit tourner le slip en coton blanc sur son index. « Y a pas de merde dessus. Et c'est des *boskers*, y a qu'une mère pour s'en occuper. »

Dans le bus pour rentrer, maman grogna en enfonçant profondément les mains dans les poches de son manteau. « Même sa putain de merde est mieux que la mienne. »

Frankie nous raccompagnait parfois en voiture le dimanche après avoir téléphoné de chez mémé à des copains pour les inviter chez nous. Tous les gosses de la cité entouraient la voiture et Frankie donnait une livre à l'un d'eux pour qu'il la surveille, même si je disais toujours que je pouvais le faire.

« Faut qu'ce soit un garçon, Janie. En plus, j'te donnerai aussi une livre de toute façon. »

Buchanan Terrace, comme maman, commençait à avoir plus belle allure. Frankie nous avait procuré de la peinture couleur glace à la vanille et un canapé marron qui laissait un motif de fleurs sur les jambes si on restait assis assez longtemps.

On accrocha les rideaux que mémé avait apportés. J'adorais m'entortiller dans l'un d'eux, l'enrouler autour de moi et tourner jusqu'à ce qu'il avale mes cheveux et m'emprisonne dans le tissu couleur Irn-Bru. Alors, les yeux fermés, je laissais la lumière pétillante se glisser sous mes paupières et me réchauffer le cerveau. C'est ainsi que maman me trouvait, dans ma chrysalide de velours, mes pieds seuls dépassant avec leurs chaussettes roulées aux chevilles.

Tout le temps que nous avons passé à Buchanan Terrace, un des rideaux était toujours joyeusement froissé tandis que l'autre pendait raide, sans plis et mal aimé.

Frankie venait tous les jeudis. Il devait passer chaque semaine ramasser les sachets de poudre blanche que maman préparait à partir d'un sac plus gros sur une balance avec des chiffres comme la montre digitale de Frankie. Maman s'en occupait le samedi matin et les petites cuillères et les chiffres rouges qui changeaient attiraient toujours mon attention, même quand je regardais *Fraggle Rock*.

« Je peux essayer ? » J'avais les yeux fixés sur les cuillères brillantes, sur la poudre blanche et fine.

« Non, Janie, combien de fois je dois t'le dire ? Regarde la télé.

— Mais juste dis-moi ce que c'est ! »

Maman me regarda et poussa un soupir. « C'est une farine spéciale. Et je dois mesurer des petits sachets pour que les gâteaux des gens soient bien réussis. Va regarder la télé. Si je me concentre pas, les gâteaux seront ratés et on n'aura pas de biscuits au chocolat ni de Coca cette semaine. Et tonton Frankie ne viendra plus. »

J'aimais beaucoup Frankie, surtout maintenant qu'il venait toutes les semaines, alors je la laissai se concentrer.

Un jour, il nous donna, à Davey, Leanne et moi, deux livres chacun. On courut derrière le camion de glaces et on lui acheta quelque chose dans chaque rue de la cité. On tint dix arrêts, jusqu'à Arbroath Street, avant d'être à bout de souffle et d'argent.

Quand Frankie venait, surtout le jeudi, il allait longtemps aux cabinets. Maman disait toujours qu'il allait juste chier et il finissait par sortir, juste un peu pâle et somnolent.

« Frankie, t'as fait un gros caca ? »

Il souriait d'un air indolent et regardait maman. « Putain de merde, Iris, c'est quoi ces conneries ? » Il regardait la télé avec nous jusqu'à la nuit et ensuite il devait toujours s'en aller.

Les soirs d'école, maman et moi on regardait le *Terry Wogan Show*, notre dîner sur les genoux. Maman ne voulait plus que j'aille dîner chez Leanne parce qu'elle s'était disputée avec la maman de

Leanne, alors elle me donnait les frites que je m'étais mise à adorer et « un truc avec des vitamines » pour que j'arrête de bouder. Quelquefois, c'était saucisse, œuf et frites, d'autres fois œuf, frites et haricots. Les œufs et nos soirées en compagnie de l'Irlandais impertinent allaient ensemble.

Je ne voulais pas manger d'œufs ; ils sortaient du derrière des poules et c'étaient en fait des bébés poussins. Je devenais nerveuse et je paniquais quand on m'en donnait, je n'en voulais pas dans mon ventre.

La première fois que je cachai un œuf, maman était dans la cuisine et préparait des Pims et du thé pour le dessert. Avec la lame de mon couteau, je soulevai l'œuf et le glissai sous le canapé. Mais la culpabilité couvait au fond de moi, un truc vert et collant sous mon pull rêche de l'école. L'œuf était là, il attendait dans le noir, prêt à dénoncer la vilaine Janie qui ne méritait pas du tout ses Pims.

Le dimanche suivant, Frankie vint à la maison avec des copains. Maman mit Madness, se maquilla les yeux et but du cognac. Ils restèrent longtemps, les copains de Frankie n'arrêtaient pas de retenir maman quand elle essayait de se lever. Elle se trémoussait et gloussait, comme si on la chatouillait, avant de s'effondrer sur ses jambes rendues flageolantes par le cognac.

J'étais assise en culotte et maillot de corps et j'observais l'araignée du tourne-disque qui dansait sur ses pattes raides et mortes. Je me faisais du souci à cause de l'œuf sous les fesses des copains de maman et Frankie, avant de m'endormir devant notre petit radiateur électrique. Quand je me réveillai, le visage marqué par la moquette et la peau marbrée par le chauffage, il n'y avait plus personne mais j'entendis des voix dans la cuisine.

Par la porte, je vis Frankie debout devant le plan de travail, la manche relevée et le bras serré par un lacet. Je sentis l'odeur des allumettes et de quelque chose de sucré. Il tenait une aiguille comme pour faire des piqûres.

« Putain de merde ! Mec, mec, c'est la môme, dit le copain de Frankie affalé contre l'évier (pas Gros Bras, qui ne venait plus jamais).

— Frankie ? T'es malade ? J'appelle maman ?

— Putain, Janie, fous le camp ! » Il avança vers moi, le bras levé et prêt à frapper, le lacet flottant comme un ruban au vent.

Je courus à la chambre de maman. Sa porte était bloquée de l'intérieur et je tambourinai dessus. J'entendais des bruits, je savais qu'elle était là, mais elle ne voulait pas sortir, je le savais aussi. Alors je me fis toute petite entre mon lit et le mur, mon coin préféré depuis que je m'y étais endormie dans mon nid de rideau couleur mandarine.

C'était ma faute si maman ne me répondait pas. Elle devait savoir pour l'œuf. Dans ma tête pleine des leçons de Bert et Ernie, je pris une résolution : j'allais dire la vérité, être une gentille fille, et peut-être qu'elle me parlerait de nouveau et que tonton Frankie irait mieux. Une fois cette résolution prise, je m'enfonçai plus profondément dans mon coin et pleurai jusqu'à ce que le sommeil vienne lécher les blessures de la nuit. J'attendis deux jours avant de parler à maman, les larmes aux yeux, une chauve-souris battant des ailes dans ma poitrine.

« Maman, pardon. » Son visage crispé prit la couleur pâle, maladive de l'époque précédant le départ de Tony. Je ne pouvais pas parler, je haletais. « Pardon. »

Maman m'attrapa.

« Quoi ? Putain, dis-moi ce qu'il y a. »

Je me mis à genoux devant le canapé et maman fit de même. Elle souleva le canapé des deux mains de quelques centimètres et mon monstre était là, luisant dans la pénombre, clignant de son œil orange, promettant de se venger. Elle le sortit de là, durci sur les bords par le gras figé, le jaune fendu au milieu.

Maman se leva, l'œuf dans la main, sans un mot. Je lui dis de nouveau pardon. Je lui expliquai le derrière des poules et les bébés poussins, la gorge serrée et pleurant à moitié. Elle se pencha et me dévisagea. Je m'attendais à ce qu'elle « explose ». C'était toujours sa mise en garde. « Janie, j'te préviens, je vais exploser. » Je retins mon souffle, fermai les yeux et me préparai à subir le fameux caractère des Ryan. Je retins mon souffle jusqu'à voir des étincelles, puis j'ouvris les yeux dans le silence. Maman me regarda, ses épaules s'affaissèrent et elle eut un soupir excédé. Elle secoua la tête et posa la main sur mon visage. « Janie, tu sais que tu dois jamais avoir peur de moi ? Je suis ta maman, Janie.

— Je sais, maman. » Puis, comme si j'appuyais sur un bleu, je dis très vite : « Maman ? Est-ce que Frankie est malade ? C'est pour ça qu'il doit se faire des piqûres ? »

Maman s'assit sur le bord du canapé et dit à l'œil fendu et orange dans sa main : « La vérité sort de la bouche des enfants. » Elle leva les yeux. « Oui, Janie, je crois bien qu'il est malade, mais il veut pas qu'on le sache, alors tu dois pas en parler, d'accord ? Promis ?

— Oui, promis. »

Cette première promesse de silence se brisa en moi comme lorsqu'on tourne un kaléidoscope. Elle devait être rejointe par bien d'autres secrets déchiquetés, fourrés dans un petit corps pour être gardés en lieu sûr jusqu'à ce qu'ils menacent de s'échapper au-dehors.

L'été de mes six ans, il faisait si chaud que l'or du soleil transformait les fenêtres de la cité en pièces de monnaie neuves et brillantes qui miroitaient et clignaient de l'œil autour de nous. Je passais tout mon temps aux balançoires, cherchant le point le plus haut, cette fraction de seconde où on a l'impression de flotter, puis sautant pour atterrir sur mes pieds que le choc contre le béton faisait vibrer.

Un jour, je n'atterris pas sur mes pieds et remontai l'escalier en courant avec une écorchure pleine de gravier qui m'élançait à chaque pas. Notre porte d'entrée était grande ouverte. Je voyais des formes bouger par la vitre dépolie du salon, des gens piégés sous une couche de glace, puis j'entendis maman rire d'une façon qui me fit penser à sa tête renversée en arrière et qui me fit oublier ma douleur au genou.

« Maman ? »

Le rire cessa et elle ouvrit la porte, juste assez pour s'y glisser sur le côté. « Janie, t'as déjà fini de jouer ?

— Oui. Je me suis fait mal au genou. » J'essayai de regarder derrière elle. « Qui c'est qui est là ?

— Viens dans la cuisine, Janie. J'vais te donner un soda et soigner ton genou. Et enlève ton pull, t'es rouge comme une tomate. »

Elle me fit asseoir sur l'égouttoir de l'évier et je retirai mon pull en laine qui grattait pendant qu'elle me préparait un Vimto.

« Tu te souviens de tonton Tony ? »

Elle mouilla l'éponge de la vaisselle et l'appuya sur mon genou. J'arrêtai de boire mais gardai le verre devant mon visage. Je fronçai les sourcils derrière le bord collant quand l'éponge mouilla mon genou à vif.

« Allons, Janie, c'est rien qu'une petite égratignure. Et bien sûr que tu te souviens de Tony… question idiote. Bon, il est pas venu nous voir depuis un bail, hein ?

— C'est interdit par la loi. Tu l'as dit. Tu as dit que, s'il était là, la police viendrait et qu'on m'emmènerait. » Mes paroles claquaient dans le fond du verre et résonnaient.

« Chut ! Janie, pas si fort. » Elle se passa les doigts dans les cheveux. « Janie, il va mieux maintenant. Il était… malade, comme tonton Frankie, mais il va mieux. »

Je coinçai le verre sur mon menton et ma bouche, et aspirai l'air pour qu'il colle à ma peau.

« Iris ? » Le cri bien connu dans le salon. Maman décolla le verre de mon menton et il émit un pet sonore.

« C'est juste une visite. Tu viens ? »

Que pouvais-je faire ? Je ne voulais pas le laisser de nouveau seul avec maman. Elle me prit dans ses bras pour me faire descendre de l'évier et, même si mes jambes pendaient jusqu'à ses genoux, elle me hissa sur sa hanche et me porta au salon.

Tony était vautré sur le tapis devant le radiateur qui n'était pourtant pas allumé. Il n'avait pas changé, il ne m'avait pas l'air mieux. Même jean sale, mêmes cheveux hérissés et grosses bagues en argent. Seule différence, il s'était rasé et le premier coup de soleil de l'année dessinait un T sur son visage.

« Janie, ma p'tite fleur, regarde comme t'as grandi. »

Il se redressa, m'ouvrit les bras, et je me réfugiai derrière maman qui posa ses doigts écartés sur ma tête et dit à voix basse : « Il faut lui laisser le temps. Elle s'y fera. Elle est trop jeune pour comprendre.

— Je peux regarder la télé ?

— Oui, vas-y. »

Je les entendais rire derrière moi et se servir à boire. Je savais que maman voulait se débarrasser de moi et que ça serait sans doute une longue visite.

La cloche du camion de glaces interrompit mon zapping maussade. Maman s'approcha.

« Janie, tu veux une glace ? »

Debout près du canapé, je sentais l'haleine de maman semblable au dissolvant rose pour vernis à ongles. Sur la table, je voyais une bouteille de vodka et une brique de jus d'ananas.

Tony tenait cinquante pence entre le pouce et l'index, comme un magicien sur le point de faire un tour. Je contemplais la pièce qui brillait dans la lumière et je réfléchissais. Ça pouvait être une ruse pour me faire sortir et m'éloigner de maman ou ça pouvait être juste une glace gratuite. Le mieux à faire était d'aller chercher une glace mais en vitesse. Une glace gratuite, c'était toujours une glace gratuite après tout.

Maman tendit le bras, prit la pièce et la posa dans ma main.

« Tu dis merci, Janie ? »

Je me mis à courir vers la porte.

« Merci. »

Avant que la porte claque, j'entendis maman crier : « N'oublie pas de rapporter la monnaie. »

J'étais en bas et je jouais des coudes au milieu des enfants avant que Tony ait eu le temps de reprendre son verre ou que maman s'excuse pour moi.

J'achetai la plus grosse glace, un tourbillon géant et moelleux avec un gros copeau de chocolat, arrosé de sirop de framboise luisant, et remontai l'escalier en courant tout en mordant dedans, en léchant les gouttes de sirop collantes sur mon poignet et en fourrant le copeau de biais dans ma bouche avant qu'il se ramollisse et explose en une myriade de miettes de chocolat.

Je courus dans le salon et rendis à maman les cinq pence de monnaie.

« Janie, t'exagères. C'est une glace géante. »

Tony haussa les épaules, but une gorgée. « Allez, Iris, c'est la fête. »

Maman lui sourit et tapota le canapé entre eux.

« Viens t'asseoir, le temps de la finir. J'ai pas envie que tu foutes encore du sirop de framboise sur la télécommande. »

Les paroles de maman étaient un peu confuses et Tony affichait un sourire abruti. La bouteille sur la table était presque vide. Je m'assis entre eux au bord du canapé et me remplis la bouche de glace le plus vite possible.

« Est-ce que je peux boire de votre jus d'ananas ?

— Bien sûr, répondit Tony en secouant la brique vide. Y en a encore au frigo. » Il alla à la cuisine comme s'il était chez lui.

« Janie, quand il revient, mets-lui un peu de glace sur le nez, chuchota maman d'une voix chaude qui me chatouilla l'oreille.

— Quoi ? » Maman souriait, le visage détendu, les yeux insistants.

« Pour rire. Allez, on va rigoler. »

Tony revint avec ma tasse de bébé toute mâchouillée que je n'utilisais déjà plus avant son départ. Il me la tendit, l'air très fier de lui.

« Tout frais sorti du frigo. »

Je me tournai vers maman qui sourit et me fit signe. Je le fis pour maman et pour la pizza. Tony se tourna pour parler, je léchai une dernière fois ma glace et l'écrasai sur son nez. Le cône dépassait de son visage rougi par le soleil comme une carotte sur un bonhomme de neige.

« Janie ! J'ai dit un tout petit peu, pas toute la glace. »

Le sourire de maman se figea et elle écarquilla les yeux. Nous regardions le visage de Tony rougir encore plus, une goutte de glace dégoulinait sur sa joue. Il leva la main et j'agrippai le tee-shirt de maman, mais Tony se contenta d'enlever le cône de son nez avec un bruit de succion et il se mit à rire, tout en s'essuyant le visage avec son tee-shirt.

« Vous vouliez me faire une blague ? Vilaines ! »

À côté de moi, maman s'écroula sur le canapé. Elle était pliée en deux comme si sa bouche n'était pas assez grande pour laisser sortir tout le rire qu'elle contenait. Entre deux hoquets, elle répétait : « T'aurais dû voir ta tête ! Putain, Janie, je voulais dire un p'tit peu, pas toute cette foutue glace ! »

Pendant qu'elle riait, je regardais les yeux de Tony qui ne riaient pas du tout au-dessus de son large sourire, et ma belle glace qui fondait en faisant une mare pitoyable autour de la bouteille de vodka presque vide. Quand maman eut repris son souffle, elle dit : « Janie, c'est l'heure d'aller au lit. »

Mais elle ne me regardait pas en le disant.

« Tu vas venir voir si je me suis brossé les dents ?

— Non, pas ce soir, t'es une grande fille, Janie. Allez, vite au lit.

— Je peux pas rester encore un peu jusqu'à ce que Tony s'en aille ?

— Allons, Janie, tu verras Tony demain matin. Maintenant, au lit. » En partant, je l'entendis lancer derrière moi : « Je t'aime, mon lapin. Bonne nuit. » Puis le glouglou de la bouteille remplissant les verres.

Je fourrai ma couette dans mon coin sombre et gardai les yeux ouverts jusqu'à ce qu'ils me brûlent dans l'attente des coups et des cris, mais cette nuit-là, il n'y en eut pas.

« Ils sont drôles, les cheveux de ton nouveau papa.

— C'est pas mon papa, c'est même pas un tonton. C'est juste Tony le crétin. » Pop, pop, pop.

« Mon papa dit que c'est un dur et s'il se marie avec ta maman tu auras quelqu'un pour te protéger comme moi et Davey. » Pop, pop.

« Ils se marieront jamais. Il disait qu'il voulait il y a longtemps mais il l'a jamais fait. Il va rester là un moment en cassant des trucs et après il s'en ira de nouveau et il faudra que j'aide maman à aller mieux. » Je sentais ses genoux pointus dans mon ventre. « Leanne, bouge tes jambes, elles me rentrent dedans. »

Il y eut une rafale de « pop » pendant que Leanne changeait de position. On était dans un carton vide qui avait servi à livrer la machine à laver d'un voisin. Il était rempli de papier bulle et, dès qu'on l'avait vu, on l'avait retourné pour grimper dedans, remplissant l'espace sans lumière de nos rires et du bruit des bulles, tout en nous installant confortablement à l'intérieur de notre nouvelle tanière.

« En plus, mon tonton Frankie, celui qui a la belle voiture, peut lui régler son compte n'importe quand. Il me l'a dit.

— Qu'est-ce qu'il a cassé ?

— Des trucs. Maman dit que c'est un secret de toute façon.

— Est-ce qu'il te tape ?

— C'est un secret, Leanne, croix de bois, croix de fer, si je mens je vais en enfer. »

Je ramassai du papier bulle et l'écrasai. Il faisait chaud, mais je croisai les jambes tout contre moi en sentant la lourdeur bien connue dans mon ventre.

« Mais je suis ta meilleure amie, donc tu peux me le dire à moi. Tout le monde sait ça.

— C'est vrai ?

— Oui, on doit tout se dire. »

Mon cœur battait à tout rompre et je pensais que les parois en carton allaient se mettre à trembler, mais je levai quand même les mains pour entourer l'oreille chaude de Leanne. Elle arrêta de crever les bulles, retint son souffle, se pencha vers moi, et je chuchotai : « Il me tape pas mais il tape maman, il la tape et même elle saigne.

— Ça chatouille. » Elle se libéra et dit d'une voix normale : « C'est tout ? Les papas font ça. Alors Tony va peut-être devenir ton papa. »

Je sortis mes jambes en sueur du plastique. « Comment ça ? Ton papa tape pas ta maman, si ? Il la fait pas saigner et pleurer ? »

Leanne avait peut-être hoché la tête dans l'obscurité, mais elle dit : « Je crève de chaud là-dedans. On sort. »

On repoussa le carton qui tomba et on étira nos jambes pour leur faire prendre l'air. Le soleil entra dans nos yeux qui clignaient, avides de lumière.

« Leanne, est-ce que ton papa tape ta maman ?

— Seulement quand y a pas assez à boire. Ou trop. C'est ce que dit maman. »

En agitant ma jupe pour me faire de l'air, je regardai ma meilleure amie.

« Mais tu l'empêches de la taper, hein ?

— Je voudrais bien, je lui donnerais bien un coup de pied dans les couilles quand il la tape, mais elle m'a dit que les coups font encore plus mal si quelqu'un regarde. Et que les bleus sont plus gros. »

Elle haussa les épaules et se mit à déchirer un bout de carton. Ça paraissait logique ; chaque fois que je courais dans ma chambre, j'aidais maman à avoir moins mal et à réduire ses bleus, comme ça elle n'avait pas besoin d'autant de fond de teint. Leanne leva la tête, posa un bout de carton sur ses lèvres serrées et souffla fort.

« Est-ce qu'il te tape ?

— Non. Juste Davey, mais pas très souvent, et Davey court plus vite que lui quand c'est les jours où il y a trop à boire.

— Bon. Mon tonton Frankie peut tout arranger et il ira régler son compte à ton papa comme à Tony. Je lui demanderai. »

Leanne déchirait le carton en confettis. « Non. C'est pas la peine. Il le fait pas exprès. Maman dit toujours qu'il l'aime beaucoup et nous aussi.

— C'est ce que dit ma mère quand elle parle de mon papa.

— De ce Tony ?

— Non, je te l'ai dit, c'est pas le vrai. Mon vrai papa est américain comme une star de cinéma. Maman dit qu'il a une grande maison en Angleterre et qu'elle m'emmènera peut-être habiter chez lui, comme quand je suis allée à la maison de Nell.

— Qui c'est, Nell ? »

Je haussai les épaules et posai un bout de carton sur ses lèvres. Elle avait une odeur sucrée et poussiéreuse comme un bonbon sorti du fond du sac de mémé. Elle souffla et on regarda le carton s'envoler.

« Juste une gentille dame. Mon vrai papa va peut-être s'occuper de moi le temps que Frankie arrange les choses. »

Elle haussa les épaules, se fourra un doigt dans l'oreille et le tourna. « Tu veux y aller ? »

Je haussai les épaules moi aussi, tirai sur ma culotte qui me rentrait dans la raie des fesses. « Maman a dit qu'elle viendrait me chercher.

— Ça ferait pleurer Davey. Il pleure même quand maman ferme la porte pour prendre un bain.

— Il est où Davey ? »

Elle se tourna vers moi, un grand sourire sur son visage crasseux. « Il est allé avec maman chercher du shampooing antipoux.

— Beurk ! Davey a des poux ? »

Elle se leva et se mit à danser autour du carton. « Oui, Davey a des poux et moi j'en ai pas. Davey a des poux ! Davey a des poux ! »

Je la suivis en tapant moi aussi des pieds, la danse des Peaux-Rouges.

« Des poux ! Des poux ! Des poux ! »

Nos sandales claquaient sur les pavés sales, nos bras et nos cheveux volaient dans tous les sens.

« On le démolit ! dit Leanne en donnant un coup de pied sur le côté du carton avec sa sandale rose comme de la gelée.

— Ouais ! Bousillons-le ! Des poux ! Des poux ! Des poux ! »

On sauta sur notre cabane en carton, on donna des coups de pied et on la déchira en mille morceaux de nos mains moites.

« Des poux ! Des poux ! Des poux ! »

Pop. Pop. Pop.

Il ne lui fallut que deux semaines pour remettre ça. Il commença par la table basse, son plateau lisse en verre proprement brisé en trois morceaux, puis il enfonça d'un coup de pied la grille devant le chauffage, les fils de fer tordus touchaient les résistances électriques et on ne pouvait plus l'allumer. « Bon, on est en été », dit maman, les yeux baissés. Il démolit le couvercle du tourne-disque et je me demandai si l'araignée avait eu peur, elle avait l'air encore plus morte qu'avant. Les silhouettes d'un homme et d'une femme qui se disputaient brisèrent la vitre de la porte du salon. Maman scotcha un paquet de corn-flakes sur le trou. « Voilà, comme neuf. »

Ensuite maman eut le poignet cassé, écrasé par une botte, et le nez brisé, pour la deuxième fois, par le front de Tony.

Tony claqua la porte en partant et maman appela un taxi, en répétant plusieurs fois l'adresse jusqu'à ce qu'il comprenne ce que disaient ses lèvres poisseuses de sang. Le chauffeur fit asseoir maman sur un sac-poubelle sorti du coffre et regarda droit devant lui. Il ne demanda pas si elle voulait aller à l'hôpital, même si tout le bas de son visage était couvert de sang comme une écharpe relevée un jour d'hiver.

On arriva chez Frankie, c'était la première fois que j'y allais. Il referma la porte derrière nous et appela un autre taxi pour maman. Une fois qu'elle fut partie, il m'emmena manger un fish and chips et, à notre retour Jodie était assise sur le perron. Elle avait la chair de poule et était de très mauvaise humeur. Elle me serra fort dans ses bras et je me laissai bercer au creux de ses courbes douces qui sentaient le parfum Charlie et les Silk Cut.

Je dormais déjà quand maman rentra, elle avait dû se lover contre moi sur le canapé parce que, à mon réveil, elle me regardait, les yeux au beurre noir et un pansement sur le nez.

Ce matin-là, Jodie me lava les cheveux dans la grande baignoire ronde de Frankie, mais je les entendis quand même se disputer dans la pièce voisine.

« Tu as dit, tu as dit que tu pouvais arranger ça. Avant, quand Janie est rentrée à la maison et... tu sais bien que je peux pas aller chez les flics. Ils la placeraient.

— Ouais, mais c'est plus pareil, frangine, plaida Frankie. Je peux pas faire chier mes fournisseurs et Tony connaît du monde. C'est lui qui m'a branché.

— Alors c'est une histoire de fric, c'est ça ? C'est plus important que Janie et moi ?

— Non, c'est... je veux dire... tu sais bien que c'est pas seulement pour vendre que j'en ai besoin. S'il te plaît.

— Oh, j'ai bien compris, d'abord maman et maintenant toi. Apparemment, on n'a pas de famille pour nous donner un coup de main. »

Je regardai Jodie.

« Allonge-toi, Janie, pour enlever tout le shampooing. » Même dans l'eau, la colère de maman se déplaçait lentement comme un animal marin et parvenait à mes oreilles.

Les jours suivants, l'humeur de maman pouvait changer et se retourner aussi vite qu'un jour d'été en Écosse, vous laissant glacé, abasourdi et fuyant l'orage en robe légère.

Quand Frankie nous ramena à Buchanan Terrace, la télé était défoncée et les coussins du canapé lacérés, mais le pire était ma chambre, qui puait comme le taxiphone près des boutiques à cause du matelas trempé de vieille pisse. Frankie fit la grimace : « Bordel de merde. »

Maman attira mon visage brûlant contre son ventre plat. « Ferme-la, Frankie, je te demande juste de la fermer. Bon, Janie, tu vas préparer ton uniforme de l'école, des pyjamas et deux tenues de rechange pour jouer dehors.

— Et mes jouets ? » demandai-je en respirant par la bouche, les yeux fixés sur mon cheval à bascule aux flancs collants et à la crinière en plastique.

Maman soupira d'un air exaspéré. « Rends pas les choses plus difficiles, Janie. Un… et merde, deux jouets mais des petits. »

Je choisis mon parapluie rouge et mon Ver Luisant, qui avait cessé de luire au bout d'une semaine, bourrai ma boîte-repas de tout ce que je pus y caser, entassai des jouets dans mes bras et demandai à Frankie de porter mon cheval à bascule chez Leanne. Maman nous attendait à côté de la voiture en fumant une clope roulée.

Leanne et Davey étaient à l'école, mais leur maman nous fit entrer en haussant les épaules. On laissa les jouets en tas sur un lit ct j'allai au salon pendant que Frankie attendait dchors.

« Tu veux bien leur dire que c'est pour pas longtemps ? Que je vais revenir mais qu'ils peuvent jouer avec ? »

La maman de Leanne posa son verre et m'embrassa sur la joue. « Oui, Janie, d'accord. Et dis à ta maman de ma part qu'elle s'en tire bien. Elle s'en tire bien. Et alors, vous allez partir habiter dans la famille pour le moment ? »

Elle avait l'air fatigué et peut-être inquiète pour nous, alors je lui fis un grand sourire. « Oui, t'en fais pas, on va habiter chez mon papa à Londres.

Il est américain ! » Mais cela parut attrister encore plus son visage flasque.

Frankie nous conduisit chez mémé et le moteur continua à tourner pendant qu'on lui disait au revoir.

« Désolée, maman, faut qu'on prenne le car de nuit. » Maman regardait ses pieds. « Ça économise une nuit dans un B&B, tu comprends. »

Les yeux violets de mémé étaient embués par un voile de larmes. Elle toucha le visage de maman, où les bleus avaient viré au vert et au marron, et où le pansement sur le nez avait laissé des marques crasseuses.

« Faut vraiment que tu partes tout de suite ? Avec la tronche que t'as.

— Oh, t'en fais pas. Là-bas y croiront juste que je me suis fait refaire le nez. » Maman rit sans joie. « Et t'as raison. Si on reste ici, il nous trouvera et vaut mieux que la p'tite miss soit loin, au moins pour quelque temps. »

Je m'accrochai aux jambes de maman sans rien dire même si j'étais pratiquement sûre de savoir qui était « la p'tite miss ».

« Tu sais que si j'avais pas ma hanche, je m'serais occupée d'elle pour toi ? Tu le sais ? »

Maman ne répondit pas, elle se pencha sur moi et me poussa vers la porte. « Dis au revoir à mémé, Janie, tu vas pas la voir pendant un moment. »

Mémé se pencha et des larmes tombèrent sur le béton entre nos pieds. « Ma chérie, tu seras gentille, hein ? » Elle avança ses lèvres brillantes et me fit un baiser mouillé que j'essuyai avec le bord de ma jupe.

Maman leva les yeux au ciel.

« Fais pas attention, m'man, elle se croit trop grande pour les bisous. Elle… on sera rentrées à Noël de toute façon, quand les choses se seront tassées, sinon tu pourrais venir là où on sera ?

— Bon. On va attendre de voir où vous allez atterrir. J'peux plus voyager comme avant. » Elle regarda Frankie derrière nous. « Bon, ça suffit, je m'suis assez donnée en spectacle sur le perron. Filez, sinon vous allez rater votre car. »

Le temps qu'on arrive à la voiture, elle avait fermé sa porte. On ne regarda pas en arrière.

« Elle allait bien ? demanda Frankie, les yeux fixés sur la route.

— Oui, elle aime faire un peu de cinéma, même aux dépens de ses enfants. Tu peux m'croire, ce soir elle va aller se marrer au bingo avec Aggie et elle se souviendra même plus qu'elle a une fille. » Maman se regarda dans le rétroviseur en appuyant doucement sur ses bleus. « Frankie, tu crois que je peux dire que j'me suis fait refaire le nez ? »

Il tourna la tête. « Avec le nez que t'as ? Non, désolé, frangine, sûrement pas. »

8

La gare routière répugnante résonnait du bruit des gens qui partaient. Une bande de filles remplissait presque toute la salle d'attente : elles criaient, se passaient des bouteilles, leurs seins débordant de leurs robes.

Maman leur jeta un coup d'œil. « Merde, j'espère qu'elles sont pas avec nous.

— Non, m'man. Elles sont juste là pour picoler. » J'avais les yeux fixés sur le tableau noir et blanc des départs et j'attendais que l'affichage se modifie. « Elles sont là parce que c'est l'endroit où la mariée a pu se débarrasser de son mari.

— Quoi ? »

Les horaires changèrent et les lamelles du tableau claquèrent comme des mains qui applaudissent, éclairs noir et blanc, nuée d'ailes d'insectes, puis le tableau s'immobilisa de nouveau.

« Je viens de les entendre dire ça. »

Frankie riait et tendait le cou vers les filles, mais maman avait l'air triste. « Bon, très bien, on va acheter des bonbons pour le voyage.

— Vas-y toi, frangine. Tu sais qu'y en a des qui ont les yeux plus gros que le ventre. Je reste là pour m'occuper d'elle. »

Elle lui fit une grimace mais se dirigea vers le kiosque. Dès qu'elle se mit en route, Frankie sortit deux billets de vingt livres de la poche de son jean. Je détachai les yeux du tableau et me mis à sauter pour attraper les billets qu'il tenait juste hors de ma portée.

« Écoute, Janie, mets-les de côté. C'est pas pour acheter des jouets ou des bonbons, tu comprends ? » J'acquiesçai, même si, une seconde avant, j'avais l'intention de courir au kiosque pour acheter tous les paquets de Jelly Tots. « Si toi et ta maman vous êtes dans la merde et que vous avez besoin d'un taxi ou d'un vrai repas, alors tu les sors. Cache-les en lieu sûr. » Il me regarda plier les billets en jolis carrés et les ranger dans la case vide fermée par un Velcro de mon Ver Luisant, là où auraient dû se trouver les piles.

« Et c'est notre secret, hein ? Tu dis rien à ta maman tant que vous en avez pas besoin, quand vous serez vraiment fauchées. »

Je lui pris le bras pour me balancer. Mon Ver Luisant et moi avions un secret, mais je me disais que peut-être j'aurais le droit de le dire à mon papa.

À chaque tour de roue, ma gorge se serrait et mon ventre se retournait. Maman nous avait fait faire la queue vingt minutes devant le car pour prendre les trois places à l'arrière à côté des toilettes. Elle disait que c'était pour avoir plus d'espace, mais j'y croyais de moins en moins. J'étais allongée sur les genoux de maman avec, dans la bouche, un goût de bile amer et douceâtre.

« J'peux avoir un bonbon ? Pour faire passer le goût ?

— Non, Janie. Vaut mieux que t'aies le ventre vide. On n'est pas encore sortis de la ville et on a beaucoup de route à faire. »

Le car tanguait et dans la pénombre des plafonniers qui ressemblaient à des yeux de robot, je voyais que l'homme assis en face des toilettes nous observait. Il était vieux, cinquante ans peut-être, avec des petits yeux brillants sous de longs sourcils broussailleux. Je le surnommai monsieur Blaireau. Je sentais ses yeux nous détailler, s'attarder sur le visage couvert de bleus et les cheveux ébouriffés de maman, puis effleurer la frange que j'avais coupée avec les ciseaux de cuisine derrière le canapé de Frankie, et finalement atterrir sur mes chaussettes grises trouées. Je cachai la plus abîmée sous l'autre et tournai la tête contre le ventre de maman.

« Allons, Janie, dit-elle en me caressant les cheveux. T'as juste un peu mal au cœur. On va bientôt s'arrêter. Tu boiras un peu de jus de fruits et on te fera un brin de toilette. »

Je ramassai les genoux contre ma poitrine pour calmer le mal au cœur et oublier l'odeur de la cuvette en plastique des toilettes avec ses brûlures de clopes en forme de pétales sur la lunette et je me dis que mon papa avait intérêt à être vraiment super. J'étais sûre qu'il le serait. En général, maman n'aimait pas parler de lui, mais tout à coup elle avait envie de me raconter qu'il était vraiment drôle, qu'il faisait des blagues et qu'il était toujours gentil avec les chats et les enfants.

On descendit du car à Newcastle et, en marchant avec maman dans la station-service tout éclairée, j'eus l'impression que mes tibias avaient été vidés de leur moelle. Elle dit que je ne m'étais jamais couchée aussi tard et que c'était une petite fête, mais, en voyant les gens enfourner des lamelles de bacon blafard et des bouchées d'œufs au plat dégoulinants de graisse, je vomis par terre devant le café. Ça ne ressemblait pas à une fête.

Dehors, l'air assécha la sueur de mon front et maman me tendit une brique de Ribena en me disant de le boire par petites gorgées, mais chaque goutte de jus violet et sucré me retournait l'estomac.

« Est-ce que je vais sentir le vomi quand on verra papa ?

— Mais non, Janie. » Maman sourit et ébouriffa ma frange. « On te refera une beauté. Et puis, tu tiens ça de lui. Il devait toujours se bourrer la gueule avant de faire un long voyage. Complètement torché. »

Je repoussai le jus de fruits et la regardai sous mes paupières baissées. « Alors, tu aurais dû me bourrer la gueule aussi, m'man ! »

On fut les deuxièmes à monter dans le car, après monsieur Blaireau et ses gros sourcils.

« Pardon, madame ? »

Il était debout dans le couloir. Maman s'immobilisa à un pas de lui. « Oui ? dit-elle avec froideur.

— J'espère que ça ne vous gêne pas, mais je me suis dit que ça pouvait vous servir, à vous et à la petite ? »

Il tenait une couverture écossaise. L'étiquette blanche avec le prix se balançait encore à un coin.

« Pour quoi faire ?

— Pour vous tenir chaud. » Il sourit. « Le temps en été dans le Nord peut changer et on a froid quand on voyage en tee-shirt. J'ai des filles moi aussi et...

— On a des pulls.

— Et… c'est un cadeau… gardez-la. » Il tendit la couverture. « Je vous en prie. »

La main de maman devint plus chaude dans la mienne. « Merci. C'est vraiment gentil de votre part », dit-elle en la prenant.

Il ne répondit pas, mais s'assit et nous laissa passer. De retour à nos places, je m'allongeai et m'enroulai dans la couverture moelleuse qui ne sentait rien d'autre que le neuf. Derrière ma tête, je sentis le ventre de maman s'affaisser comme si elle poussait un long soupir. Je chuchotai : « Est-ce que mon papa est aussi gentil que lui ?

— Pas pareil, mais oui. Ton papa est moins… traditionnel. »

Je sentis maman bouger avant de le voir.

« Ça vous fait rien si je m'assois ici, beauté ? » Un gros ventre recouvert d'un tee-shirt jaune et une main avec des poils roux sur les articulations tenant une canette de bière. « Je peux vous en offrir une ? Pour vous aider à dormir. »

Maman se raidit. « Non merci.

— Comme vous voudrez, ma jolie. C'était juste pour être sympa. »

Le moteur démarra, les lumières s'éteignirent.

« Maman, j'ai mal au cœur, je crois que c'est à cause du Ribena.

— Chut, Janie, essaie de penser à autre chose. Écoutez, monsieur, ma petite fille est malade… c'est la première fois qu'elle voyage en car et je crois vraiment que ça ira mieux si elle peut dormir. Vous voulez bien changer de place pour qu'elle puisse s'allonger ? »

Il y eut un long silence, la canette disparut puis reparut. « Y a pas de place.

— Il y en a une là, regardez.

— Oui, murmura-t-il bruyamment comme mémé. Mais je m'assois pas à côté d'un Paki. »

Maman crispa les doigts sur son genou. « Bon. Très bien. »

Elle essaya de me mettre dans une position plus confortable, mais l'inclinaison de ma tête fit remonter dans ma gorge un jet de vomi chaud et douceâtre. Je me penchai au-dessus des genoux de maman et le laissai sortir. Quand j'ouvris les yeux, les tennis de l'homme étaient couvertes de vomi rose et aqueux.

« Putain de merde ! » Il fila aux toilettes et claqua la porte derrière lui. Je me mis à pleurer en sentant l'odeur se répandre comme un brouillard rose.

« Pardon, maman, j'ai pas pu me retenir. »

Maman embrassa mon visage en sueur, changea de position et posa les pieds à côté de mon vomi. « T'en fais pas, Janie, vraiment. Maintenant allonge bien les jambes, voilà, comme ça. »

En descendant du car, je vis Nell. Sauf que, bien sûr, ce n'était pas elle, pas plus que toutes les autres femmes aux hanches larges, à la peau sombre, qui faisaient bondir et plonger mon cœur tel un oiseau, pendant qu'on attendait le bus.

On monta dans un bus à impériale rouge et on se serra sur le siège près du chauffeur pour bien voir dehors. Un monsieur arriva, prit notre argent et nous donna des tickets.

« Alors, qu'est-ce que t'en penses, Janie ? On est à Londres. »

À travers la vitre, je trouvais que Londres ressemblait à des taches de couleur et les gens à des vers qui se tortillaient en aveugles et évitaient les autres comme s'ils devinaient où poser le pied avant de le décider eux-mêmes.

« Maman ? Qu'est-ce qu'elle a ? »

Maman suivit mon doigt pointé vers une femme tout en noir qui avait juste une fente de boîte aux lettres pour les yeux, et elle fit un sourire d'excuse à la route.

« C'est parce qu'elle est d'une autre religion et que son mari veut que personne ne voie son corps à part lui.

— Comme Tony, alors. »

Elle me regarda durement. « Oui, peut-être un peu comme Tony, mais Janie, faut pas que tu parles de tout ça quand on verra ton papa, d'accord ? »

Mon souffle embua la vitre et, du bout des doigts, je fis de nouveau apparaître Londres.

« Est-ce que papa va être content de me voir ? Ça l'embêtera pas de me garder ? Tu l'aimes de nouveau ? »

Maman me décolla de la vitre et me prit sur ses genoux. « Oui, Janie. J'avais de la peine parce qu'il est parti pour de très longues vacances et, quand quelqu'un vous manque, ça vous rend triste. »

Je pensai à Nell et compris ce qu'elle voulait dire. Maman essuya la vitre d'un zigzag de la main.

« Mais maintenant ça va parce que, après tout... » Elle remit ma frange en place... « C'est ton papa et il a aussi le droit de passer du temps avec toi. Et c'est pour ça qu'il faut pas que je rate l'arrêt. » Elle se pencha au-dessus de moi et mit la main en visière en l'appuyant contre la vitre. « Je saurai quand je le verrai. »

Mais elle ne savait pas et finalement on descendit du bus pour en prendre un autre et revenir à la gare de Victoria, puis on repartit du même arrêt de bus.

Maman ne voulait plus répondre à mes questions et en retournant à l'arrêt, je la regardai marcher devant, avec ses os saillants, son jean taché et son visage triste et plein de bleus, et je n'avais pas envie d'être avec elle. J'avais envie d'être avec mon papa dans une grande et belle maison. En regardant maman, je sentis dans mon ventre le serpent de la colère qui dévorait toute la gentillesse. Je jetai violemment par terre ma boîte-repas et je refusai de quitter l'arrêt quand un autre bus arriva enfin. Maman souleva ma jupe et me donna une claque brûlante sur les cuisses avant de crier aux gens qui montaient dans le bus, celui qu'on aurait dû prendre : « Qu'est-ce que vous regardez comme ça ? Occupez-vous de vos affaires, putain ! »

Lorsque le bus démarra, je n'aurais pas su dire, aux yeux des passagers serrés comme des sardines, qui, de maman ou de moi, avait piqué la plus grosse colère.

On se réconcilia autour d'une part de tarte au citron meringuée mousseuse dans un café aux tabourets hauts et aux tables en verre. Maman dit que c'était un petit plaisir qui en valait la peine, même si elle compta deux fois l'argent qui restait dans son porte-monnaie après avoir payé et laissé quelques pièces sous l'assiette.

Dans le dernier bus, debout, coincée derrière maman et lui ébouriffant les cheveux, je sentais la honte, le revêtement poisseux du siège et la claque qui me picotait les cuisses. Maman collait le nez contre la vitre en essayant de voir quelque chose, mais je ne savais pas quoi et elle ne voulait pas me le dire.

« Allez viens, Janie. Prends tes affaires, on y est ! »

Maman saisit notre valise et on descendit tant bien que mal dans la rue sombre. J'avais pour tâche de porter ma boîte-repas, le Ver Luisant et mon parapluie, mais j'avais cassé la fermeture de la boîte qui s'ouvrait sans arrêt. Les mains crispées, maman me regardait tout ranger : ma brosse, mon maillot de bain, ma tasse en plastique rose, mes crayons de couleur, chaque chose à sa place.

« Fourre tout ça dedans, dépêche-toi. »

Il nous fallut un temps infini pour trouver la maison. Maman frappait du talon sur les pavés comme s'ils cherchaient à lui jouer un sale tour et, quand on arriva à la maison, elle regarda longtemps la rue et les portes comme autant de pièges.

La haute maison blanche ressemblait à celle d'une série télé glamour : porte brillant dans la lumière orange de la rue et grande fenêtre aveugle en façade. Il n'y avait pas un bruit dans cette rue en courbe, seulement des rangées de maisons blanches qui nous observaient.

« Bon, Janie. Tu restes là avec les bagages. »

Maman se mordit la lèvre et monta les six marches. Je léchai ma moustache de meringue croustillante et brossai ma frange. J'étais certaine de sentir le vomi et j'aurais voulu avoir du Charlie, le parfum de Jodie. Maman me disait que je ressemblais beaucoup à papa, « tu es son portrait craché », et je l'imaginais plus grand et en vêtements de garçon, mais avec ma frange de traviole, des yeux qui devenaient un trait de cils blonds quand il faisait un grand sourire, un nez comme un point dans un visage rond. Exactement comme moi.

Mes bras s'agitaient en dessinant des angles bizarres et mes genoux flageolaient. Ne pas avoir de papa ne m'avait jamais vraiment posé de problème, beaucoup d'enfants de la cité étaient dans le même cas, mais maintenant je mourais d'impatience de combler le vide dont j'ignorais l'existence. J'imaginais un papa comme à la télé, qui m'achèterait des cadeaux, jouerait avec moi et mangerait le rôti du dimanche que maman ferait cuire et arroserait de jus comme dans la pub.

Je ne m'étais pas aperçue que la porte s'était ouverte avant d'entendre la voix de maman et, en me retournant, je vis une grande ombre dans un rai de lumière.

« S'il te plaît, Jennifer. Écoute, je sais que c'est un peu beaucoup, mais... »

Je n'entendis pas ce que répondit Jennifer, mais dans la lumière, je vis les épaules de maman s'affaisser. Elle haussa le ton.

« Bien sûr que oui. Et j'vais te dire autre chose, c'est lui qui voulait s'en débarrasser, pas moi ! »

Le rai de lumière se fit plus étroit. J'essayai de respirer sans faire de bruit et je saisis quelques mots, d'une voix assez froide pour en avoir les dents agacées rien qu'en écoutant.

« Vol... aventure... entraîné...

— Oh, et à ton avis c'était du vol, c'est ça ? Comme il m'a jamais rien donné d'autre pour les besoins de la petite, je dirais que le voleur c'est lui. Et il savait où on était. Maintenant c'est son tour de... »

La porte claqua avec un bruit sec et définitif, comme une gifle. Manifestement, la porte et cette Jennifer ne savaient pas à qui elles avaient affaire. Il n'y avait pas de porte assez grosse pour faire échec au tempérament des femmes Ryan.

« Janie ! Viens. » Maman descendit les marches et me tira par le bras. Le contenu de la boîte-repas se répandit. Elle hissa notre valise sur les marches. « Viens ! Ramasse tout ça et monte. »

J'entassai tous mes trésors dans mes bras et montai les marches. « Maman ? C'est la maison de papa ? Et la dame, elle est fâchée parce qu'on est venues quand il faisait nuit ? Elle regardait *Corrie* ? »

Maman donna un coup de pied dans la valise qui tomba avec un bruit sourd sur le perron. « Tais-toi et assieds-toi, Janie. » Elle se pencha vers la fente de la boîte aux lettres et cria. « Et si tu me crois pas, t'as qu'à regarder sa tête ! Juste une fois. Crois pas que j'te demande autre chose qu'une adresse ou un numéro de téléphone. Et même si on doit rester là toute la nuit, je l'aurai.

— Maman, c'est là qu'il habite, papa ? Il veut pas s'occuper de moi ? »

Le ciel était bleu indigo et les oiseaux y filaient comme des bouts de papier noir. Les maisons blanches dessinaient une courbe au-dessus de nos têtes.

« Tu m'considères comme une merde, hein ? Eh ben, elle est sur ton perron. On va rester là toute la nuit, bordel. »

Maman ouvrit une poche de la valise, fouilla dedans et trouva la couverture écossaise qu'elle enroula autour de mes épaules.

« Maman, si papa est pas là, on pourrait pas rentrer à la maison ? »

Au loin, quelqu'un poussa un cri bref et aigu.

« Non, c'est pas si simple. » Elle renversa la tête en arrière. « ON VA PASSER LA NUIT ICI S'IL LE FAUT.

— Maman, j'veux pas dormir ici. »

Elle baissa la tête et frappa ses poings l'un contre l'autre. Je l'entendais respirer.

« Maman ? » Je détestais ma voix geignarde, je voulais être grande et courageuse, mais ma gorge était gonflée par les larmes prêtes à couler.

La tête de maman s'affaissa lourdement et ses mains retombèrent comme si on lui avait enlevé les piles. J'essayai d'arrêter de renifler et de trembler.

« Non, Janie. » Elle caressa ma frange « Non, on va pas dormir ici. T'as faim ? J'vais nous trouver un endroit où dormir et puis on trouvera ton papa demain, d'accord ? »

Je me jetai contre elle et étreignis son corps fait d'os et de peau. Ses bras étaient mous autour des miens et je me dis qu'elle devait avoir très envie que mon papa s'occupe de moi. Je ne voulais pas aller chez cette sorcière, comme dans *Cendrillon*, mais j'avais vraiment envie d'être plus courageuse.

« On peut revenir demain, maman, et parler à la dame quand il fait pas nuit et alors peut-être… »

Je n'eus pas le temps de finir parce qu'il y eut un déclic et une lumière pâle venant de la porte nous inonda. Une voix froide à l'accent américain dit : « Bon, vous entrez ou vous voulez réveiller tous les voisins ? »

Les yeux de Jennifer étaient presque sans couleur et ses cheveux sans doute bruns semblaient eux aussi transparents. Elle était maigre comme maman, mais elle se tenait très droite, une vraie aiguille à tricoter, aurait dit mémé. Son visage était aussi inexpressif que son apparence, à part la petite grimace sur ses lèvres quand j'entrai. Je me dis que c'était parce qu'elle avait senti l'odeur de mon vomi.

Maman tira la valise et je retins mon souffle en voyant la marque sale qu'elle laissa sur la moquette crème. Dans l'entrée, il y avait un gros meuble en bois et les murs étaient peints en rouge foncé. L'impression de vide était telle que j'eus envie de faire rétrécir les mots dans ma bouche avant de les prononcer.

Jennifer et maman étaient debout et se dévisageaient. La tête de maman n'arrivait pas plus haut que le nez de Jennifer, mais elle parut gagner car Jennifer détourna les yeux la première.

« Dormez ici cette nuit. » Elle regarda maman, puis baissa les yeux sur moi et dit d'une voix plus douce : « Mais je ne mens pas quand je dis que je n'en ai pas la moindre idée. »

Maman fit la moue et hocha la tête. « Écoute, je sais qu'on débarque un peu à l'improviste. » Elle fourra les mains dans les poches de son jean, puis les ressortit. « Mais, bon, comme tu peux le voir, on n'a pas vraiment le choix. »

Jennifer détourna le regard. « Je vais vous montrer la chambre d'amis et vous chercher du linge. Il y a une salle de bains, vous serez bien. »

Jennifer me prit doucement la boîte-repas des mains et nous précéda dans une chambre moelleuse, chaude et fade comme du porridge. Maman parcourut des yeux toute cette crème et cette blancheur et dit : « Janie, déshabille-toi et au bain. »

Maman ouvrit le robinet et partit dans une autre pièce avec Jennifer. La salle de bains était bleue et blanche sans traces collantes de shampooing ni éclaboussures de dentifrice sur la glace. Je me déshabillai complètement et m'assis sur le bord de la baignoire, n'osant pas poser le pied par terre.

« Toc, toc ? »

Jennifer entra et je croisai les bras sur ma poitrine. Elle fit un sourire et me tendit un flacon violet. Je gardai les bras croisés, mais elle n'avait pas l'air si méchante, alors je lui fis un tout petit sourire, celui où je ne montrais pas du tout mes dents. Elle versa un long jet violet dans le bain et s'arrêta quand la bouteille fut à moitié vide. Elle me regarda et en rajouta un peu.

« Ça va être un bain vraiment plein de bulles. »

Elle resta là jusqu'au moment où les bulles menacèrent de déborder, agita la main dans l'eau et me fit signe d'entrer dans le bain. Je plongeai à l'intérieur du matelas de bulles et m'immergeai dans la douceur jusqu'à l'eau brûlante au-dessous. J'étouffai un petit cri et, en voyant son air inquiet, je le transformai en sourire.

« Alors tu sais quand mon papa va rentrer ? »

Elle se détourna, regarda le sol, puis moi. « Je suis quasiment certaine que ce ne sera pas ce soir, Janie. Ta maman te prépare à dîner et ensuite tu iras dormir. Je suis sûre que ta maman t'expliquera si tu lui demandes. »

Elle avait tellement l'air de faire de son mieux que j'arrêtai de lui poser des questions et je n'ouvris le robinet d'eau froide que lorsqu'elle sortit. Mon corps sous les bulles était rouge écrevisse et me brûlait.

Je ne revis pas Jennifer ce soir-là. Maman vint seulement me faire mettre en pyjama, étendre la couverture écossaise par terre et me supplier de ne pas répandre de miettes de pain sur la moquette.

« Mais pourquoi est-ce que je dois manger par terre ?

— Parce que c'est un pique-nique en chambre, voyons. Je t'ai pas dit que c'était la grande mode ici ?

— Est-ce que papa va rentrer demain ?

— Mange, Janie. Faut que je parle de trucs d'adultes avec Jennifer. »

Elle me laissa dévorer avec plaisir mon pique-nique à la marmelade, tout en chuchotant de ficher le camp à un gros chat gris qui essayait de me voler mon dîner. Je décidai d'appeler le chat Arc-en-ciel et lui demandai s'il connaissait mon papa, puis enlevai les miettes qui étaient sur moi et me glissai dans le lit moelleux où je m'endormis en entendant les voix étouffées dans la pièce voisine et le ronronnement sonore d'Arc-en-ciel contre ma poitrine.

Les mots et les sourires timides parsemaient la grande table en bois, le lendemain matin. Debout devant la grosse cuisinière, maman avait presque l'air normal et Jennifer, en face de moi, paraissait plus consistante grâce au soleil qui tombait sur ses épaules et illuminait ses yeux.

Au milieu de leur bavardage matinal, j'étalais de la confiture de framboises sur mon toast en essayant de le recouvrir d'une couche parfaite jusqu'aux bords. Chaque fois que j'avais presque réussi, ma main avait un geste saccadé ou bien poussait maladroitement le couteau et je devais racler la confiture sur le côté et recommencer. Je tirais la langue en tentant de tartiner un coin particulièrement difficile, là où le toast avait une bosse, quand je m'aperçus que Jennifer m'observait avec un petit sourire aux lèvres. « Ça ne changera pas le goût, sucre d'orge. »

Elle souriait, mais je me sentis prise en défaut, et même si je savais qu'elle se trompait, que ça n'aurait sûrement pas le même goût, je mordis à belles dents dans le toast mais je corrigeai son erreur dans un nuage de miettes : « C'est de la confiture, pas du sucre d'orge. »

Maman s'approcha avec une casserole fumante et servit des œufs brouillés jaunes et onctueux dans l'assiette de Jennifer, puis dans la sienne.

« Tiens, Jen, goûte ça. » Elle s'assit et plongea sa fourchette dans les œufs. « De vrais œufs à l'écossaise, comme ma mère m'a appris à les faire. »

Mes yeux passèrent de maman à Jennifer et je tordis ma bouche de clown collante de confiture. Jen ? Mémé lui a appris à les faire comme ça ? Ce n'était pas la première fois que je me demandais ce que faisaient les adultes quand je dormais.

« Mince alors, Iris, c'est sublime, je t'assure. » Jennifer porta ses doigts maigres à sa bouche et les lécha. « Combien de beurre tu as mis là-dedans ? »

Maman agita sa fourchette, haussa les épaules et continua à manger avec un sourire. Jennifer considéra son assiette comme si elle contenait du déboucheur de tuyaux, respira un grand coup et recommença à manger avec des petits gémissements à chaque bouchée. « Supplément de gym suédoise pour moi aujourd'hui. »

Je les regardais toutes les deux par-dessus le bord de mon verre de jus d'orange et me disais que je devais être sage. Même si papa ne venait pas tout de suite, il y avait les bains moussants, le chat Arc-en-ciel et maman qui riait. On allait peut-être rester là.

Quand j'eus avalé mon troisième verre de jus d'orange et fait un rot acide et sonore, maman leva les yeux au ciel et me dit d'aller regarder la télé. À plat ventre dans ce que Jen appelait la « tanière » et qui donnait sur la cuisine, je zappai d'une chaîne à l'autre et finis par trouver *Les Trois Mousquetaires*.

C'était mon dessin animé préféré parce que la jolie petite chienne qu'aimait d'Artagnan était blonde, comme moi, et parce que je connaissais par cœur les paroles de la chanson : « Un pour tous et tous pour un... » J'avais raté le début, mais je trouvais quand même que cette matinée était sans doute la meilleure de ma vie. Des bribes de leur conversation parvenaient à mes oreilles.

« S'il pouvait s'occuper... pas longtemps... je pourrais me retourner.

— Bien sûr mais... petit garçon abandonné... tu sais ? »

J'essayais de me souvenir si j'avais vu cet épisode où d'Artagnan allait retrouver Constance, la jolie petite chienne blonde, mais découvrait qu'elle avait été kidnappée. J'aurais bien voulu qu'elles arrêtent de parler.

« Non... un peu perdu la boule... temporaire... à mon avis vaudrait mieux pas, je t'assure.

— Mieux sans lui. »

Quelque chose changea derrière moi, comme si beaucoup de choses se disaient dans le silence. Je n'arrivais pas à me concentrer.

Constance se servait d'un miroir pour envoyer un message depuis la maison où elle était prisonnière pendant que d'Artagnan se battait. Je les entendais encore bavarder. Mais quel était le message de Constance ?

Je poussai un soupir et tournai la tête. « Peut-être que la télé devrait être là où y a pas de bruit, Jennifer ? »

Elles se mirent à rire toutes les deux et j'appuyai sur la petite bosse couleur réglisse qui fait monter les barres vertes du volume.

« Encore mariés... même si j'en voulais un je ne pourrais sans doute pas le trouver... il revient tous les deux-trois mois... vend quelquefois des bijoux... je les cache maintenant. »

Je poussai un autre gros soupir.

« Janie... excuse-moi, Jen, une minute... baisse un peu, on ne s'entend pas penser.

— Au moins, maintenant, tu sais.

— Oui, il nous faut un autre plan et... excuse-moi... Janie, je vais pas le répéter, baisse ça.

— Ça ne fait rien, Iris, les boutchous ont de grandes oreilles.

— Surtout ce boutchou-là, tu peux m'croire. Faut qu'on y aille de toute façon. »

Maman s'approcha et éteignit la télé. Je n'eus même pas le temps de protester : je ne saurais jamais ce qui arriva à Constance.

Sur le seuil, je décidai de faire comme si maman et Jennifer n'existaient pas, puisqu'elles étaient super copines maintenant, et je passais le temps sur la moquette entre elles à enfouir les doigts dans la fourrure du ventre d'Arc-en-ciel qui ronronnait.

« Tu sais que tu peux rester ici... » Jennifer détourna les yeux... « enfin, quelques nuits de plus, au moins.

— Oui, j'te remercie, mais faut qu'on se débrouille. Ça ira.

— On s'en va voir papa maintenant ? » Je regardai Jennifer. « On va prendre l'adresse et le téléphone de mon papa comme maman a dit.

— Ma chérie, je ne sais pas où est ton papa. J'aimerais bien vous le dire, vraiment. »

Je me levai et passai en revue son corps maigre, son demi-sourire piteux et ses mains qui bougeaient tout le temps. Je ne m'occupai plus d'Arc-en-ciel qui s'enroulait autour de mes jambes.

« Alors, comment ça se fait que tu connais mon papa ? »

Elle posa sa main droite sur sa main gauche et lança un regard à maman. J'en avais marre des regards des adultes. « Je… nous avons été très amis pendant très longtemps. C'est pour ça que ta maman pensait que je saurais. »

Je la dévisageai et une mauvaise impression s'insinua en moi comme de la fumée dans une pièce.

« Alors t'es bête, et menteuse en plus. Tu peux pas être amie avec papa et pas savoir où il habite. T'es bête ! »

Je me jetai sur la moquette, pris Arc-en-ciel dans mes bras et approchai sa fourrure de mon visage brûlant.

« Janie ! J'suis vraiment désolée, Jen. » Maman baissa la voix. « Toute cette histoire est merdique.

— Non, je comprends. J'aurais vraiment voulu vous aider davantage. Mais… Janie ? »

Je fermai les yeux et serrai Arc-en-ciel un peu plus fort.

« Janie, ça suffit ! » Maman me tira par le bras et me mit debout. Je regardai cette idiote de Jennifer et lui fis ma pire grimace, celle où on ne voyait presque pas mes yeux.

« Janie ? » Jennifer souriait toujours, peut-être encore plus qu'avant. « Ton papa t'aime vraiment, tu sais ? Tu lui ressembles tellement et il va être très triste de ne pas avoir été là, mais il aurait voulu te donner ça. »

Elle tenait dans sa main un tissu plié et quand elle ouvrit les doigts un foulard en soie rouge, avec des pompons dorés, tomba par terre. Arc-en-ciel avança d'un air sournois et leva paresseusement une patte.

« C'est de la part de mon papa ? Pour moi ?

— Oui, ton papa aime être bien fringué. »

Maman avait l'air de se retenir de rire derrière son poing. Je ramassai le foulard et l'enroulai trois fois autour de mon cou, une minerve en soie. Jennifer me fit un grand sourire et je me dis qu'elle n'était peut-être pas idiote, elle avait un beau chat, de la confiture de framboises et maman l'aimait bien. Je me penchai pour lui faire un câlin pas très convaincu en entourant ses hanches.

« Merci.

— Oui, merci, Jen, et... » Maman tira un fil de l'ourlet de son tee-shirt. « J'suis vraiment désolée, tu sais... »

Jennifer posa la main sur le bras de maman. « Ne t'excuse pas. Tu es sûre que vous ne voulez pas rester un jour de plus ?

— Faut qu'on se débrouille. »

Je serrai Arc-en-ciel si fort dans mes bras qu'il glapit. Maman et moi, on sortit dans le soleil matinal avec une valise, une boîte-repas, un Ver Luisant qui ne luisait pas et un foulard à pompons qui dansaient dans le vent.

« Maman ?

— Oui ? »

Elle marchait de travers à cause de la valise. Elle ne souriait plus autant maintenant que sa copine Jen n'était plus là.

« Je voudrais voir mon papa un jour. »

Elle fronça les sourcils, souleva un peu la valise et les veines apparurent sur son bras.

« Tu l'verras un jour, il viendra. Bon, tais-toi, je réfléchis. »

Sa copine lui manquait. Je me demandais ce que je pouvais faire pour qu'elle se sente mieux. « Oui, papa viendra nous voir, mais toi tu seras toujours là, hein, maman ? »

Elle posa la valise, ouvrit la main et embrassa la raie de mes cheveux. C'était un baiser rapide, mais un chouette baiser, même si elle avait l'air un peu triste. « T'as raison. Je serai toujours là. Bon, maintenant, on y va. »

9

Maman disait que c'était une aventure, mais elle nous ramena seulement à la gare routière de Victoria. Une fois dans le bus, elle me montra Buckingham Palace.

« Peut-être que la prochaine fois on ira y prendre le thé », dit-elle.

Je zieutai les barbelés autour du mur. « On peut pas faire ça, hein ?

— Si, c'est son devoir. » Maman était sérieuse. « Tout citoyen britannique peut venir prendre le thé. Attention, faut être invité. Faut la prévenir pour qu'elle ait des bons biscuits et qu'elle enlève la croûte des sandwichs.

— On pourrait pas rester un peu ? Juste pour la prévenir et prendre le thé ? »

Maman regardait par la vitre et secouait la tête. « Plus rien n'est comme avant. »

Je savais que je n'obtiendrais pas de meilleure réponse.

Pendant que maman comptait l'argent de son porte-monnaie dans les toilettes de la gare routière, je réfléchissais à notre thé chez la reine, à la robe que je porterais et je me demandais si elle me laisserait essayer sa couronne.

« Trente-six, trente-huit. Trente-huit livres et vingt-six pence. Pas mal du tout.

— Alors on n'est pas vraiment fauchées ? » demandai-je en pensant au secret que cachait mon Ver Luisant dans son ventre. Maman remit l'argent dans son porte-monnaie.

« Ça va aller, Janie. Lundi, c'est le jour du chèque du chômage. Il faut juste qu'on tienne le week-end. » Maman restait collée à moi et m'ébouriffait les cheveux.

« Y a rien que nous deux, non, Janie ? Toi et ta maman. On part à l'aventure, hein ? Ici, c'est trop snob pour nous. »

Elle n'attendait pas de réponse, mais elle me dit que je pouvais choisir n'importe quelle destination sur le tableau. Je ne quittai pas des yeux les chiffres et j'essayai d'épeler les noms et de trouver une ville qui avait l'air amusante.

« Celle-là.

— York ? Oui, ça serait bien, mais j'crois pas qu'on ait assez de fric pour aller aussi loin.

— Celle-là, alors ?

— Dundee ? » Maman se mit à rire. « Non, je crois pas. Trouve un car qui parte vers 11 heures. »

Je cherchai deux 1 l'un à côté de l'autre, bien droits, et les montrai du doigt.

« Canterbury ? Bon choix. » Elle me serra dans ses bras et nous entraîna vers le guichet.

Je fus de nouveau malade pendant le voyage et mis maman de mauvaise humeur en demandant si on pouvait téléphoner à Jen pour qu'elle dise à papa où on allait. L'hôtesse de National Express me fit un signe de tête compatissant, et me donna d'autorité un jus d'orange gratuit. C'était la dernière chose qui me faisait envie après m'être bâfrée au petit déjeuner.

En passant dans le couloir du car pour vendre ses sandwichs difformes enveloppés de film plastique, elle s'arrêta et vint s'asseoir sur le siège vide en face de nous. Son ventre débordait par-dessus sa ceinture bleu marine.

« Faites-la asseoir sur des journaux. » Elle énuméra les astuces de ses doigts aux ongles vernis, une expression sérieuse et assurée sur son visage maquillé : c'était une professionnelle. « Thé au gingembre, si vous arrivez à le lui faire avaler. Il y a les cachets, mais ça ne me plaît pas trop d'en donner aux enfants, qu'en pensez-vous ? » Maman ne répondit pas et l'hôtesse poursuivit, comme un train de marchandises. « Il y a les Sea-Bands, mais personnellement je n'y crois pas. Oh, et faites-la respirer par la bouche et fixer l'horizon. » Elle me regarda et secoua la tête : « Pauvre petite puce. » Ses cils chargés de mascara bleu battirent pour souligner sa bonne action, et elle se faufila dans le couloir pour servir un petit pain au corned-beef et aux pickles. Je regardai s'éloigner ses fesses rebondies.

« Elle était jolie et intelligente, maman.

— Elle… » Le visage de maman était sombre comme un ciel d'orage… « C'était une conne qui croit tout savoir et se mêle de ce qui la regarde pas. Elle s'imagine qu'elle peut me dire comment élever ma fille. »

Je restai silencieuse durant le reste du voyage, à l'exception de mes haut-le-cœur quand je courus aux toilettes vomir le jus d'orange jusqu'à ce que mon ventre de goinfre soit enfin vide.

Canterbury était une vieille ville magique, un peu comme là où vivaient d'Artagnan et Constance dans le dessin animé. J'admirais les vieux bâtiments et me demandais si les gens y vivaient tous ensemble comme dans le foyer de Nell.

La ville plaisait à maman. « Bon, c'est pas pire qu'ailleurs et sûrement beaucoup mieux que ce trou pourri de Dundee. »

On alla dans un café avec des tables en Formica jaune toutes rayées et un comptoir en métal. Maman dit que je pouvais prendre ce que je voulais à condition que ça ne coûte pas plus de cinquante pence. J'avais donc le choix entre un toast ou des frites. Je choisis les frites. Le vieil homme voûté qui nous les servit portait un maillot de corps taché d'où dépassaient par en haut d'épais poils gris et frisés. Maman leva les yeux au ciel.

« Merde, p'têt' qu'il a des abdos sous son marcel, mais des abdos en tampon Jex. »

Pendant que j'ajoutais du sel et assez de vinaigre pour que les frites se mettent à fumer et mes yeux à larmoyer, maman demanda s'il avait un annuaire qu'elle pourrait emprunter. Il ne répondit pas, s'éloigna et, cinq minutes plus tard, l'annuaire atterrit sur la table avec un bruit sourd.

« Ça vous embête si je le prends deux secondes ? Juste pour téléphoner d'une cabine ? » demanda maman dans son dos. Il haussa les épaules. Maman alluma une clope et aspira sauvagement la fumée. Je m'aperçus que je ne pouvais pas finir mes frites parce que j'avais trop peur qu'un des poils frisés s'enroule autour de ma langue. De toute façon, ça n'avait pas d'importance parce que maman finit sa clope, hissa l'annuaire sous son bras et me fit signe de prendre mes affaires.

La cabine sentait un peu moins mauvais que celles de chez nous, même si ses vitres étaient ici aussi en miettes. Maman cala la valise dans la porte pour que je puisse m'asseoir et feuilleta l'annuaire. Je me demandais quand nous serions vraiment assez pauvres pour que je lui parle de l'argent du Ver Luisant.

« Oui, est-ce que vous auriez une chambre pour ma petite fille et moi ? Oh, oui, et est-ce que vous acceptez l'aide sociale ? » Elle se raidit. « Elle a raccroché, la salope ! Elle aurait pu dire non, merci beaucoup. »

Elle aligna toutes nos pièces de dix pence sur le téléphone. Elles filaient à toute vitesse parce que l'appel tournait court dès qu'elle demandait s'ils acceptaient les enfants ou l'aide sociale.

Quand maman mit l'avant-dernière pièce dans la machine, elle avait l'air si fatigué que j'eus envie de lui parler des billets. On pourrait faire un vrai repas, ou peut-être simplement rentrer à la maison.

« Oui, et vous acceptez l'aide sociale ? » Sa voix était morne. « Non, d'accord, bon, merci pour tout… Qui ? Et vous pouvez répéter le nom et l'adresse ? » Son doigt parcourut à toute vitesse la page de l'annuaire. « Je l'ai ! » Le téléphone se mit à faire bip-bip. « J'ai plus de pièces, mais merci mille fois ! »

Un coup de fil et un mot gribouillé au crayon violet plus tard, maman avait les yeux brillants et un grand sourire. Elle nous entraîna vers un arrêt de bus.

« Dépêche-toi, on va voir notre nouvelle maison ! »

Mrs Sleathes raconta qu'elle possédait sept bed and breakfasts dans Canterbury. Le nôtre, le Lucky B&B, était une vieille maison, remplie de meubles sales. Les serviettes, les draps et les rideaux étaient tous roses comme le désinfectant Germolene.

Mrs Sleathes nous conduisit à notre chambre. C'était une fouineuse, avait déclaré maman, avec des cheveux noirs frisottés comme quand maman ratait sa permanente, et des petits yeux aussi troublants que des boutons noirs. Ses doigts étaient couverts de bagues et, même si elle était plus petite que maman, on avait l'impression qu'elle remplissait la pièce, tant elle gesticulait et parlait d'une voix stridente et excitée.

« Le règlement ! » dit-elle à maman d'une voix enthousiaste.

Je me mis à marcher dans la chambre derrière elle en comptant mes pas.

« La lumière doit être éteinte à 21 heures, sauf le plafonnier qui peut rester allumé jusqu'à 23 heures. Vous pouvez prendre une douche en bas et il y a de l'eau chaude de 7 h 30 à 8 h 30. Il y a une cuisine commune où vous pouvez préparer un repas et manger de 18 à 20 heures. Pas de lessive, ni de nourriture dans les chambres, sauf le petit déjeuner qui est fourni. »

Elle fit un sourire pincé. J'avais parcouru la longueur de la pièce et compté onze pas à partir du lavabo dans le coin jusqu'à la chaise unique à côté des lits superposés. Sur la chaise, il y avait un plateau où étaient soigneusement disposés des minipaquets de corn-flakes, deux sachets de thé et deux sablés enveloppés dans du film plastique, le tout emboîté comme les pièces d'un puzzle.

Maman regarda la pièce puis Mrs Sleathes.

« Et pour le déjeuner ? Y faut qu'on ait accès à la cuisine pour ça et pour le reste. »

Je marchai de la chaise à la porte. Mrs Sleathes agita ses doigts manucurés.

« Ah oui, nous sommes fermés de 10 heures à 17 h 30.

— Quoi ? » Maman ferma la bouche aussi vite qu'elle l'avait ouverte et poursuivit d'une voix plus douce. « Je veux dire, Mrs Sleathes, qu'est-ce qu'on est censées fabriquer toute la journée ? »

Mrs Sleathes rit avec un hoquet. « Eh bien, profiter de la ville de Canterbury, ma chère. Vous serez surprise par tout ce qu'il y a à voir et à faire.

— Et il peut pas y avoir d'exception ? Je veux dire, c'est pas bon pour Janie d'être dehors toute la journée, surtout au soleil. »

J'étais allée jusqu'à la porte et j'étais revenue à la chaise deux fois, mais je n'arrivais pas à savoir si la pièce faisait cinq ou six pas de large. J'étais près de la porte quand je vis Mrs Sleathes prendre un air sérieux et pencher la tête avec bienveillance.

« Oui, oui, je comprends bien… mais non. » Elle redressa brusquement la tête. « Je ne fais qu'une seule exception : j'accepte des pensionnaires avec l'aide sociale, miss Ryan. Vraiment, si je n'étais pas là, je ne sais pas où iraient la plupart de mes pensionnaires. » Mrs Sleathes s'interrompit avec l'air d'attendre, mais maman ne répondit rien et parcourut la pièce des yeux.

« Bien ! Je suis sûre que vous êtes impatientes de vous installer. Il est… » elle regarda sa petite montre en or « … 16 h 45, alors juste pour cette fois, faisons une entorse au règlement, mais à partir de demain vous donnerez en partant vos clés à Bob au rez-de-chaussée et vous sonnerez pour rentrer à 17 h 30. Oh, et je passe personnellement prendre le complément du loyer chaque lundi. C'est bien de le récupérer directement auprès des pensionnaires. »

Les mains de Mrs Sleathes scintillèrent quand ses doigts s'affairèrent pour détacher notre clé.

« Qu'est-ce qu'il y a comme complément quand on est chez soi ? demanda maman sans prendre le temps d'adoucir sa voix.

— Eh bien, même avec un enfant, vos allocations logement ne couvrent pas le prix de la chambre et donc tous mes pensionnaires paient aussi un complément de quinze livres, en espèces, le lundi. » Elle leva la tête, une clé à la main. « Mais bien sûr, pour ce prix, vous avez le petit déjeuner et vous n'avez pas de factures à payer ! »

Maman était abasourdie. Je regardais le plateau du petit déjeuner qui me rappelait les dimanches où il n'y avait pas grand-chose de plus que du Ready Brek et un toast.

« Euh, est-ce qu'on pourrait avoir une réduction si on prend pas le petit déjeuner ? » Maman regardait par terre en se mordant la lèvre. Ça me donna envie de faire une brûlure indienne à Mrs Sleathes ou de donner un bon coup de pied dans son tibia décharné. « Vous savez, Janie chipote et…

— C'est pas vrai, maman ! » Je lançai un regard furieux à Mrs Sleathes. « Je mangerai tout ce que vous voudrez, faut pas vous inquiéter. »

Mrs Sleathes fit de nouveau entendre son rire de clochette et avança doucement vers maman. « Allons, inutile d'être gênée. » Elle me sourit et je lui adressai un regard noir. « Je comprends bien votre situation, mais comme je vous l'ai dit, je ne fais pas d'exceptions. » Elle parlait lentement comme si maman commençait seulement à apprendre l'anglais. « De plus, c'est un bed and *breakfast*, voyons », terminat-elle sur le ton de la bonne humeur, en agitant le doigt.

Et elle sortit avec un geste de sa main couverte de bagues et un « Bienvenue au Lucky ».

Une fois la porte fermée, je jetai de nouveau un regard au plateau du petit déjeuner avec ses minipaquets.

« Je peux manger les corn-flakes, maman ? »

Elle ne répondit pas. Elle passait le doigt sur les deux pages plastifiées punaisées derrière la porte et secouait la tête.

Le lendemain de notre arrivée, Bob, le type qui gardait les clés des pensionnaires, nous invita à dîner, maman et moi.

« On peut manger dans ma chambre si vous voulez ? » Il pencha la tête et ses cheveux filasse blond-roux retombèrent sur son visage blême. Il portait une chemise fine couleur crème, encore marquée par les plis raides de l'emballage qui ne tombaient pas comme il fallait, et un pantalon marron.

« Pourquoi ne pas détourner le règlement si on peut ? »

Maman eut un petit sourire pincé et déclara qu'elle préférait manger à la cuisine et peut-être faire la connaissance des autres pensionnaires.

Il acheta un repas à emporter chinois et une bouteille de Blue Nun. Maman grignotait son travers de porc d'un air gêné et essayait de bavarder avec les autres pensionnaires qui enfournaient leur repas debout devant le plan de travail, les yeux dans le vide, avant de remonter en vitesse dans leur chambre.

« Bon, c'était délicieux, merci. » Maman se tapota le ventre avec reconnaissance et j'essayai de manger le plus vite possible quelques bouchées de riz sauté supplémentaires.

« Oh, vous ne voulez pas rester un peu ? » Son visage en sueur eut l'air froissé. « Il reste une demi-bouteille de vin. » Il rajouta du travers de porc dans l'assiette de maman et remplit à ras bord son mug Garfield. De toutes petites bulles montèrent et éclatèrent à la surface.

« Vous savez, j'ai dit à Mrs Sleathes qu'il fallait une femme ici. »

Maman eut un rire forcé et posa le regard sur les épaules voûtées d'une femme d'âge moyen devant la cuisinière. De ma chaise, je la voyais se curer les ongles avec sa fourchette dans la lumière orangée du gril.

« Oh, je suis sûre que tout se passe bien. » Elle fourra un morceau de travers de porc dans sa bouche et mâcha la viande poisseuse.

« Quand même, je suis content que vous soyez venues vivre ici toutes les deux, dit Bob en rougissant.

— On va pas rester dans ce taudis ! dis-je derrière la feuille d'alu dont je léchais la sauce aigre-douce. Seulement jusqu'à ce que je retourne à l'école après l'été et qu'on ait trouvé quelque chose ailleurs, hein, m'man ? »

Maman poussa un petit soupir et m'ôta la feuille d'alu des mains. « Voyons, Janie ! » Elle adressa un petit sourire à Bob qui ne le lui rendit pas. « Tu vas te couper la langue. »

Maman finit rapidement son assiette et Bob ne la resservit pas.

Après cette soirée, maman m'envoya toujours déposer et reprendre nos clés. Les chambres fermées, on devait passer ces journées d'été à errer dans Canterbury avec notre pique-nique et un des draps roses du B&B.

Quand il faisait assez chaud, on allait au parc ou à la cathédrale. Maman s'asseyait sur un banc et se mordait la peau autour des ongles ou s'arrachait parfois les poils des bras quand elle pensait que je ne la regardais pas. Je restais de longues heures à plat ventre, en tirant la langue avec application, et dessinais les touristes, la cathédrale ou les crocus qui déployaient leurs fleurs au-dessus des plates-bandes bien entretenues. Quand j'avais fini, je courais vers maman, feuille au vent, pour qu'elle me félicite.

« Des Américains, comme ton papa, Janie, sauf que c'était pas un vulgaire touriste. Ton papa avait de la classe. »

« Regarde comme t'as bien dessiné ces fenêtres ! »

« On ferait mieux de les ramasser, Janie, avant qu'elles s'envolent. Rapportons-les à la chambre, ça la rendra plus gaie. »

On aurait dit que ses piles commençaient à s'user. Un jour, je la vis mettre en boule le vieux journal et le lancer d'un bras rageur dans le parc. Moi, je baissai le bras, craignant pour le dessin que je tenais.

« Tu es fâchée, maman ?

— Non, Janie. » Elle se mordit la peau près de l'ongle du pouce. « Je m'ennuie, c'est tout. Putain, je m'ennuie à mort et c'est une mauvaise semaine. »

J'avais l'impression que les bonnes et les mauvaises semaines étaient une question d'argent. Et que les mauvaises semaines, c'était quand il pleuvait et qu'il n'y avait que du pain, des sandwichs à la margarine et un verre de lait pour le pique-nique que nous mangions alors au centre commercial. Il n'y avait pas de sucette en dessert, et au dîner seulement de la purée mousseline et des nouilles en sachet avec une boîte de thon. Un seul sachet à la fois parce que la bouilloire de notre chambre avait la taille d'une bouilloire de poupée.

Je demandais tout le temps si on était vraiment pauvres et maman répétait : « Ça va. Tu vas arrêter de me poser cette question ? » Et elle avait l'air tellement en colère que, au bout d'un certain temps, c'est ce que je fis.

Les bonnes semaines, il y avait du Strawberry Angel Delight[1] après les nouilles ou la purée et on se relayait pour battre la poudre et le lait à la fourchette. Parfois il nous fallait tout le temps de *Crossroads* et de *Wogan* pour qu'elle épaississe bien, mais c'était si bon que ça ne me faisait rien de la manger avec un bras qui me picotait et me faisait mal.

Une bonne semaine, cela voulait dire aller à la piscine où on faisait la queue avec d'autres mamans et d'autres gamins tenant sous le bras de grosses serviettes roulées comme des saucisses, les lunettes de piscine autour du cou.

« Bon, si quelqu'un te demande, t'as cinq ans.

— Mais, maman ! J'ai SIX ans. » Je levai la main droite plus un pouce pour m'assurer qu'elle comprenait et le silence se fit dans la queue. Maman leva les yeux au ciel puis contempla le sol. J'avançai le menton, me redressai de toute ma taille et défiai le monde entier de dire que je n'avais pas six ans.

Les mauvaises semaines étaient qualifiées de mauvaises par maman, mais pour moi elles valaient bien l'absence de confiture dans les sandwichs et de crème Angel Delight. Elles valaient même les silences de maman qui me faisaient mal au ventre :

1. Crème dessert en poudre, à la fraise.

parce que, les semaines de pluie, j'allais à la bibliothèque.

Je courais m'asseoir sur une petite chaise en plastique et je sentais l'atmosphère chaude et immobile entrer en moi, ralentir mon cœur qui cognait dans ma poitrine. L'odeur des boutiques de livres d'occasion se glissait alors dans mes narines, pour s'enrouler douillettement à l'intérieur de mon ventre. Quand j'ouvrais les livres, et je pouvais en ouvrir autant que je le voulais parce que ça ne nous coûtait rien, les images s'étalaient devant mes yeux comme de l'huile sur de l'eau, et les lettres dansantes s'installaient sur ma langue avec le goût et l'odeur de bonbons à la réglisse. Pendant que maman se mordait les lèvres, arrachait les petites peaux de ses ongles et lisait de vieux magazines, je découvrais à quel point les histoires me donnaient un sentiment de sécurité.

En août, après cinq semaines chez Mrs Sleathes, maman nous trouva un autre endroit où vivre.

« C'est un B&B, mais pas comme celui-ci. Ça va être comme si plein de gens vivaient ensemble. » Malgré ses yeux pas maquillés et son air malade, elle paraissait contente. « Et y a un jardin. »

Plus tard, je me sentis très coupable de tout ce que je n'avais pas remarqué pendant que j'étais plongée dans les livres et dans les bols d'Angel Delight. Je n'avais pas remarqué l'espace béant dans son jean quand elle se penchait ou la façon dont ses mains tremblaient quand elle tournait la page du journal. Je regardais, mais je ne la voyais pas vraiment compter sans cesse l'argent de son porte-monnaie ou le refermer avec un claquement paniqué.

Le jour où elle me parla de notre déménagement semblait un bon jour pour révéler mon secret, car je ne savais pas si on serait jamais assez fauchées pour ça et j'avais peur de demander si on l'était déjà.

Elle tenait les billets de vingt livres et je souriais en serrant mon Ver Luisant contre ma poitrine.

« D'où tu sors ça, Janie ? Et je veux la vérité. »

Elle parlait à voix basse ; je me dis qu'elle devait être vraiment surprise et je ris. « C'est Frankie. C'était un secret pour quand on en aurait besoin et comme on déménage, on va en avoir besoin pour acheter des meubles ! Il m'a dit de rien te dire. Jusqu'à ce qu'on soit fauchées. »

Maman pâlit, se mordit la lèvre supérieure, me poussa sur le lit et baissa mon short autant qu'elle le put.

« Tu dois jamais, jamais me mentir. Tu. As. Compris ? Jamais, jamais ! »

À chaque mot, elle abattait sa main sur mes fesses en feu et je hurlais en essayant d'expliquer, au milieu de la morve, des larmes et de la stupéfaction, que ce n'était pas un mensonge, simplement un secret.

On quitta Mrs Sleathes vraiment très tôt ce dimanche, avant la fermeture et même le petit déjeuner, dès le réveil des oiseaux. Maman dit qu'on ne devait pas faire de bruit, surtout devant la chambre de Bob, c'était un jeu. Je marchai sur la pointe des pieds, retenant un fou rire, dans la douce pénombre du palier puis dans l'aube zébrée de rose.

Notre nouvelle maison s'appelait Burton House B&B, mais il n'y avait pas de plaque à l'extérieur, ce qui était une des raisons pour lesquelles elle plaisait à maman. Elle était dans une rue un peu à l'écart d'un grand axe de circulation qui menait au centre-ville. Cette avenue était bordée d'une succession ininterrompue de magasins vendant de l'alcool, de bureaux de paris et de marchands de kebab, et je n'ai jamais trouvé où elle menait si on s'aventurait assez loin de la ville. Nous n'avons jamais dépassé le « parc » qui n'était en réalité qu'un carré d'herbe entouré d'arbres avec un grand toboggan solitaire au centre.

Burton House se trouvait à vingt minutes à pied du centre pour des jambes d'adulte et à trente minutes pour les miennes. Le matin de notre départ de chez Mrs Sleathes, on marcha quinze minutes jusqu'au centre et maman se figea à l'arrêt de bus.

« Attends, Janie, j'ai un point de côté. » Elle posa la valise et appuya sur son flanc. Au bout de quelques minutes, elle regarda la rue déserte puis la boulangerie. « Bon, soit on attend le bus, soit on y va à pinces et avec l'argent du ticket, tu peux acheter une brioche au sucre pour ton petit déjeuner. »

J'arrivai à Burton House, comme souvent dans tant d'autres endroits, en souriant derrière la croûte collante de mon dernier repas.

Maman me dit que le gérant, Majid, était indien et m'avertis que je ne devais rien dire sur le fait qu'il était d'une autre couleur et qu'il ne parlait pas pareil. Je me demandais de quelle couleur il serait et je fus triste en découvrant qu'il était juste un peu bronzé.

« J'aime bien votre chapeau, Mr Majid. J'ai un crayon de la même couleur. » Je fouillai dans ma boîte-repas pour le lui montrer.

« Appelle-moi Majid, ça ira. » Il leva ses mains fines et ajusta son turban rouge, puis monta l'escalier devant nous.

Nous étions au cinquième, la « villa sur le toit », dit Majid avec un petit rire puis, en voyant l'expression de maman, il ajouta plus sérieusement, mais de la même voix douce : « J'ai veillé à ce que vous et votre petite fille ayez une belle chambre, un peu d'espace et d'intimité pour notre nouvelle famille. »

Dans le toit en pente s'ouvraient deux petites fenêtres carrées. Il y avait un lit d'une personne, une table avec deux chaises de chaque côté et un lit double poussé contre le mur du fond. À côté du lit simple, une grande armoire. Tout semblait un peu serré, mais je n'avais pas besoin de compter mes pas pour voir que la pièce faisait deux fois la taille de l'autre, même si j'étais un peu triste d'avoir abandonné nos lits superposés et les paquets de céréales pour poupée. Maman hocha la tête.

« C'est super. Merci mille fois, Majid.

— Parfait. Et suis content que ça vous plaise. Vous voulez que je vous montre la cuisine et le jardin ? »

Maman tirait déjà la valise devant l'armoire et je m'étais détournée pour installer des trucs sur mon petit lit, avec le plafond à quelques centimètres au-dessus de ma tête.

« Bon, peut-être plus tard. Vous savez où me trouver si vous avez besoin de quelque chose. »

Quand il fut parti, maman continua à se promener dans la chambre, à ouvrir et fermer l'armoire et à rebondir sur le matelas comme si c'était une pièce de *Blue Peter*[1], faite de flacons de produit à vaisselle, de paquets de céréales et de boîtes d'œufs collés ensemble. Elle n'arrêtait pas de me bombarder de questions sans attendre la réponse.

« Ça te plaît, Janie ? C'est grand, hein ? Je parie que tu crèves d'envie de voir le jardin ? »

Je cessai d'essayer de lui répondre, alignai tous mes crayons sur le couvercle de ma boîte-repas

1. Programme télévisé pour la jeunesse.

et posai mon parapluie contre le lit. Quand je me retournai, maman était allongée, les genoux remontés contre son ventre.

« Maman ? »

Elle n'ouvrit pas les yeux et remonta un peu plus les genoux. « Maman va faire un somme maintenant, Janie. Tu joues un peu toute seule. »

Elle avait gardé ses grosses chaussettes grises. Je les roulai sur ses talons et les ôtai de ses pieds brûlants. Je les posai, gonflées et chaudes, au bout du lit.

Je fis des dessins, inventai une histoire où je surprenais mon Ver Luisant en train de voler des crayons et de les mettre dans la poche des piles. En chuchotant, je lui passai un bon savon et lui donnai une fessée spongieuse jusqu'à ce que disparaisse la plénitude procurée par ma brioche.

Maman ronflait doucement, tout habillée. Voyant son visage immobile et ses paupières nues que les rêves faisaient légèrement trembler, je grimpai sur le lit, casai mes genoux dans le creux des siens et enfonçai la tête dans la chaleur humide de son tee-shirt.

À notre réveil, une même douce odeur de sommeil plaquée sur nos fronts et les plis de l'oreiller marqués sur nos joues, les deux fenêtres étaient noires et la maison au-dessous de nous calme et silencieuse.

Maman se cacha dans notre chambre pendant le mois d'août, comme si le fait d'avoir dû sortir tous les jours de chez Mrs Sleathes l'obligeait à rester obstinément dans Burton House – même si, certains jours, cette pièce, tout en haut de la maison, ressemblait à un four. Elle se mit à faire beaucoup de « sommes ».

« Ta maman va faire un somme. Va jouer. » Elle m'assura qu'elle n'était pas malade : « Pas comme tu le penses, Janie. »

À la fin de la journée, dans l'atmosphère lourde et confinée de la chambre, quand j'avais épuisé toutes les ressources de mon imagination pour jouer, maman se levait, fourrait sa chemise de nuit dans la ceinture de son jean, enfilait un pull par-dessus et m'emmenait au parc du toboggan. Elle s'asseyait en bas, les yeux dans le vague, et quand mes pieds la heurtaient à la fin de la descente, je criais : « Maman, je peux pas faire du toboggan quand tu es assise là ! »

En rentrant à la maison, je courais à la friterie et je demandais un sac de beignets. La femme au visage rougeaud derrière le comptoir ramassait toutes les brisures de pâte au fond des plateaux et me les donnait gratuitement.

Le lundi était le seul jour où maman enlevait sa chemise de nuit. On allait faire la queue devant la poste pour chercher le chèque de nos allocations. La queue à Canterbury ressemblait à celle d'Aberdeen. Toujours longue, avant même l'ouverture de la poste, comme si attendre un quart d'heure de plus avec un porte-monnaie et un garde-manger vides était un quart d'heure de trop.

Après le bureau de poste, maman me déposait à la bibliothèque et je lisais jusqu'à ce qu'elle revienne, le regard vide, ployant sous un poids plus grand encore que les simples courses de la semaine.

Un lundi, elle me dit que je pouvais emporter trois livres à la maison. Je la regardai, estomaquée, en me demandant si elle n'était pas malade en fin de compte.

« Non, maman, c'est une *bibliothèque*. On reste là, on ne parle pas et on lit. C'est du vol.

— Janie, j'ai rempli la fiche et on a une carte maintenant, alors tout va bien. Choisis trois livres et dépêche-toi avant que les frites décongèlent. »

Je n'étais pas sûre que tout allait bien, mais je choisis trois albums de *Twinkle* – 1975, 1978 et 1979 – et passai le reste de la semaine à raconter à la bosse que formait maman sous la couette ce que faisait Nurse Nancy dans son hôpital de poupées.

Le lundi suivant, en déballant les courses, maman sortit des sacs un nounours jaune et blanc et une petite souris en peluche. Les taches blanches du nounours étaient grisâtres et la fourrure boulochait aux endroits où était probablement tombé du jus de fruits ou un bonbon d'une bouche tout excitée. Le bout des moustaches en plastique de la souris avait été mâchouillé, mais je ne les en aimais que plus d'être un peu tristes et fatigués : cela en faisait de meilleurs patients pour l'hôpital de poupées.

« Oh mon Dieu ! Des moustaches abîmées ! Y vous faut des médicaments, Mr Couineur ! »

Après nos journées occupées à dormir et à soigner, on descendait dîner à la cuisine. On essayait toujours de ne pas faire de bruit parce que, lorsque Cathy, du deuxième étage, entendait nos pas sur les marches, elle descendait aussi, fumait à notre table et parlait tout le temps de sa famille, des douze étapes et de son petit garçon, « il doit avoir sept ans maintenant », qui vivait avec sa mamie.

Elle disait que ça faisait du bien qu'il y ait une autre mère qui comprenait, même si maman ne se montrait jamais très amicale quand elle remuait une casserole d'eau bouillante ou se tenait de côté pour éviter les projections de graisse de nos bâtonnets de poisson.

Un soir, je cherchais un outil chirurgical dans le tiroir à couverts pour enlever les amygdales de Mr Couineur, pendant que Cathy fumait sa clope, ses cheveux fins attachés en queue-de-cheval, ce qui lui tirait les traits du visage.

« Je vais aller le voir bientôt. » Son petit garçon habitait à Londres. « Et je me disais que comme ça fait plusieurs mois que je suis clean et que tu as Janie avec toi, les services sociaux pourraient peut-être accepter qu'il vienne ici en visite. Qu'est-ce t'en penses, Iris ? »

Maman se retourna, la spatule à la main. « J'en pense que si tu parles de Janie ou de moi à ton entretien avec l'assistante sociale ou à quelqu'un d'autre des services sociaux, je te colle ça là où j'pense. Suivi par ça. » Elle montra du doigt le fouet que je tenais.

Cathy leva les bras. « Ça va, merde ! J'ai compris. » Elle s'interrompit et regarda maman. « Iris, tu vas bien ? T'as l'air… enfin, comme moi avant, enfin, tu vois, avant. T'y touches pas ?

— Non, putain ! » Maman me jeta un coup d'œil puis se tourna vers Cathy. « Je veux dire, le prends pas mal, Cathy, mais où je trouverais le fric ? J'ai dû me passer de mon verre du lundi cette semaine pour acheter des jouets d'occaze. Non, j'suis fatiguée, c'est tout. T'as pas idée de ce qu'ont été les derniers mois. »

Cathy écrasa sa clope et écarta d'un coup de pied la chaise devant elle. « Alors, sers la bouffe et assieds-toi, j'ai tout mon temps. »

Maman haussa les épaules et flanqua mon steak haché sur le toast qui attendait. Je le coupai en triangles de plus en plus petits pendant que la maigre queue-de-cheval de Cathy s'agitait de colère ou de compassion et que maman racontait d'une voix hésitante les deux derniers mois.

J'étais tournée vers le mur, j'arrachais les fibres de bois sous le papier peint et les jetais sur le côté du lit. J'imaginais maman découvrant une petite montagne de copeaux sous le lit, et le papier peint plein de petits trous vendant la mèche, mais j'avais déjà prévu de dire que la coupable était une bestiole. C'est alors que la pièce fut plongée dans le noir, une obscurité si soudaine et si profonde que j'eus l'impression de me noyer.

« Maman ! Maman ! »

Le vent rugissait sur le toit, secouait les lucarnes. Un grognement s'éleva du lit.

« Merde. C'est rien, Janie, juste une coupure de courant. Viens ici, monte dans le lit. »

Même couchée à côté de maman, je sentais l'obscurité peser sur moi, aussi lourde que du sable mouillé, et mes membres s'agitaient convulsivement sous l'effet du vent furieux.

« Janie, arrête.

— Mais je peux pas dormir, parce que… parce que j'ai besoin de faire pipi. »

Elle me tira du lit et, ensemble, on descendit l'escalier en se tenant au mur jusqu'aux toilettes du couloir. Pendant que j'étais assise dans le réduit obscur, essayant d'extraire quelques gouttes, j'entendis quelqu'un la rejoindre. En sortant, je compris que l'ombre, encore plus maigre que celle de maman, était celle de Cathy.

« Venez, on fait un petit pique-nique de minuit. »

En bas, les silhouettes de Majid et de Barbu-pas-de-nom, comme l'appelait maman, étaient assises à table. Des petits pains, du beurre et un gros morceau de fromage étaient posés sous la lumière tremblotante de quatre bougies blanches.

« Iris ! Viens t'asseoir, mange un morceau, ça va être perdu. Et, Janie, on t'a gardé trois barres glacées au chocolat, sers-toi. » Majid agita la main au-dessus de la table, ce qui fit vaciller la flamme des bougies.

On s'assit en silence. La porte du four était ouverte et la flamme du gaz projetait une faible chaleur et une pâle lumière bleutée sur le sol. Le vent martelait les fenêtres de ses poings furieux et se jetait de tout son poids contre les murs. Le brûleur du four sursautait et soupirait, comme une jeune fille effrayée.

Je mordis la croûte cireuse de ma barre glacée en me demandant comment l'intérieur de la maison pouvait être aussi calme et douillet alors que, dehors, les éléments déchaînés jetaient les choses dans tous les sens.

« Un ouragan, dit Barbu-pas-de-nom, la bouche pleine de pain.

— C'est quoi ? demandai-je, tandis qu'un filet jaune coulait sur mon menton.

— C'est un grand vent, Janie, mais on est bien en sécurité dans la maison avec ses gros murs de brique. » Maman regarda la fenêtre derrière elle que des feuilles et du gravier heurtaient comme pour demander asile.

Je haussai les épaules. Je savais bien qu'on était en sécurité. « Il est en colère, c'est tout, dis-je en inclinant vers ma bouche le papier de la barre glacée pour récupérer la glace fondue.

— Qui ?

— Le vent, il veut venir au pique-nique de minuit, voilà.

— Hé bien, il entrera pas », déclara maman en jetant un nouveau coup d'œil à la fenêtre.

Majid alla chercher une bouteille de vin dans sa chambre. « Ça devient une petite fête. » Il secoua la bouteille sombre.

« Maman, j'irai pas au lit cette nuit ?

— Juste ce soir, Janie, c'est la fête à cause du vent.

— Je peux boire du vin ? J'ai sept ans et trois jours, maintenant.

— Putain, qu'est-ce que tu crois, gamine ? Repasse dans huit ans ! Mange ta dernière barre glacée. »

Ils buvaient dans des mugs. « Pas la peine de sortir des verres », dit Majid avec un sourire coupable. Je m'assis sur les genoux de maman et écoutai. En fin de compte, Barbu-pas-de-nom s'appelait Mark et il écrivait un scénario sur « le trafic d'ecstasy à Manchester », mais ne voulait pas vivre là-bas pour ne pas être « trop près de son sujet… tu vois ce que je veux dire ? ». Cathy hocha la tête et but une gorgée de thé. Majid expliqua qu'il devait attendre que ce soit officiel, mais qu'il allait partir vivre à Brighton avec son compagnon Peter, et il priait le ciel que ce soit assez loin afin d'éviter ses parents et Whitechapel pendant les sept prochaines années.

Je posai un doigt dans la cire fondue d'une bougie, sentis un éclair de chaleur, et la laissai sécher, toute lisse, en me demandant combien de secrets dissimulaient les adultes. Maman ne parlait pas beaucoup. Elle me serrait sur ses genoux, me caressait les cheveux et buvait son mug de vin à petites gorgées. De temps en temps, Cathy souriait, lançait un clin d'œil de l'autre côté de la table et je sentais se relâcher l'étreinte de maman.

Cathy déclara : « Tu devrais voir le nouveau type qui a pris la chambre de Steve, Iris. Il est arrivé hier, super sexy. Si j'avais pas fait une croix sur les mecs à cause de mes douze étapes, je foncerais sans hésiter. »

Maman ne prononça plus un mot de toute la soirée, elle se contenta d'écouter et de rire, ses dents bleutées et ses lèvres tachées de vin éclairées par les bougies.

Maman disait que Douglas, ou « appelle-moi Doug », était en forme parce qu'il faisait beaucoup de jogging. Moi, je pensais que c'était seulement parce qu'il passait son temps assis dans la cuisine en pantalon de jogging noir et maillot de corps, à fumer de grosses clopes roulées peu serré. Il était aussi écossais, mais « de la banlieue de Glasgow », et il avait un travail, un vrai travail, de livreur de viande. Il n'arrêtait pas de faire des blagues là-dessus avec maman.

Ses cheveux blonds et bouclés lui tombaient sur les yeux. Il me laissait attraper avec deux doigts son énorme nez et crier « Tut ! Tut ! » à tous ceux qui voulaient bien m'écouter et me faire le plaisir de rire.

Il remplissait la maison de ses blagues de caserne et de l'odeur de ses Drum roulées. Il était tout le temps dans la cuisine et essayait de retenir les gens qui passaient pour faire une partie de gin rami ou boire « un coup » avec lui. Tout le monde acceptait, étoiles égarées tournant autour d'une lune fixe, ravies par les sourires et les taquineries du nouveau type important de la maison qui les traitait de joueurs de cartes de merde.

Il me rappelait tonton Frankie, mais en plus adulte, alors c'était peut-être à Tony qu'il ressemblait, à Tony mais sans les raclées et le « business », sans l'argent mais aussi sans cet air revêche.

Maman était tout excitée en jouant aux cartes avec lui. Elle lui donnait une tape sur la main quand il la laissait gagner et elle m'envoyait me coucher seule tout en leur versant à tous deux un autre verre.

Je dois reconnaître une chose : Doug ramena maman à la vie. Elle était moins fatiguée et, à la place de la maman apathique, silencieuse, les traits tirés, à laquelle je m'étais habituée, elle était de nouveau comme avant : elle faisait du bruit, piquait des colères et riait.

La couette de maman formait la même montagne fripée que la veille au soir quand j'avais finalement cessé de l'attendre et m'étais endormie. La peur envahit ma poitrine à la vue du lit vide, puis se transforma en une colère noire qui se propagea dans mes bras et mes jambes. Une colère telle qu'elle délogea les miettes de sommeil aux coins de mes yeux.

Je descendis l'escalier en tapant des pieds.

« Maman ! Où t'es ? Maman ! »

Je criais à chaque palier, indignée et le visage écarlate. Je voulais que toute la maison sache que ma maman m'avait abandonnée pour le gin rami et Doug.

Je la trouvai attablée à la cuisine avec lui. Leurs mains entouraient leurs mugs de thé sur la table et leurs pieds s'emmêlaient au-dessous.

« Janie, ma beauté, viens ! » Elle parlait trop fort.

Je restai plantée là, sans sourire.

« Oh, tu t'es levée de mauvais poil ? J'ai des bonnes nouvelles pour toi. Tu vas avoir un nouveau papa ! »

Je ne bougeais toujours pas. Je me contentais de les dévisager, mais, à ma grande honte, je sentais les larmes me brûler les yeux.

« C'est Doug, ajouta-t-elle comme s'il pouvait y avoir un autre papa caché dans le frigo. Viens, viens faire un câlin à ta maman et à ton nouveau papa. »

Je voulais répondre que j'avais un vrai papa, mais j'avançai à contrecœur et, pieds nus sur le carrelage, restai debout derrière eux en me sentant exclue, tandis qu'ils soufflaient sur moi leur mauvaise haleine matinale. Maman me montra sa petite bague ornée d'un gros bout de verre étincelant qui, dit-elle, ressemblait tout à fait à un diamant. Je haussai les épaules.

« C'est juste le temps que j'économise. Après, je t'achèterai une vraie bague. »

Doug embrassa maman sur les cheveux et sa tête repoussa un peu la mienne. Il se tourna vers moi avec un sourire mou. Je levai la main, attrapai son gros nez gras et le tordis un bon coup en criant « Tut ! Tut ! » en plein dans son visage stupide.

Je me disais que, au moins, Tony Hogan m'avait payé un ice-cream soda avant de me piquer maman.

Une semaine et demie après l'ouragan, Doug demanda donc la main de maman et, un mois plus tard, ils se marièrent au bureau de l'état civil de Canterbury. Tous les gens de Burton House étaient présents et, à la place d'un cadeau, maman leur demanda s'ils voulaient bien participer un peu aux frais et apporter une bouteille pour la réception.

Mémé prit le car et arriva en taxi avec un grand chapeau qu'elle avait emprunté à Aggie. Les quelques nuits qui précédèrent le mariage, elle dormit avec moi dans la chambre du haut. Elle montait se coucher tard après avoir bu en bas. Ses rots puant la gnôle et puis le crépitement d'électricité statique de son pantalon synthétique me réveillaient.

« Pauvre comme Job, mais un brave type. Un bon papa pour toi, finalement, Janie. »

Je disais à tout le monde dans ma nouvelle école que ma maman allait se marier ; je détestais pourtant y aller, dans cette école. Maman avait découvert que l'aide sociale donnait des bons pour des vêtements et elle me trouva un pull bleu marine qui crissait et une jupe plissée, mais je m'aperçus que tous les autres étaient habillés en bordeaux. J'avais remarqué l'air timide de maman quand elle avait tendu les bons à la caisse et j'avais juste envie de brûler l'horrible pull et la jupe.

Tous les matins, après l'appel, Miss Addle nous faisait lever la main pour savoir comment nous déjeunions : « école, panier-repas ou gratuit ». Mon cœur cognait dans ma poitrine dès que moi et Toby, qui mangeait ses crottes de nez et avait un trou gros comme un biscuit dans son pull bleu marine, allions chercher nos tickets repas verts sur lesquels était écrit GRATUIT en grosses lettres noires.

Je m'étais fait une copine, Molly, au visage rond et aux cheveux comme Barbie, mais à cause de ses grosses lunettes rouges et du pansement qui lui couvrait un œil, personne ne voulait être avec elle. Même si j'avais les repas gratuits et pas l'uniforme de la bonne couleur, c'était moi qui commandais parce que je ne portais ni lunettes ni pansement sur l'œil. Je lui donnais des ordres dans la cour de récréation où nous jouions aux mariés, mais à voix basse parce que ma voix révélait toujours que j'étais différente.

Parfois, parce que j'avais un ticket repas vert, un pull bleu marine et un drôle d'accent, je me faisais toute petite dans un box des toilettes, en rage et les yeux gonflés, jusqu'à ce qu'un professeur vienne me chercher et me ramène en classe. Aussi, ce qui me plut le plus dans le mariage de maman, c'est que je ratai une journée d'école.

Il existe une photo du mariage, prise par Sheila Burton, la propriétaire de Burton House. Sur la photo, Mark le Barbu et Cathy sont sur le côté et regardent le trottoir ou peut-être leurs chaussures, tandis que Doug, maman, mémé et moi sommes au milieu. Doug porte une veste beige à carreaux et ses cheveux en bataille sont luisants de Brylcreem ; mémé, en tailleur pastel et coiffée de son grand chapeau emprunté, fait la moue ; maman est debout entre eux, en robe bleu pâle commandée sur catalogue. Sur la photo, on ne voit pas les épingles de nourrice au dos de sa robe. « Putain de tailles des catalogues », s'était-elle écriée en la recevant. Maman adresse à Doug un sourire décontracté et, devant, en robe d'été rose, trop légère pour le mois de décembre, je regarde l'appareil d'un air buté en serrant bien fort mon nounours crasseux sous un bras.

La réception eut lieu entre la cuisine et la chambre de Majid. Il y avait un gigot d'agneau, des chipolatas, du poulet rôti et des petits pains. Doug dit qu'il avait « oublié » de les livrer et tout le monde se mit à rire, mais personne n'en mangea sauf moi et Mark le Barbu. Tout le monde s'assit sur le lit et le canapé dans la chambre de Majid et tout le monde fut vite complètement bourré à force de préparer des cocktails avec la collection de bouteilles posées sur la commode. Tout le monde sauf Sheila Burton, assise droite sur le canapé, qui buvait son verre de mousseux à petites gorgées.

Des disputes éclatèrent et tournèrent court, noyées dans l'alcool et les tapes dans le dos. À un moment, maman alla pleurer dans les toilettes du bas, à cause de quelque chose que Doug avait dit, mais il réussit à l'amadouer et ils montèrent se coucher.

Quand toutes les bouteilles furent vides, même le truc italien jaune et collant que Sheila Burton avait apporté, je portai à maman et à Doug deux tranches du gâteau de mariage, un Victoria sponge cake, décorées d'un truc en plastique argenté qui représentait peut-être les mariés. Je les laissai devant la porte et allai me coucher avec mémé qui ronflait, les gencives nues, ses dents posées à côté d'elle sur l'oreiller.

Le lendemain matin, tout le monde était silencieux. Le repas de mariage et les bouteilles vides se trouvaient déjà à la poubelle. Maman et Doug étaient à table et, après m'avoir demandé de leur apporter deux grands verres d'eau, maman m'apprit la nouvelle.

« On retourne en Écosse, mais là d'où vient Doug.

— Pour Noël ?

— Pour y vivre, Janie. »

Je restai muette, mais maman m'expliqua que ça voulait dire que je ne retournerais pas à l'école jusqu'en janvier. Je bondis sur eux en criant qu'ils étaient les meilleurs papa et maman du monde. Ils me firent un sourire sans joie et dirent : « Merci, mais bon sang, fais moins de bruit. »

On devait déménager à la cloche de bois. Cela voulait dire que je n'avais pas le droit d'en parler. Quand je demandai si je pouvais dire au revoir à Molly à l'œil unique et lui donner le mot que j'avais écrit au feutre, maman le prit et dit qu'elle l'enverrait.

On partit un jeudi à minuit passé dans un Transit bleu qui avait des plaques de rouille comme un chien la gale, et des phares tristes rafistolés au ruban adhésif à la place des yeux. On portait tous des manteaux et des chaussures d'hiver commandés en livraison express sur le catalogue adressé à Mrs Pettigrew, mais maman dit que c'était pour partir en Écosse et qu'ils étaient vraiment à nous.

Doug commanda des cassettes au dos d'un magazine pour Mr Pettigrew. Il donna celle de Madonna à Cathy et celle des Smiths à Mark le Barbu. Maman l'engueula parce qu'il ne nous avait laissé que Meat Loaf et la musique de la série télé *War of the Worlds* pour le long voyage.

Je regardais Mark le Barbu et Doug charger rapidement dans la camionnette la commode et la table de notre chambre, le bureau de celle de Doug, et les deux lampes.

Je leur demandai : « On les emporte ? » Ils tournèrent la tête pour s'assurer que la voie était libre avant de charger l'armoire.

« Oui, on les a achetés à Mrs Burton pour avoir des meubles dans notre nouvelle maison. » Doug se retourna et haussa les sourcils en voyant maman rire. « Merde, elle est pire que les flics. »

On partit, après quelques crachotements indignés du moteur, sous le ciel noir d'encre. « Bat Out of Hell » tonitruait par les vitres ouvertes et maman et Doug riaient si fort qu'ils devaient essuyer leurs larmes pour voir la longue route devant nous. Vexée, je ne riais pas du tout. Je devinais peut-être que la route serait effectivement très longue.

10

On me dit de l'appeler mamie, cette femme qui paraissait plus vieille que tous les gens que j'avais vus, avec des touffes de garniture de canapé pour cheveux et de grandes dents blanches qui souriaient dans son visage ridé.

« Maman ? Faut vraiment ? En plus, c'est pas ma vraie mamie », demandai-je tandis que l'eau tambourinait dans la baignoire où une pellicule grise à mi-hauteur persistait même après avoir frotté avec un tampon à récurer et du Cif.

« Fais comme te dit Doug et arrête de m'emmerder avec ça. J'ai bien assez de choses à penser. »

Les rires de maman et de Doug n'avaient même pas duré jusqu'à la sortie de Canterbury. Ils s'étaient arrêtés à la minute où le moteur avait commencé à gargouiller et le pot d'échappement à émettre des pets huileux.

« Merde, c'est quoi ça ? Ce truc va jamais nous faire sortir de la ville, encore moins nous emmener jusqu'en Écosse, putain !

— Pas de gros mots, Iris. » Doug avait fait un sourire pincé et scruté le brouillard. « Regarde, Janie, on rentre incognito. »

Il avait gloussé en jetant un coup d'œil dans ma direction, mais pas question pour moi qu'on soit copains tant que j'étais coincée entre maman et lui, et qu'ils se disputaient au-dessus de ma tête, en essayant de noyer Meat Loaf et les pets graisseux du moteur. J'avais donné un coup de pied dans le tableau de bord et monté le volume de Meat Loaf.

Maman avait été malade pendant tout le voyage. Parce que Doug avait pris la « route touristique », on avait dû dormir une nuit à l'arrière de la camionnette glaciale. Le matin, maman lui avait ordonné de s'arrêter et s'était mise à l'engueuler en disant que c'était fini et quel genre de type était-il s'il n'était même pas capable de nous emmener en Écosse ? Et puis elle avait vomi de nouveau.

Doug avait fait ce qu'il faisait toujours quand maman était en colère. Il s'était redressé, les yeux dans le vague, en remuant la mâchoire sans dire un mot sauf : « Pas de gros mots. »

Je les avais observés de la camionnette tout en plongeant un doigt humide au fond de mon paquet de chips et en me demandant pourquoi maman s'était mariée avec un type qui n'aimait pas les gros mots et pourquoi je n'étais pas malade alors que maman était à quatre pattes et vomissait dans l'herbe.

Quand on était arrivés à Airdrie, la camionnette était à bout de souffle. Maman, Doug et moi, on était assis dans un silence pesant même si *War of the Worlds* hurlait dans le lecteur de cassettes à l'intérieur de la camionnette.

Maman me mit le crâne à vif en frottant pour faire mousser le shampooing et en marmonnant : « S'il croit que j'suis venue jusqu'ici pour m'occuper de sa mère, y s'fourre le doigt dans l'œil. Putain, quel trou. Il disait qu'Airdrie était une jolie petite ville, un chouette endroit pour les gosses. Tu trouves que c'est un chouette endroit pour les gosses, hein, Janie ? »

Je ne pouvais pas répondre parce qu'elle était en train de me verser le contenu d'un verre doseur sur la tête.

« On n'a pas un rond et on est coincées ici. Putain, quel culot de nous avoir promis la lune et de nous refiler Airdrie. »

Doug assura que c'était juste le temps que l'aide sociale s'occupe de nous et nous trouve un bel HLM et qu'en attendant sa mère avait la gentillesse de nous laisser la chambre dans laquelle elle ne dormait pas de toute façon.

Sa maison était remplie de fils qui pendaient et de boutons d'alarme. À chaque bouton rouge et brillant, un écriteau disait : « Bouton d'urgence. N'appuyez qu'en cas d'urgence. » Ils devaient avoir le goût de cerises aigres et quand mamie me surprit en train d'en lécher un, elle ne dit rien, se contenta de laisser dans son sillage son odeur de biscuit et entra dans une autre pièce.

Le mur au fond du salon était entièrement couvert par la photo d'un coucher de soleil sous les tropiques avec des palmiers et une plage. À notre arrivée, maman regarda le mur et eut un petit sourire narquois. Doug dit : « Mon frère Sammy lui a acheté pour rendre la pièce plus gaie. Ça a coûté bonbon. » Son expression montrait que le mur tropical de sa mère n'avait rien de drôle. « Il a celle d'une cabane en rondins chez lui et c'est très reposant à regarder. »

Mamie était ravie de voir son « petit garçon » et moi. Et, même si elle sentait les biscuits, son grand sourire avec ses dents blanches, ses cheveux de savant fou et sa générosité avec la télécommande de la télé me conquirent. J'allai même jusqu'à manger les flocons d'avoine qu'elle me prépara en confondant le sel et le sucre. Je m'en remplis les joues, comme un hamster, et allai aux toilettes pour les recracher.

Mamie ne semblait pas aussi ravie de voir maman. Ses dents disparaissaient et elle n'arrêtait pas de dire : « Je suis contente qu'il ait enfin trouvé une femme bien. » Avec un air pas content du tout. Puis elle regardait par terre et faisait un bruit qui ressemblait à « Hum ».

Maman m'enveloppa dans une serviette. « Te laisse pas avoir par son numéro de vieille dame. Elle est maligne comme un singe et pas du tout contente de nous voir, crois-moi. Elle veut son p'tit Douglas rien que pour elle. » Elle me frotta si fort les bras que ça me brûla. « Mais il s'en rend pas compte. Vivement qu'on ait cet HLM… Janie, arrête de gigoter et reste tranquille. » Et elle me donna une bonne claque sur les fesses.

En fin de compte, les choses n'allèrent pas aussi vite qu'elle l'aurait voulu, car l'aide sociale prétendit qu'on était « volontairement sans abri », et quand Doug expliqua qu'il était rentré pour s'occuper de sa mère, on lui répondit qu'on avait donc un endroit où vivre.

« Mais on est quatre dans une maison avec une seule chambre ! Tu leur as dit ? J'aurais dû y aller moi au lieu de rester tankée ici à en devenir dingue. »

J'étais installée par terre et levai la tête. Doug était debout au-dessus d'elle et respirait fort par ses grandes narines. Je ramassai mes crayons à deux mains et vins m'asseoir à côté de maman sur le lit en fusillant Doug du regard.

« T'es en train de dire que je suis pas capable d'aller à un truc aussi simple qu'un rendez-vous pour un appartement, Iris ? »

Je gardai la tête baissée en continuant à colorier. Je passai et repassai mon crayon et le vert devenait de plus en plus foncé.

« Non, je dis que t'es peut-être pas si pressé que tu le prétends d'être loin de ta mère, de ton frère et de ce putain de Sheenie. En même temps, c'est pas toi qui es coincé là à faire la cuisine et le ménage, et à expliquer à Janie pourquoi ta mère sent bizarre. »

Je laissai tomber mon crayon. « Maman ! »

Doug me jeta un regard dégoûté et maman se prit la tête dans les mains.

« Pas de gros mots. »

L'hostilité envahit la pièce et j'y ajoutai la mienne, même si je ne savais pas trop contre qui, puis mamie frappa à la porte, passa ses grandes dents par l'entrebâillement et dit : « *Emmerdale* commence, Janie, là où y a le mouton que t'aimes bien. J'te prépare une tartine de confiture à manger en regardant. » Elle s'éloigna en traînant les pieds.

Maman se gratta la tête. « Merde. Y a qu'à dire que je suis enceinte. En plus, j'en suis presque sûre. J'ai du retard.

— T'es sûre ?

— Presque, j'ai dit. »

Doug fit le tour du lit, un sourire débile aux lèvres, embrassa maman et regarda son ventre comme si on pouvait voir au travers. Je les fusillai tous les deux du regard, sautai du lit et partis voir *Emmerdale*, en claquant la porte derrière moi.

Enceinte et pleine de colère ou pas, maman ne réussit pas à nous faire reloger par l'aide sociale avant Noël. L'atmosphère devint si lourde que les fils et les boutons rouges de mamie ne paraissaient plus aussi ridicules. Je me mis à aller au square en béton désert et jonché de bouteilles de Buckfast où quelqu'un avait planté des balançoires et rien d'autre, peut-être la même personne que celle qui avait mis juste un toboggan dans mon parc de Canterbury.

Je m'asseyais sur la seule balançoire qui n'avait pas été tordue en haut du portique, même si elle partait en diagonale et qu'on se cognait les côtes lorsqu'on allait trop haut. À Airdrie, en décembre, le vent paraissait assez froid pour vous arracher la peau. Je me balançais aussi haut que j'osais et le laissais me mordre le visage et les lèvres tout en réfléchissant à ce que je pouvais faire pour que maman m'aime moi et pas le nouveau bébé. Mon seul plan était de faire caca dans un coin et de dire que c'était le bébé.

Plusieurs soirs par semaine, Doug allait chez Sheenie, un bar quelconque, d'une seule salle, avec son frère Sammy. Ces soirs-là, maman se mettait au lit avec deux bouillottes et lisait lentement les pages jaunies d'un Harlequin de la collection de mamie. Mamie, soucieuse du confort de son petit-fils ou de sa petite-fille à venir, sinon de celui de maman, la dérangeait toutes les cinq minutes pour voir si elle voulait « une p'tite goutte de thé, Iris ? ».

Le lundi, on allait tous les quatre faire la queue à la poste et mamie discutait à voix basse avec les vieilles bonnes femmes devant, qui dévisageaient maman comme si elle allait leur donner un coup de couteau dès qu'elles auraient encaissé leur retraite. Doug allait pointer à l'agence pour l'emploi et maman se rendait au supermarché avec une liste pour mamie (limande-sole, pain, lait, œufs, petits-beurres, sachets de thé PG Tips) et une liste de produits normaux pour nous (steaks hachés, bâtonnets de poisson, biscuits au chocolat, gaufrettes de pommes de terre, triangles de fromage, frites au four).

Ils me déposaient à la bibliothèque où régnaient le même silence et la même odeur qu'à la bibliothèque de Canterbury, même si les livres étaient quelquefois déchirés et s'il y en avait moins. Dès qu'on rentrait à la maison, je mangeais mes Smarties, mon cadeau du lundi, en me faisant rôtir devant le chauffage au gaz avec mes livres et en me tournant, comme un cochon grillé, quand un côté de mon visage devenait tout rouge.

Doug finissait toujours par dire que ce n'était pas bon de rester enfermée à lire tout le temps et il m'envoyait dans le square en béton craquelé et plein d'ordures faire de la balançoire toute seule et réfléchir au problème suivant : comment faire pour que maman m'aime plus que Doug. L'accuser d'avoir fait caca dans un coin ne marcherait pas.

Maman disait que Noël, la mort et un déménagement étaient les trois choses les plus stressantes du monde. Elle disait qu'on en avait connu deux et que ce n'était pas étonnant qu'elle soit à bout de nerfs.

Les jours précédant Noël, tout comme je savais que la première chose que je ferais le matin serait de manger mon chocolat du calendrier de l'Avent fauché par Doug au garage Shell un jour où il était bourré, je savais qu'il y aurait une dispute à voix basse pour une chose ou une autre.

« … Bon sang, femme, laisse-la faire à manger. Elle est chez elle, après tout. Et t'es pas contente de te reposer ?

— Putain, non, pas question, et m'appelle pas femme ! J'ai vu ce qu'elle fait à un beau filet de limande-sole, alors pas question que je la laisse s'approcher de notre dinde de Noël. »

Toutes les disputes se terminaient par des portes claquées. Doug sortait sur le carré d'herbe et fumait une clope roulée en tournant le dos à la maison, l'air furax.

« … Tu vas encore chez Sheenie ?

— Oui, et alors ? C'est Sammy qui paie.

— Alors je viens. Ta mère peut s'occuper de Janie.

— J'te l'ai déjà expliqué, Sheenie est pas un endroit pour une femme enceinte, et comme je viens de t'le dire, c'est Sammy qui paie.

— Bien, peut-être que ton p'tit frère sait s'occuper d'une femme un peu mieux que toi. »

Claquement de porte.

« … Écoute, elle est juste inquiète à cause de la facture.

— Putain, Doug, ça caille. On a déjà deux pulls sur le dos et on se balade avec des bouillottes. T'as oublié que j'attends un môme ?

— Elle veut juste le couper la nuit. Elle se ronge les sangs à cause de ça. Elle en dort pas.

— Faudra qu'elle me passe sur le corps pour éteindre le chauffage, point final.

— Oui, bon, j'espère qu'y faudra pas passer sur le sien si ça reste allumé. »

Claquement de porte.

Aucune porte ne claqua le jour de Noël. À la place, il y eut un saupoudrage tendu de *s'il vous plaît* et de *merci, si ça ne vous fait rien* et *je vous en prie*, ce qui était pire.

J'ouvris mes cadeaux : un album de coloriage et des crayons, et non un survêtement. Les yeux et les sourires figés des adultes pesaient sur moi et je déchirais le papier de ma boîte de chocolats quand maman gâcha tout : « L'année prochaine, tu ouvriras tes cadeaux avec un petit frère ou une petite sœur. »

J'attendis dix bonnes minutes avant de manger mon Mars pour lui apprendre à ne pas parler du bébé les jours de fête.

Maman déclara que les femmes allaient faire à manger, et la cuisine était tellement silencieuse qu'on pouvait compter les gouttes qui tombaient du robinet malgré la musique du « Bonhomme de neige » qui passait au salon. Maman prépara le poulet.

« C'est aussi bon que la dinde », avait-elle dit à la caissière, en ouvrant et refermant son porte-monnaie, même si la fille avait l'air de se foutre de savoir si on mangeait du pain et du beurre à Noël.

Une fois le poulet au four, maman m'aida à faire le diplomate en poudre et quand mamie prépara les choux de Bruxelles avec du bicarbonate de soude et de l'eau bouillante, maman me dit tout bas : « Pas un mot, Janie. Tu te concentres sur ton diplomate. »

On dîna à la table du salon recouverte d'un des beaux draps blancs de mamie, avec *Top of the Pops* d'un côté et le mur tropical de l'autre. Maman dut se battre avec Doug pour continuer à écouter *Top of the Pops*, mais comme il n'y avait pas d'autre bruit que celui des couverts dans les assiettes et, de temps en temps, un « Miam, délicieux », je fus même soulagée quand j'entendis Status Quo.

Finalement, maman posa sa fourchette et nous regarda avec un sourire joyeux qui n'allait pas jusqu'en haut de son visage. « Bon, c'est l'heure des nouvelles ! »

Je détournai avec difficulté les yeux de la télé. « Mon diplomate ?

— Oui, la première bonne nouvelle, c'est que Janie nous a fait un délicieux diplomate pour le dessert. »

Je hochai la tête.

« La seconde bonne nouvelle, c'est qu'on va avoir une nouvelle maison avant le Nouvel An ! »

Doug posa son couteau et sa fourchette. « Quoi ? Et t'avais l'intention de me le dire quand ?

— Maintenant. C'est la surprise de Noël. Non… le miracle !

— Tu le sais depuis quand ?

— Depuis quelques jours. L'aide sociale a appelé, mais tu étais parti de bonne heure chez Sheenie. »

Elle prit un chou de Bruxelles qui tomba des dents de sa fourchette et atterrit dans son assiette avec un floc morveux.

« Oh, alors vous serez partis avant le Nouvel An ? » dit mamie qui regarda Doug, puis les choux de Bruxelles abandonnés dans nos assiettes. Doug ne fit pas attention à elle.

« Quand est-ce qu'on le visite ? Où c'est ?

— Ou le visite pas. J'ai dit oui. On peut pas rester ici une semaine de plus. Je deviens dingue si je sors pas. » Elle sourit à mamie qui fixait Doug d'un air vague. « Sans vouloir vous offenser. C'est un appart avec deux chambres à Balfour Court, ils nous ont même refait la cuisine. Vous connaissez ? »

Mamie posa ses couverts et fit son « Hum » habituel. Doug repoussa sa chaise et se leva.

« T'as pris un appart pour nous sans m'en parler ? Dans ce merdier de Balfour Court ? Putain, femme, t'es cinglée ?

— T'avais qu'à pas être chez Sheenie », rétorqua maman avec un sourire dur et un haussement d'épaules. Doug se dirigea vers la porte à grandes enjambées. « Oh, Douglas ? M'appelle pas femme et dis pas de gros mots, vu ? »

Claquement de porte.

Doug ne rentra à la maison que lorsque les mégots jonchèrent comme des confettis le petit carré d'herbe et que la reine eut fini son discours. Maman était assise et souriait à mamie qui tripotait sa médaille de la Vierge Marie et avait l'air si estomaquée par la nouvelle que je pris de la purée de choux de Bruxelles, tellement semblable à des crottes de nez, et la fourrai dans ma bouche.

« Miam, j'ai jamais mangé d'aussi bons choux de Bruxelles ! »

Mamie se dirigeait déjà vers la cuisine, alors je les recrachai dans mon assiette et attendis l'engueulade qui ne vint pas parce que maman contemplait le dos de Doug et découpait sa cuisse de poulet.

Les poubelles communes se trouvaient juste à côté de Balfour Court dans un endroit qu'on appelait la Maison des Ordures. Ce n'était qu'un abri rectangulaire avec un toit bas, rempli de poubelles géantes en fer contenant des sacs puants de couches pleines de merde, des restes de nourriture et tout ce dont personne ne voulait.

Maman déclara qu'en été l'odeur serait insupportable et Doug répliqua : « Bonne année », d'une voix morne et dure. En voyant le nuage noir des mouches bourdonnant au-dessus des poubelles, j'eus envie de me gratter et j'allai attendre dehors.

Craigneuk était un des pires quartiers d'Airdrie, grouillant de « criminels, de junkies et de voyous », et Balfour Court était la pire tour parce qu'elle était tout près de la Maison des Ordures. Notre appartement, au dernier étage, était le pire de toutes les tours parce que, même si l'ascenseur marchait, ce qui n'était en général pas le cas, il fallait entrer dans la cabine en métal puant la pisse, jonchée de verre brisé et de capotes boursouflées et laiteuses, en essayant de retenir son souffle jusqu'au dix-neuvième étage.

L'appartement n'était pas meublé, à part une cuisinière, deux lits et un canapé. Maman dit qu'il allait falloir qu'on demande une subvention ou des bons à l'aide sociale pour le rendre accueillant.

Comme maman l'avait annoncé, la cuisine était toute neuve, mais on voyait encore la brûlure marron clair au plafond, souvenir d'une friteuse qui avait pris feu, et ça fit tellement peur à maman que Doug sortit et trouva dans une benne un gros rouleau de corde orange.

« Tu vas en faire quoi ? Ficeler le feu ?

— Je vais t'attacher et te faire descendre avec.

— Vingt putains d'étages avec un feu d'enfer derrière. *Sans blague !*

— Oui, *sans blague*. À moins que tu préfères te fier à l'ascenseur ? »

De notre balcon, on voyait les autres tours, doigts gantés de gris qui se dressaient vers le ciel d'hiver. Quand il neigea, quelques jours après le Nouvel An, je penchai la tête, tirai la langue et crus réellement que j'étais la première à attraper tous les flocons.

À Craigneuk, il fallait être catholique ou protestant. La première fois qu'on me posa la question, je ne sus pas quoi répondre. D'après maman, je n'avais qu'à dire que j'attendais d'être grande pour décider, mais plus tard, Doug s'en mêla.

« Dis-leur que t'es catholique, Janie, et que tu es supporter du Celtic, comme toute ta famille qui est ici, à Airdrie. »

Un jour que je regardais jouer un groupe de filles, elles me posèrent la question et je répondis ce qu'il m'avait dit. En un rien de temps, on courait dans toute la cité en criant : « Vous êtes rien que des sales puritains et vous êtes bons qu'à nous lécher le cul. Vive le Celtic… hourrah ! Les Rangers et les protestants, allez vous faire foutre ! » Puis on grimpa dans les bennes et on en sortit des nounours détrempés et des poupées borgnes.

Maman était furieuse. « Je veux pas que ma fille devienne une bigote juste pour s'intégrer. Y a des choses plus importantes que s'intégrer. »

Doug avala une gorgée de Buckfast. « Dans cette cité, le plus important, c'est de pas être différent. Et c'est toi qui nous as fait atterrir ici, tu t'souviens ? »

Maman ne supportait pas de reconnaître qu'elle avait eu tort au sujet de Craigneuk, alors elle me laissait courir dans tous les sens en criant que les protestants pouvaient aller se faire foutre. Jusqu'à ce matin où, mes copines étant à la messe, et alors que j'étais penchée sur un vélo rouillé « trouvé » par Doug, les mains noires de graisse, à essayer de remettre la chaîne, un garçon d'environ quatorze ans lâcha un demi-pavé sur ma tête.

Plus tard, maman dit que je devais avoir la tête dure, car j'entendis le bruit sourd, mais je ne me mis à pleurer qu'au moment où je sentis le sang dégouliner dans mon oreille, collant comme du sirop. Je laissai tomber mon vélo et courus en larmes à la maison, pendant que le garçon se moquait de moi.

« Ça t'apprendra, sale petite catho. »

Maman lava l'entaille, dit que je n'avais pas besoin de points de suture mais que j'allais avoir une grosse bosse, et elle me fit du thé sucré. La nouvelle dut se répandre par l'une des fenêtres carrées parce que la mère du garçon frappa à la porte et, depuis le canapé où j'étais assise, je l'entendis dire, essoufflée d'avoir monté les dix-neuf étages, qu'elle était vraiment désolée de ce qu'avait fait son Peter et que ses fesses allaient chauffer quand il rentrerait ce soir. Maman répondit : « Désolée, vraiment ? Ben, y a de quoi… votre fils est une putain de p'tite brute ! » Et elle claqua la porte.

En revenant au salon, elle me balança un paquet de Crocodiles et tout d'un coup, cela valait bien le mal à la tête et la bosse. Doug leva le nez de ses mots croisés du *Daily Record.* « Iris, tu sais pas comment t'y prendre avec les gens d'ici. Tu peux pas leur claquer la porte au nez, surtout quand ils veulent être sympas comme elle. »

Maman entrechoqua les assiettes dans l'évier. « Je m'en suis sortie toute seule à Monarch Avenue, alors j'aurai aucun mal à me charger de Balfour Court sans ton aide merci beaucoup putain de merde. »

Je sentais venir la dispute. « Maman ? La maman du garçon m'a apporté ça ? C'est gentil.

— Oh, des Crocodiles, tu parles d'une putain d'affaire ! Ça lui a pas coûté plus d'une livre. »

Je regardai la boîte jaune et brillante. « Peut-être qu'elle a pas beaucoup d'argent, et en plus c'est dimanche.

— Janie… » Maman s'approcha en essuyant ses mains mouillées sur son jean. « … Est-ce que t'apprendras un jour quand c'est le moment de la fermer ? » Elle claqua la porte et je jetai un coup d'œil à Doug qui continuait à mâchouiller son crayon et à remplir les petites cases de ses mots croisés.

Presque tout le monde déjeunait à la cantine dans ma nouvelle école et je faisais simplement partie du groupe qui observait avec envie les quelques enfants qui mangeaient leur panier-repas à une table séparée : biscuits Penguin, KitKat et paquets de chips avec les petits sachets bleus de sel qu'on versait dedans.

Je traînais avec les filles de la cité. On s'entraînait à danser comme dans *Grease* et on se coiffait les unes les autres. J'allais à l'école catholique, mais maman avait dit à la maîtresse que nous n'étions pas catholiques et qu'on n'avait pas l'intention de se convertir. La maîtresse avait répondu que je devrais quand même faire mes prières avec le reste de la classe. Je récitais donc mes « Je vous salue Marie » et mes « Notre Père » le matin, avant et après la récréation, à l'heure du déjeuner et à la sortie des classes, et d'autres encore si on était vilains ou si on répondait. Dès la deuxième semaine, ils coulaient de ma bouche aussi facilement que « Humpty Dumpty » pendant que je me demandais ce que serait le dessert du midi.

Maman me laissait rentrer de l'école avec mes copines si je promettais de ne pas grimper dans les bennes et de ne pas entrer dans les garages squattés par ceux qui sniffaient de la colle. Un soir où j'étais presque arrivée à la porte de l'immeuble, me dépêchant pour essayer de voir *Simon and the Witch*, j'entendis des cris provenant de la Maison des Ordures. En passant la tête dans l'air poisseux et sombre de l'abri, je vis quatre garçons, trois armés de planches et le quatrième, celui qui avait lâché le pavé sur ma tête, d'une raquette de tennis avec du scotch autour. La tâche du plus petit consistait à taper sur la poubelle avec son bâton pour faire sortir tous les moineaux qui, n'ayant ni arbres ni recoins dans les tours, avaient fait leur nid dans les chevrons de la Maison des Ordures.

Les oiseaux affolés sortaient de leurs cachettes en battant des ailes et les garçons brandissaient leurs armes. Parfois ils avaient de la chance ; un bruit écœurant résonnait contre un mur ou une poubelle et un oiseau s'écrasait par terre en battant inutilement des ailes. À en juger par ce qu'il y avait par terre, leur jeu durait depuis un certain temps.

J'avais les poumons en feu d'avoir monté les escaliers en courant et, comme chaque respiration déclenchait un sanglot, il me fallut un bon moment pour raconter mon histoire. Je n'arrêtais pas de penser à l'oiseau aux contours vagues qui essayait en vain de s'échapper sur le sol dégoûtant.

« Et si c'étaient des mamans oiseaux et qu'elles avaient des petits ? Comment les petits vont trouver des vers ? Faut que tu les empêches de continuer. »

Je n'essayai même pas de parler à Doug qui en était à la moitié de sa bouteille de Buckfast du soir, penché sur le magnétoscope Betamax tombé du camion que Sammy lui avait trouvé. Il se tourna vers moi. « Janie, t'es trop sensible. Faut que tu t'endurcisses, c'est que des oiseaux. »

Mais maman enfilait déjà ses tennis et lissait son pull sur la petite bosse de son ventre.

Le temps de descendre, les garçons étaient partis, sans doute satisfaire leur jeune appétit, et il ne restait que sept ou huit ombres tremblantes par terre.

« Janie, attends dehors. »

Devant la porte, je regardai maman qui, en détournant la tête, le visage fermé, posait le pied sur chaque oiseau jusqu'à entendre craquer leurs petits os sous son tennis. Elle sortit en respirant fort par le nez, le visage luisant de sueur.

« Janie, faut toujours achever un animal qui souffre, même si ça te fait plus mal qu'à lui. »

En haut, Doug était assis dans son fauteuil et de la bouteille verte à l'étiquette jaune il ne restait plus qu'un dépôt noir et collant. Il ouvrit une canette de bière blonde – « Vous êtes trop sensibles, vous deux » – et il retourna à sa vidéo de *Rambo*. Ça bourdonnait et l'écran était neigeux, mais après une bouteille de Buckfast et quatre canettes, il ne s'en rendait pas compte.

Quand maman fut vraiment grosse, elle déclara que les escaliers lui démolissaient le dos et ils se mirent de nouveau à se disputer tous les jours. Ça commença parce que Doug était chargé de faire les courses et, vu qu'il ne voulait pas traîner dans les rayons du supermarché une fois par semaine avec un Caddie et une liste « comme une femme », il allait tous les jours au Spar du coin. Il revenait trois heures plus tard et masquait l'odeur de la bière avec un bonbon Polo à la menthe comme un ado rentrant d'une soirée disco.

Les disputes auraient éclaté plus tôt si une camionnette n'était pas venue dans la cité. Debout à l'arrière, deux hommes au visage sévère distribuaient gratuitement des grosses tranches de fromage orange, du beurre aux bords dentelés et des boîtes de conserve avec une étiquette blanche où il était juste écrit « Ragoût ». Maman dit que ça venait des fermiers de la montagne. Doug se plaignit d'avoir dû faire la queue une demi-heure avec nos carnets de coupons pour en obtenir, et moi, je crachai le ragoût dès que je l'eus en bouche et mordis dans le fromage caoutchouteux pour faire passer le goût.

Les vraies disputes démarrèrent un après-midi quand il rapporta deux boîtes de conserve cabossées sur le couvercle desquelles était écrit 20 p au marqueur, un rouleau de magazines *Woman's Own* datant de 1981 pour maman et une grille de tiercé. Maman se leva avec peine du canapé et fixa les boîtes.

« Qu'est-ce que je suis censée en faire ? Y a pas trace de viande hachée ou de fromage ? Je peux pas faire des spaghettis bolognaise avec une boîte de tomates et une autre de petits pois. »

Doug sourit et agita la grille de tiercé. « Ça va le faire ! Et alors, plus de spaghettis bolognaise. J'te jure, la semaine prochaine, ce sera plats à emporter et cuites tous les jours. »

Ça ne le fit pas et Doug continua à boire, à fumer et à regarder ses vidéos neigeuses, pendant que maman en rage entrechoquait les assiettes dans l'évier puis allait pleurer dans la chambre quand elle croyait que je jouais dehors. Si Doug voyait maman en larmes, il écrasait sa cigarette roulée, mettait patiemment sa vidéo en pause et allait lui frotter le dos en lui disant que tout irait bien, c'était juste les hormones. Mais ça n'allait jamais bien parce que sur le chemin du Spar, il ne pouvait pas s'empêcher de s'arrêter à la boutique d'alcools, au pub ou au bureau de paris.

« Tu nous ôtes le pain de la bouche, à moi, à Janie et à ton bébé qui va naître, putain de sale égoïste de merde ! »

Je ne pouvais rien faire pour maman qui ne semblait même pas avoir envie de me voir, et je me disais que, lorsque le bébé et les hormones seraient sortis, elle serait de nouveau normale. Je restais dehors avec mes copines aussi tard que possible. On allait à la « Chasse au trésor dans les bennes » ou espionner les sniffeurs de colle dans les garages incendiés et glousser devant leurs divagations de camés et leurs visages de minables.

Quelques semaines avant son terme, maman se mit à nettoyer en disant qu'elle « préparait le nid ». On avait encore moins d'argent que d'habitude et elle réfléchissait à de nouvelles façons d'économiser quelques livres : acheter du produit à vaisselle en promotion par lots pour nous laver le corps, les cheveux, la vaisselle et les vêtements, préparer de grandes marmites de curry de pommes de terre ou de chili de légumes pour la semaine.

Je rentrai un soir de la chasse au trésor avec quelques lambeaux de fourrure de nounours, un œil en plastique marron et l'idée de fabriquer quelque chose pour le bébé. Dès que je mis le pied dans l'entrée, je sentis l'odeur du curry. Dans la cuisine, le grand faitout était renversé sur le lino vert, une coulée de curry jaune arrivait jusqu'au tapis et avait éclaboussé le mur.

Maman était assise par terre, effondrée, dos à la cuisinière, et elle pleurait. J'essayai de lui faire un câlin, mais elle me repoussa. Il ne me restait plus qu'à poser mes bouts de fourrure et à ramasser les morceaux de pommes de terre encore chauds. Maman me parla entre deux hoquets.

« Janie, pose-les à côté de l'évier. Suffira de les laver. »

11

La semaine du curry, mémé arriva par le National Express. Dès qu'elle entra dans l'appartement en se plaignant de ses chevilles gonflées comme des pamplemousses à cause de la chaleur, maman se cramponna à elle comme si elle était le seul bout de bois flotté au milieu d'une mer démontée.

Après un dîner de fête où on mangea des côtes de porc que maman était allée acheter en bravant les escaliers, on s'installa sur le canapé et on attendit que mémé distribue quelques trésors de sagesse. Mais elle se contenta de sortir une bouteille de sherry de la valise à roulettes d'Aggie et elle passa la soirée à glousser avec Doug et à lui donner des petites tapes amusées sur le genou.

Une fois la bouteille terminée, Doug dit qu'il irait bien faire un saut à la boutique d'alcools si quelqu'un avait du fric. Maman et moi, on alla dans la chambre et je cousis mes lambeaux de fourrure trouvés dans la benne en une boule avec un œil, pendant que maman faisait les cent pas dans la pièce, les jambes écartées et furax.

Le lendemain, mémé fut renvoyée à Aberdeen avec la gueule de bois et l'impression qu'on avait profité d'elle. Doug passa toute la journée chez Sammy. « Je l'aide pour un boulot. » Ce qui était vrai si le boulot en question consistait à descendre une bouteille de whisky et à faire des parties de gin rami.

J'étais en train de jouer dehors le jour où le bébé se mit à cogner contre le ventre de maman. En rentrant, je trouvai la maman de Doug assise, silencieuse, sur le canapé, les cheveux plus fous que jamais. Elle ne s'était même pas fait une tasse de thé.

« Mamie, qu'est-ce que tu fais là ? Où est maman ?

— Ton p'tit frère ou ta p'tite sœur arrive, alors ils sont partis en ambulance. »

J'allai vers la télé en tapant des pieds et l'allumai. Comment avaient-ils pu me laisser avec mamie qui ne savait même pas mettre la télé en marche ou faire bouillir de l'eau pour le thé ? Qui allait me préparer à manger ?

Au bout d'un moment, mamie me dit qu'elle me donnerait cinquante pence pour acheter une glace si je lui faisais une tasse de thé et disais quelques « Je vous salue Marie » avec elle pour le bébé. On s'assit toutes les deux sur le canapé, la tête baissée, en marmonnant, et je me demandais si le bébé aimait les sucettes et les barres Wham. Il fallait que ce soit quelque chose qu'il pourrait sucer.

En remontant avec mon paquet de Monster Munch et une sucette à la cerise, je vis Mrs Mac à genoux qui récurait son palier. Elle dépensait la moitié de sa retraite et la plus grande partie de sa vie à tout faire pour se débarrasser de l'odeur de pisse devant sa porte. J'aurais voulu utiliser mon « Je vous salue Marie » pour demander que les gens se retiennent un peu. Au moins jusqu'à leur étage.

On l'appela Tiny[1] le temps de lui donner un prénom. Je cessai de vouloir faire caca dans un coin parce que, même si c'était un « gentil bébé » avec des cheveux noirs et soyeux comme de la fourrure, elle ne savait pas parler et son visage se fripait quand elle pleurait.

Maman était fatiguée à sa sortie de l'hôpital et, pendant des semaines, elle dit ne même pas pouvoir imaginer quitter son lit. J'allais la voir et elle me montrait sur la tête de Tiny ce creux doux et palpitant que je ne devais jamais toucher et la façon dont je devais tenir le biberon pour qu'elle n'avale pas d'air.

Comme maman dormait beaucoup, Tiny devint ma petite poupée. Je rentrais en courant lui donner le biberon et Doug disait que j'étais la changeuse de couches en chef. Je m'en fichais, ça me donnait de l'importance de me précipiter pour raconter à maman que le contenu de la couche était jaune et gras ou plutôt brun, ou bien sentait le pop-corn.

Doug préparait les repas, une clope roulée vissée au coin des lèvres, tout en marmonnant que c'était un travail de bonne femme. Il y avait toujours un œuf, des frites et des haricots quand il faisait à manger.

Quelquefois, maman émergeait et mangeait avec nous devant la télé. Les soirs où elle ne venait pas, Doug haussait les épaules et disait : « Elle est fatiguée, c'est tout. C'est beaucoup de travail, un bébé. Pas la peine de s'inquiéter. »

Mais quand maman sortait de la chambre, Doug la regardait fixement au-dessus de son assiette de frites, œuf et haricots, et demandait : « T'as une idée de quand tu vas être capable d'enlever ta robe de chambre ?

1. « Toute petite », « minuscule ».

— Non, pas du tout. Pourquoi ? Plonger dans l'huile ce qu'il y a au congélo, c'est trop compliqué pour toi ? »

Il creva son jaune d'œuf. « Non, bien sûr que non, j'me demandais, c'est tout. Je sais que ça plairait à Janie de voir sa maman debout et habillée. »

Maman me jeta un regard acéré. « Qu'est-ce que t'as raconté ?

— Rien, maman, je t'assure. J'aime bien venir vous voir au lit, toi et Tiny. »

Doug posa brutalement la bouteille de HP[1]. « Bon sang, tu t'es assez reposée, maintenant faut te lever. Je t'apprendrai que ma mère a eu quatre enfants et y a jamais eu ce genre d'histoires. Mon père aurait jamais accepté. »

Maman serra sa robe de chambre autour d'elle. « Croyez pas que j'vois pas ce que vous faites. Tous les deux. Foutez-moi la paix et mangez vos putains d'œufs, vos saloperies de frites et vos haricots merdiques. »

Ce soir-là, Doug me surprit penchée à la fenêtre, Tiny coincée sous un bras avec dans l'autre main du talc que je soufflais dehors. Je sentis une bonne claque sur mes cuisses avant de le voir, et seulement alors il attrapa Tiny.

« Dis donc, p'tite miss. Tu crois que j'ai pas assez de soucis sans que t'en rajoutes ? »

Le talc se déposa sur mes cils et laissa une couche soyeuse sur mes joues, mais je ne sentais que la brûlure sur mes cuisses et la colère qui se démenait pour sortir.

1. La « brown sauce » HP est le second produit le plus consommé en Grande-Bretagne.

« C’est de la neige ! Je voulais montrer à Tiny, mais y va pas neiger avant très longtemps. »

Tiny se mit à hurler en battant des bras.

« Espèce d’idiote ! Si c’est pas toi, c’est ta foutue cinglée de mère. »

Il se dirigea vers la cuisine et je le suivis, les poings serrés sur les hanches. « Dis pas de mal de ma maman ! Je te déteste. T’as rendu maman malade et maintenant elle veut plus me parler et tu sais même pas changer la couche de Tiny.

— Va dans ta chambre.

— Non. T’es pas mon papa. Tu bois tout l’argent des courses et t’as rendu maman malade et maintenant elle est au lit tout le temps. Et maman dit qu’elle a jamais aimé que mon papa et, et… regarde, même Tiny te déteste.

— Ah vraiment ? » Il prononça ces mots très calmement et me tendit Tiny. « Alors prends-la. »

Je le suivis, Tiny pleurnichant dans mes bras, jusqu’à la porte d’entrée. « Oui ! Maman dit tout le temps qu’on serait mieux sans toi parce que… » Je ne voulais pas finir ma phrase, j’étais allée trop loin, mais je ne pouvais plus m’arrêter, « parce que t’es une éponge et un raté, c’est ce qu’elle dit ».

Claquement de porte.

Il ne revint pas pendant trois jours, mais au moins ça fit sortir maman de son lit. Même si elle pleurait tout le temps.

Deux semaines plus tard, en rentrant, je trouvai Tiny qui hurlait dans son berceau et maman qui grelottait au fond d’un bain froid et trouble. Au milieu du salon, le porte-monnaie de maman était ouvert par terre et vide. Il n’y avait aucune trace de Doug.

Je laissai maman là où elle était et essayai de me rappeler comment préparer le biberon de Tiny. Huit mois et quelques de mariage, quatre semaines de paternité, dix-sept assiettes d'œufs, de frites et de haricots, et Doug nous avait laissées seules à Craigneuk dans une merde noire. Et c'était complètement ma faute.

Maman alla à pied en ville le lendemain matin, avec Tiny dans la poussette, une poussette qui n'avait jamais perdu l'odeur de son nettoyage à la javel quand Doug l'avait rapportée de la Maison des Ordures. Elle alla à l'aide sociale demander une aide exceptionnelle à cause de son porte-monnaie et on lui répondit que si c'était un vol, tel qu'elle le racontait, il lui fallait un numéro de déclaration à la police.

« Comme si j'allais mentir sur un truc pareil, connards de bureaucrates ! »

Au commissariat, on les regarda avec pitié, elle et Tiny, pendant qu'elle remplissait le formulaire.

« Et tu vois, Janie, une chose que j'accepterai jamais, c'est la pitié. »

Elle me racontait tout cela devant notre soupe Campbell aux champignons. Les mots sortaient de sa bouche à toute vitesse pendant qu'une peau grise se formait sur sa soupe et que son toast restait intact. La tête abandonnée de Tiny endormie sur son épaule, elle me parla de la honte de devoir marcher en ville un jour de canicule, poursuivie par le relent d'eau de Javel. Et puis de tous les bus qui passaient et de la façon dont elle souriait et faisait signe au chauffeur de continuer comme si elle adorait marcher cinquante minutes sous un soleil écrasant avec un bébé d'un mois.

« C'est vrai que j'ai été dans la merde, mais j'ai toujours, toujours trouvé quelqu'un à qui demander de me prêter du fric. »

Elle ne parla pas de Doug à la police, elle dit simplement que quelqu'un lui avait piqué son porte-monnaie alors qu'elle le sortait dans un magasin. Je lui demandai pourquoi elle ne leur avait pas raconté ce qui s'était passé, histoire qu'on le trouve et qu'on le mette en prison. Elle me répondit : « Janie, y a des choses qu'il faut être adulte pour comprendre. »

Pour m'empêcher d'avouer, je mis toute ma cuillère dans la bouche et la mordis en sentant son goût métallique.

« Janie, arrête de déconner avec ta cuillère. Il te reste un demi-bol de soupe.

— Est-ce qu'il l'a fait exprès, maman ? De prendre le fric un lundi ? »

Maman ne répondit pas, repoussa la peau de sa soupe avec le coin de son toast, et je me dis que je devrais peut-être apprendre à me taire, mais je déclarai tout de même : « Pardon. Je vais t'aider à t'occuper de Tiny et de toi, maman, si t'as besoin qu'on s'occupe de toi. »

Et j'étais sérieuse.

On avertit l'aide sociale de notre « changement de situation » et on reçut quelques livres de plus par semaine parce que maman était maintenant officiellement un parent isolé, comme ceux dont on parlait tout le temps dans l'émission du matin.

Deux semaines après, l'aide sociale envoya un inspecteur vérifier si maman n'avait pas menti sur le fait que son mari nous avait quittées, parce que, apparemment, beaucoup de gens faisaient ça pour grappiller quelques livres. L'inspecteur parut triste de ne pas trouver Doug caché dans les toilettes ou sous le lit, et de constater qu'il avait vraiment pris le large.

« Et je vois ici, madame…

— C'est mademoiselle maintenant, mademoiselle Ryan.

— Bien. Je vois, mademoiselle Ryan, que vous avez aussi demandé une aide exceptionnelle à cause du vol de votre porte-monnaie ? Des semaines bien difficiles pour vous, ma pauvre, et avec un nouveau-né en plus. »

Maman mit les mains sur ses hanches et avança les coudes. « Oui, c'est pas facile. Mais qu'est-ce que je peux dire ? La petite fait des crottes d'enfer et c'était pas vraiment le genre d'homme à changer les couches. »

Ils se mirent à rire tous les deux, puis le silence se fit dans la pièce, et il dit qu'il devait vraiment y aller. À la porte, maman expliqua qu'elle ne pouvait ni monter ni descendre l'escalier avec une poussette et l'inspecteur, qui avait bien aimé la plaisanterie de maman, nous mit en tête de liste pour être relogées.

Les semaines précédant notre déménagement, je me souviens de maman sous sa grosse couette, malgré la chaleur étouffante du mois d'août. La couette tombait sur son corps mou comme une coulée de sable. Je ne reconnaissais ma maman que grâce à la ride sombre au coin de sa bouche et au trait que formaient ses cils noirs sur son visage immobile et pâle. La pièce avait toujours une odeur lourde et douceâtre. J'entrouvrais la fenêtre, passais la main sous la couette et lui enlevais ses chaussettes pour qu'elle n'ait pas trop chaud aux pieds.

À la rentrée des classes, elle ne se levait toujours pas. J'avais envie de sauter sur le matelas, de jeter la couette par la fenêtre et de la regarder tomber dans les ordures en bas. J'avais envie de la tirer du lit par les cheveux.

Un soir, elle ne voulut même pas manger une bouchée des gâteaux aux corn-flakes que j'avais faits à l'école. Pourtant, je les avais rapportés dans une boîte de margarine vide avec autant de précautions que s'il s'agissait de bébés animaux.

J'en appuyai un contre ses lèvres serrées et elle me donna une tape sur la main pour l'écarter. Je l'accusai d'être une maman nulle, paresseuse et je lui dis que je voulais retourner chez Nell où tout le monde s'habillait et où personne ne dormait toute la journée mais seulement la nuit.

« Tu veux retourner dans un foyer, c'est ça ? » Elle se leva, planta un doigt dans mon épaule, et chuchota d'une voix sifflante et agressive : « Bon, très bien, parce que j'en ai vraiment ras le bol de toi, sale gosse ingrate. Je t'emmène à l'aide sociale demain matin et Tiny aussi, même s'ils vous séparent. Et enfin, ENFIN, j'aurai la paix, putain ! »

Je me mordis la lèvre et fixai mes gâteaux aux corn-flakes qui avaient l'air innocents dans leur boîte de margarine, comme s'ils n'étaient pas responsables de ce qui se passait, puis je levai la tête et vis maman saisir la boîte et la jeter contre le mur.

« En fait, non ! Je vous emmène ce soir. Allez ! Prépare tes affaires… Putain, je t'ai dit d'y aller. »

Tiny s'était mise à pleurer dans son berceau. Je m'approchai d'elle.

« La touche pas ! J'te préviens, c'est moi l'adulte ici. C'est moi la maman ! »

Elle avait le coin des lèvres blanc et des éclaboussures de salive sur sa robe de chambre.

Je courus dans ma chambre et fourrai des affaires dans mon sac d'école, les mains tremblantes : livres, culottes, un pull pour l'hiver, la boule borgne en peluche que j'avais cousue pour Tiny. Puis je m'assis sur le lit et attendis qu'elle m'emmène chez Nell ou au moins ailleurs.

Elle frappa à la porte, trois coups secs, entra et s'assit à côté de moi.

« Alors, t'es prête ? »

Sa voix était douce, enjouée même. Je ne répondis pas.

« Bon, je crois que c'est fermé maintenant. Va falloir attendre demain si tu veux y aller, même si je préfère que tu restes. Écoute, Janie, je suis allée chez le docteur lundi dernier et il a dit que j'étais très déprimée. Tu sais ce que ça veut dire ? »

J'imaginais maman écrasée, enfoncée par une force invisible, les jambes froissées comme du papier.

« Ça veut dire que je suis très triste et le docteur m'a donné des comprimés, mais il faut un peu de temps pour que ça agisse et jusque-là, j'essaie de passer le cap de mon mieux pour toi et pour Tiny. » Je levai la tête, la vis déglutir un bon coup. « En attendant, tu veux bien excuser ta pauvre vieille maman ? »

Alors ça me sauta aux yeux. Comme sous la peau qui pèle après un coup de soleil, je vis la chair à vif, et quand j'eus commencé à arracher la peau, je ne réussis plus à m'arrêter, même quand ça se mit à faire mal. Je vis les traces sombres sous ses yeux, ses doigts qui s'agitaient nerveusement et les auréoles blanches de sueur sur son tee-shirt.

Je l'embrassai entre les cheveux et l'oreille et lui frictionnai le dos. « Je t'aime, maman, et Tiny aussi, elle t'aime. »

Elle eut un petit sourire, puis son visage se durcit de nouveau. « Eh, Janie ? Pas un mot de tout ça à personne en dehors de ces quatre murs, tu comprends ? C'est privé. Sans Doug, on est comme des putains d'agneaux qu'on mène à l'abattoir et ils vont s'en donner à cœur joie avec nous. »

Je hochai la tête et des picotements froids et blancs s'emparèrent de mes bras et de mes jambes. Je n'avais pas peur de ce qu'il y avait dehors, mais maman semblait remplie de visions d'horreur et j'avais peur de ce qu'il y avait entre ces quatre murs.

On nous relogea dans la cité voisine, à dix minutes à pied de Craigneuk, et ce n'était pas des tours mais des petits immeubles. Devant notre appartement du rez-de-chaussée, il y avait un peu d'herbe et un square en béton où les enfants se balançaient à la barre tordue de l'unique but.

Maman me dit d'inviter ces enfants à mon anniversaire la semaine suivante. Elle me fit même inviter le garçon au bec-de-lièvre. Quand, avec un grand sourire, il sortit de derrière son dos une boîte de Cadbury Roses, j'eus honte qu'elle m'ait forcée.

Maman se mit à faire de la pâtisserie dans notre nouvel appartement. Elle emprunta des livres à la bibliothèque et réalisa ce qu'elle pouvait avec les produits pas chers du magasin discount.

Mes préférés étaient les palmiers, deux boucles friables de pâte feuilletée luisantes de sucre fondu. Je trouvais qu'ils ressemblaient à une foufoune mais je dis à maman qu'ils avaient l'air de papillons.

On acheta pas cher de la peinture vert menthe au supermarché et on peignit la chambre, mais c'était une peinture brillante et, dès le début de l'hiver, un long voile de moisissure se mit à sortir en douce des plinthes et ne cessa de monter. Ça allait bien avec le truc noir et gluant qui entourait les fenêtres.

Les comprimés devaient faire de l'effet, car maintenant maman ne voulait pas dormir et restait debout tard dans la nuit, un cendrier plein à côté d'elle, à regarder *Prisoner: Cell Block H.*

À l'école, c'était toujours pareil, sauf que tous les jours, pendant une heure, on avait des leçons pour préparer la première communion. Martin Hughes et moi, on ne faisait pas notre confirmation et on devait rester assis dans la réserve avec des histoires de la Bible. À la récréation, les filles parlaient de leurs robes blanches et de leurs voiles, des tresses compliquées qu'on allait leur faire, des fêtes et des cadeaux de première communion. Je suppliais maman : « S'il te plaît, maman, s'il te plaît, laisse-moi faire ma communion ! Je te promets de pas y croire, mais c'est pas juste, on veut pas de moi ! »

Maman resta ferme et déclara que, de toute façon, on n'avait pas assez de fric. Je dis à la maîtresse que j'avais l'impression qu'on ne voulait pas de moi et elle répondit : « Une bonne âme gaspillée. »

Maman se rendit à l'école.

Il y avait quelquefois des marches orangistes dans les rues et je sortais les regarder en agitant les mains jusqu'au jour où le papa d'une de mes copines me surprit et dit : « Ils vont pas se gêner pour t'en faire voir, première communion ou pas. File chez toi et dis à ta mère de faire plus attention à toi. »

Je regardai les bras immenses qui battaient le tambour et les visages sérieux en sueur, puis fis ce qu'on me disait.

Tiny n'était plus toute petite. Elle s'appelait en fait Tiffany et elle avait des bourrelets de chair tout doux aux articulations et des cheveux fous comme son papa. Je n'étais toujours pas jalouse d'elle parce qu'elle avait renversé deux fois le sapin de Noël d'un coup de tête en essayant d'atteindre la guirlande qui scintillait. Elle était encore un peu bête.

Doug ne vint pas à Noël et je savais très bien que les boîtes de chocolats avec « PAPA » écrit dessus en majuscules noires avaient été achetées par le tonton Sammy de Tiny, mais je mangeai quand même les chocolats.

12

Le soir où je donnai à maman la carte en forme de cœur couverte de poudre brillante, quelqu'un tira un coup de feu devant la fenêtre de notre chambre.

Le lendemain matin, un ruban jaune luttait contre le vent. Un policier en civil furieux entra, but du thé et fit la fine bouche devant les palmiers de maman. C'était une affaire de drogue, dit-il en parcourant la pièce des yeux. « Comme d'habitude. »

Je restai toute la journée avec les autres enfants devant la tache sombre dans l'herbe, et j'aurais bien voulu avoir vu quelque chose pour le raconter.

Deux jours plus tard, maman déclara que je ne retournerais pas à l'école. Elle avait entendu dire qu'il y avait du travail ailleurs et elle en avait marre de rester enfermée dans « ce trou de merde ». Je ne lui demandai pas qui lui en avait parlé, d'après son haleine sentant le whisky c'était évident que ça venait de Sammy. Et poser des questions ne servait à rien puisqu'il y avait deux valises déjà pleines devant la porte. Le lendemain matin, on était dans un National Express roulant vers North Shields, en Angleterre, de l'autre côté de la frontière, et on arriva dans un autre bed and breakfast avec des lits superposés, une plaque chauffante pour faire la cuisine et une douche avec un compteur, vingt pence la douche. Maman ne reparla plus jamais du travail.

Le bed and breakfast était mieux que Sleathes, mais moins bien que Burton House. Maman dit que ce n'était pas tout à fait un bed and breakfast, même s'il s'appelait « Pride of Shields B&B », mais un foyer de transition, et quand je demandai transition entre quoi et quoi, elle me répondit : « Tais-toi, petite futée. »

Elle ne voulait pas qu'on descende prendre le petit déjeuner, pourtant compris dans le prix, parce qu'elle disait que tout le monde lui donnait la chair de poule. « Ils enfournent ça dans leurs gueules édentées comme s'il y avait une famine. »

Maman s'en sortait bien avec la plaque chauffante et fit durer un gros sac de saucisses toute une semaine. Elle les accompagnait d'œufs au plat et de rondelles de pommes de terre en boîte avec, en dessert, des crêpes écossaises, des crackers Tip Top et de la confiture de fraise.

Si je m'ennuyais, je descendais au bureau, qui était en fait la chambre de quelqu'un, et je choisissais une vidéo dans le casier. Le temps que je remonte en courant, elle était à l'écran parce que toutes les télés étaient reliées, comme par magie.

Maman me laissait regarder *Dirty Dancing* presque chaque jour parce que, de toute façon, elle dormait tout le temps. Je lui demandais de « me faire l'ascenseur », mais elle n'avait aucune énergie depuis que le docteur d'ici lui avait donné des nouveaux comprimés.

« Putains de placebos, le connard ! Y croit que je sens pas la différence. »

Tiny pleurait toute la nuit, à cause des cris en bas, alors je la prenais dans mon lit.

J'allais à l'école et les enfants m'appelaient le monstre du Loch Ness. Ils me suivaient en sortant de l'école pour voir si je vivais vraiment dans un foyer de SDF, comme disait Kevin Hays. J'entrais d'un air décontracté dans le jardin à l'arrière d'une jolie maison, le cœur battant à tout rompre, et je me cachais derrière un buisson le temps qu'ils s'en aillent.

Je revenais en courant, le visage rouge de honte, et racontais à maman ce qu'ils m'avaient fait, mais elle prenait l'air encore plus fatigué et allait dormir.

Une nuit, on dut sortir dans la rue, moi en culotte et maman juste en robe de chambre, avec Tiny enroulée dans une couverture, parce qu'un des « connards de cinglés » maintenait un briquet sous un détecteur de fumée. Une voiture de pompiers arriva et je me cachai derrière maman.

« Janie, tout le monde se fout que tu sois en culotte. Sois raisonnable. » Elle serra quand même sa robe de chambre autour d'elle et nous traîna à l'écart des autres occupants du B&B.

Peu de temps après, maman fit venir un type d'une association d'aide aux mal-logés. Il avait un costume, un bloc-notes, et les ongles blancs et propres. Maman lui fit visiter notre chambre.

« Comme vous voyez, c'est petit pour nous trois. Vous imaginez pas ce que ce serait d'avoir une maison. »

Il sourit et fit tourner son alliance. « Je crois que si. »

Je ne levai pas la tête, c'était le moment où Patrick Swayze revient chercher Baby, mais je dis d'une voix flûtée : « Et y faut payer vingt pence pour prendre une douche, et si c'est dimanche, alors y faut attendre le lundi et les sous de l'aide sociale. Et on doit y aller toutes ensemble des fois qu'un des vieux salauds essaie de nous regarder. Et juste pour une douche !

— Janie ! » Je n'avais pas besoin de me retourner, je savais que maman était toute rouge.

« Ben quoi, c'est vrai, maman. Et c'est même pas un vrai B&B, c'est pour les gens en transition. »

La semaine suivante, le type revint dans sa grosse voiture argentée et nous emmena loin de North Shields. Il me permit de lire les livres de ses enfants sur le siège arrière et il avait même un siège-auto pour Tiny, mais maman n'arrêtait pas de répéter : « Bon sang, c'est loin, non ? »

Il hocha la tête. « Mais la campagne, c'est bien pour les gamins. »

La cité était dans un village qui s'appelait Hetton-le-Hole. Il y avait de grandes haies avec des murs tout autour, des lessives sur des cordes à linge que personne ne fauchait et des immeubles en brique rouge qui ne dépassaient pas deux étages.

« C'est calme, sans danger et familial. Je pense que vous y serez bien. »

Il fit un sourire à maman et attendit, mais elle ne le vit peut-être pas, parce qu'elle ne lui rendit pas son sourire.

Les dernières mines fermaient à Hetton-le-Hole. Tout le monde en parlait, une tache grasse permanente. À notre arrivée, le *Hetton Gazette* titrait « LA MORT DE HETTON ? »

C'était une ville minière et, sans les puits, ce n'était qu'un village du Nord, sans emplois, avec un nom français et beaucoup d'hommes en colère. Les femmes se retrouvaient face à face dans les allées du supermarché : mains croisées, lèvres pincées, secouant la tête, solidaires et indignées.

Quelquefois, en allant faire les courses, on passait devant les mines et on voyait les hommes, debout dans le pâle soleil d'avril, le visage défait et le dos voûté, qui buvaient dans leurs tasses de Thermos et tenaient leurs banderoles. Maman me donna un jour une livre à mettre dans le seau et elle sourit à l'homme, gênée que ce soit si peu, mais il se contenta de hocher la tête. Son signe de tête sans joie disait qu'il comprenait, Dieu sait qu'il comprenait.

À l'école, beaucoup d'enfants avaient des papas en grève. On se massait autour d'eux et ils nous racontaient les bagarres avec les jaunes et nous disaient qu'ils partiraient en vacances à la mer et auraient une nouvelle télé quand leurs papas auraient gagné.

C'était une école à l'ancienne : danses folkloriques autour d'un mât enrubanné, fanfare, équipe de netball, et à Pâques, tout le monde devait peindre un œuf et faire un bonnet pour le concours. Je ne pouvais pas gagner parce que la veille au soir, on s'aperçut qu'on n'avait pas d'œufs et maman me fit un bonnet avec des vieilles photos de magazines et une boîte à chaussures.

« Putain, y sont cons comme des balais. Aucune originalité. Y a que les fleurs et les rubans qui les intéressent. »

Elle avait l'air plus embêtée que moi.

Comme il n'y avait pas d'uniforme à l'école, maman m'avait emmenée aux soldes de C&A et m'avait acheté « une tenue pour l'école », composée d'un pull et d'une jupe rose, et d'un imperméable en plastique noir et brillant. Maman lavait la jupe et le pull tous les deux jours, mais les autres enfants me traitaient quand même de clocharde. Je les portai deux semaines complètes avant de rentrer à la maison en courant. Je montai l'escalier, les enlevai et les déposai en tas devant maman.

« Je veux plus les mettre. Tout le monde dit que je pue parce que je porte toujours les mêmes vêtements, maman. Ils m'appellent sac-poubelle. »

Maman regardait *Des chiffres et des lettres* pendant que Tiny tapait sur sa chaise haute de ses poings potelés. « Janie, quoi ? Ils t'appellent *sac-poubelle* ? »

Je voyais les coins de ses lèvres se contracter comme si quelqu'un tirait des fils invisibles.

« Maman, c'est pas drôle. J'ai pas de copines, personne ne veut danser avec moi. Je dois danser avec la maîtresse. »

Debout, en culotte et maillot de corps, je sentais le sang affluer vers mon visage, tous les muscles crispés par la honte. Maman se mit à rire, puis rit plus fort tandis que le feu me montait aux joues. Elle se plia en deux en essayant de trouver une excuse, mais ça la fit rire encore plus.

Je me précipitai dans le placard du chauffe-eau et me blottis à l'intérieur. Il lui faudrait me traîner à l'école si elle voulait que je mette encore ces vêtements de merde.

Le lendemain matin, j'enfilai un caleçon et un tee-shirt. Maman ne dit pas un mot, pas plus que les autres enfants de l'école. L'après-midi, Simon Dean me demanda d'être sa partenaire pour les danses folkloriques et le soir, maman m'achcta un œuf fondant Cadbury en me remerciant de l'avoir bien fait rire pour la première fois depuis une éternité.

Je devins copine avec Lesley qui était encore plus dépenaillée que moi, et avec Trisha qui était Témoin de Jéhovah. Je lui demandais tout le temps ce que ça voulait dire, mais apparemment elle ne le savait pas.

Je portais tous les jours un caleçon et un tee-shirt, roulais mes chaussettes hautes presque blanches sur mes chevilles et m'entraînais à faire le grand écart et le poirier.

Mais je n'étais pas au bout de mes peines en me débarrassant de mes vêtements de clocharde et de mon imperméable sac-poubelle : la semelle de ma chaussure gauche commença à se décoller. Un trou si gros qu'on pouvait y passer la main et les doigts ressortaient de l'autre côté en frétillant comme de grands orteils. Nous n'avions pas de colle, alors maman, les yeux encore pleins de sommeil et sa tête des mauvais jours, la rafistola avec de la Patafix bleue. « Tiens, comme neuf. Allez, file à l'école. »

Toute la journée, je marchai les pieds en dedans, de peur que quelqu'un découvre la ligne révélatrice bleu pâle entre la semelle et la chaussure. Je me demandais, très en colère, pourquoi Lesley, dont le papa avait travaillé à la mine, mais qui n'avait même pas reçu d'indemnités, avait des semelles et des chaussures qui tenaient ensemble et moi pas. Le lendemain, maman me permit de porter mes chaussures de gym et, sortie un moment de son rêve éveillé, me dit qu'elle allait faire les boutiques d'occasion pour moi. Mes tennis avaient une bosse là où le gros orteil essayait de sortir, ils me faisaient un peu mal, mais ils n'avaient pas la moindre trace de Patafix.

Maman nous aimait. Elle aimait notre odeur, nos bavardages, la texture de notre peau. Elle nous le disait. Elle aimait les découvertes quotidiennes de Tiny et ses câlins, et elle aimait mon mauvais caractère, ma peau douce et mon intelligence.

Maman détestait Hetton-le-Hole, elle nous le disait aussi. « Le trou du cul de l'Angleterre. »

Elle détestait la cité. « La putain de brigade des guette-au-trou. *"Oh, et comment allez-vous aujourd'hui, vous et vos enfants ?"* J'ai l'impression que j'suis en Espagne au temps de l'Inquisition, tu vas chier et tout le monde en connaît la couleur avant même que tu te sois retournée pour regarder. »

Le lundi, maman allait boire un verre après les courses de la semaine. Elle venait me chercher à l'école avec Tiny, oscillant dans le vent comme un arbre grêle, poignardant du regard les autres mamans qui la dévisageaient. Quelquefois, elle prenait ma maîtresse à part et se plaignait de tout ce qui avait pu l'offusquer pendant la semaine : ne pas avoir parlé de la libération de Nelson Mandela, m'avoir donné des livres pour enfants alors qu'une maîtresse devrait voir que j'étais trop intelligente pour ça. Ou m'avoir mise à la porte pour insolence. La maîtresse me lançait des regards en coin paniqués, sans doute parce qu'elle commençait elle aussi à être bourrée rien qu'à cause des vapeurs d'alcool. Elle me donna une version illustrée de *La Lettre écarlate*.

Mais les pires lundis étaient ceux où maman ne venait pas. L'appartement était un vrai dépotoir, la télé beuglait, Tiny mettait les doigts dans un tube de mayonnaise ou versait du shampooing dans une boîte de sucre glace. Maman, affalée sur sa chaise, tee-shirt taché et braguette ouverte, levait la tête et bafouillait : « Janie mon b'tit anche, viens paire un ros bichou à da maman. »

Je ne bougeais pas. « T'es soûle et regarde ce que fait Tiny. »

Je rangeais l'appartement avec énergie, me sentant aussi dévouée qu'une bonne sœur ou une infirmière, l'air pincé et désapprobateur, et maman commençait : « P'tain, tu vas pas m'faire la lechon ! Chuis ta mère. Après tous les sacrifiches que j'fais pour vous, les gosses. Vivre dans c'trou. J'm'offre un p'tit plaijir une fois par ch'maine, mais Miss Cul cherré veut pas que j'me fasse plaijir. Va t'faire foutre ! » Je sortais de la pièce avec Tiny. « Allez vous faire foutre, 'tites merdeujes. V's êtes rien que des égoïchtes ! »

On allait jouer à « Les Allemands arrivent » dans le placard du chauffe-eau. C'était un jeu simple. On s'asseyait dans le noir, puis j'essayais de me surprendre moi-même en chuchotant « Les Allemands arrivent, les Allemands arrivent ! » et je bougeais le moins possible, respirant à peine, la terreur m'enserrant la gorge et le cœur battant la chamade dans ma poitrine. Quelquefois, Tiny avait vraiment peur et se mettait à pleurer, mais c'était encore mieux parce que c'était plus dangereux de cacher un bébé aux Allemands.

Quand on jouait à « Les Allemands arrivent », c'était comme si j'étais Anne Frank de la télé, courageuse pour ma sœur.

Le reste de la semaine, maman dormait, regardait la télé entourée de tasses de thé et d'un cendrier qui débordait ou me faisait asseoir pour me débiter un « discours d'encouragement ».

Je n'avais pas le droit de répondre pendant les « discours d'encouragement ». Maman répétait les mêmes choses, les yeux brillants. Elle roulait des clopes, les fumait et les écrasait à la chaîne en se penchant vers moi pour s'assurer que je l'écoutais.

« Tu vois, il y a là dehors et ici dedans, tu comprends, Janie ? Et ici dedans, Janie, tu peux être toi-même sans danger mais, là dehors, tu dois être une main de fer. Une main de fer dans un gant de velours, tu vois ce que je veux dire ? »

Je ne voyais pas, mais j'aurais bien voulu, c'était important, j'avais peur de mal comprendre.

« Maintenant, répète avec moi : "Une main de fer dans un gant de velours." C'est bien, Janie, et fais confiance à personne. »

Elle me prenait le menton. « Est-ce que tu comprends qu'y vont pas se gêner pour te baiser ? Le monde est pourri, mais c'est moi qui vous y ai mises, les enfants, et j'dois faire tout c'que je peux pour vous protéger. »

Son regard se portait au loin, elle plissait les yeux, la clope roulée se consumait et quand le bout orange lui brûlait les doigts, elle sursautait. « Bon, va jouer, mais rappelle-toi. »

Et malgré les lundis, les chaussures rafistolées à la Patafix et les gros mots, je savais que maman nous aimait et donc j'emmagasinais tout ce qu'elle disait dans les espaces entre mes côtes et, la nuit, quand nous étions couchées au fond du grand lit, imbriquées l'une dans l'autre comme des poupées russes, nous protégeant mutuellement, j'avais l'impression d'être la fille la plus heureuse de Hetton-le-Hole, et peut-être même de la Northumbrie.

13

« Votre tonton Frankie va venir. »

Maman était assise dans l'herbe au-dessus de nous. On était aux nouveaux lacs, ceux aménagés sur le site des carrières, le premier jour de beau temps. J'avais déjà la peau des épaules tendre et douloureuse à cause des coups de soleil attrapés en aidant Tiny à déplacer un rocher sur la rive boueuse.

« En vacances ? »

Maman arrêta de sortir les sandwichs de leur sac en plastique. Je les avais faits moi-même, corned-beef et piccalilli, en grattant la couche de gras blanche et froide sur le côté de la viande. Décidée à ce que la journée soit parfaite, qu'on pique-nique simplement toutes les trois, comme à la télé, j'avais supplié maman de sortir.

« Pas vraiment en vacances. Janie, tu te rappelles, y a quelque temps, juste avant qu'on quitte Aberdeen, tu m'as demandé si tonton Frankie était malade ? »

Je donnai mon bâton à Tiny. « Tu creuses autour et je reviens quand il est prêt à bouger. » Je m'approchai de maman, la recouvrant de mon ombre mince. « Je sais ce qu'il a, tonton Frankie, maman.

— T'es sûre, Janie ?

— C'était dans *Grange Hill* il y a des années, mais est-ce que tonton Frankie va mieux ? Comme Zammo qui s'en est sorti ? Qui a réussi à décrocher ?

— Pas encore. Il vient ici pour qu'on l'aide à aller mieux. »

Je frottai mes épaules endolories et réfléchis à maman complètement repliée sur elle-même à Hetton-le-Hole. À la façon dont une dispute dans un magasin pouvait l'envoyer au lit pour le reste de la journée ou la faire asseoir, furieuse, et me raconter tous les détails, la salive blanche s'accumulant aux coins de ses lèvres.

Je tapai du pied. « Et pourquoi mémé l'aide pas à aller mieux ? »

Maman prit un air pincé. « Comme d'habitude, trop occupée par le bingo et les ragots, mais on va pas le laisser tomber nous aussi. Surtout quand il a le plus besoin de nous. »

Le soleil chauffait la terre souple, son odeur imprégnait la peau, emplissait nos narines. Maman déballa les pommes, les chips et les Tunnock's Teacakes transformés en crêpes poisseuses.

« Et si on veut pas de lui ? Où est-ce qu'il va dormir ? »

Elle me lança un regard dur. Je m'écartai et elle cligna des yeux dans le soleil. « Qu'est-ce que c'est que cette tête ? J'ai honte de toi, Janie, après tout ce que ton oncle a fait pour nous. Tu peux au moins lui donner ta chambre. »

Je ne lui dis pas que, si je faisais la tête, c'était parce que j'avais peur, peur pour Frankie et encore plus peur pour elle et pour nous. Nous étions une famille en verre, elle était une maman en verre et il fallait que je nous enveloppe, que je la traite avec douceur.

Tiny leva la tête, en robe d'été et bottes en caoutchouc, et agita son bâton.

« Janie, viens ! »

Je descendis l'aider à déplacer le rocher. Dessous, des têtards pas plus gros que des petits cailloux se dégageaient de la boue tiède et essayaient de sauter vers la liberté, mais seul le plus rapide échappa aux mains en coupe que Tiny abattit sur eux.

« Regarde, Tiny ! T'es géniale. Tu vas avoir un zoo de têtards ! »

La journée était fichue pour nous, mais on pouvait encore la sauver pour Tiny.

Sa peau avait la couleur de la cire à bougie et il n'y avait pas de cadeaux, juste un câlin mou et distrait pour chacune. Maman nous écarta pour l'emmener directement dans ma chambre et descendit payer le taxi.

C'était comme s'il y avait un animal sauvage dans la pièce à côté et j'imaginai une histoire dans laquelle il était un loup-garou : un gentil loup-garou mordu par hasard, qu'on soignait. Quand maman ouvrait la porte pour lui apporter de l'eau, ou simplement pour le calmer quand il criait trop, une odeur de diarrhée, de vomi et de sueur se répandait dans l'appartement.

Le soir, maman veillait dans le salon. Elle fumait et regardait la télé en baissant le son pour être sûre d'entendre si jamais la porte s'ouvrait. Au bout de trois jours, elle commença elle aussi à avoir l'air malade, sa peau était moite, ses lèvres décolorées, sa bouche tendue et ses yeux dans le vague.

Au lit, Tiny se blottissait contre moi, effrayée par les gémissements et le bruit de pas dans la pièce voisine. Notre tonton Frankie devenait mutant à travers les minces cloisons et les ombres nocturnes.

« T'en fais pas, il est pas bien, mais bientôt il ira mieux et il restera vivre avec nous. On va le soigner et il sera de nouveau normal et il nous achètera des gros cadeaux. Une fois, il m'a acheté un cheval à bascule. »

Le quatrième jour, maman le retrouva dans l'escalier, ses jambes s'étaient dérobées sous lui et s'agitaient comme pour danser. Ses yeux qui roulaient dans tous les sens et sa bouche béante donnaient l'impression qu'il voulait mourir. On ne pouvait pas le porter, alors maman s'accroupit à côté de lui et caressa ses cheveux emmêlés sur son front en les ramenant en arrière. Je lui pris la main, un morceau de viande froide.

« Tu vas aller mieux bientôt, Frankie. On va te soigner. »

Je le laissai là et je me glissai avec Tiny dans le placard du chauffe-eau, mais j'étais devenue trop grande pour fermer la porte contre mes jambes.

C'est l'odeur qui me réveilla, une odeur qui voulait dire que la porte de sa chambre était grande ouverte. Je courus vers maman, endormie sur le canapé tout habillée, la télé encore allumée dans le coin.

Il n'était bien sûr pas dans sa chambre, son seau était renversé sur la moquette et puait, les draps se trouvaient en boule par terre et une tache brune s'étendait sur le matelas.

Maman enfila ses tennis en respirant trop fort. « Janie, tu restes ici et tu t'occupes de Tiny. Si Frankie revient, tu ouvres la fenêtre et tu m'appelles, compris ? Il a pas pu aller très loin dans cet état. »

Tiny était devant la porte de la pièce.

« Ça pue !

— Chut, Tiny. Viens, on va regarder les dessins animés. »

J'attendis que la porte se ferme et je préparai une tartine de confiture pour Tiny.

« Tu restes ici, d'accord, Tiny ? Bouge pas jusqu'à ce que je revienne. »

Elle n'écoutait pas, elle regardait *Les Amis ratons*, se dandinait en rythme avec la musique du générique et mordait dans sa tartine.

Je mis mes sandales en essayant de réfléchir à l'endroit que choisirait un loup-garou s'il devait se cacher au lever du soleil. S'il avait peur, s'il voulait ne faire de mal à personne, surtout pas à sa sœur et à ses nièces.

Je dépassai en courant les balançoires et les chevaux qui vous pinçaient les doigts quand on leur donnait des bonbons Polo, je traversai le champ de hautes herbes jaunes où voletaient de minuscules moucherons.

La cabane du lotissement. Elle me rappelait les garages de Craigneuk. Les gens qui étaient malades, et les loups-garous, aimaient les endroits tranquilles et sombres où personne d'autre n'allait.

La porte était fermée à clé, mais on pouvait se glisser entre les planches vers l'atmosphère chaude sentant la terre et la transpiration. Dans la lumière qui filtrait, je voyais des magazines déchirés où des femmes blondes montraient leurs seins et leur foufoune, un vélo couché sur le sol avec une seule roue et pas de selle dans un coin. Puis je vis mon oncle Frankie, roulé en boule, le front par terre, les fesses en l'air, comme Tiny le faisait encore quelquefois, un lacet serré sur sa jambe nue. Il avait les lèvres sèches et pâles et ses yeux de la couleur du ciel d'Aberdeen étaient vides.

Maman n'alla pas à l'enterrement. On n'avait pas d'argent pour payer le voyage en car et maman dit qu'elle ne voulait plus jamais voir « cette femme », mémé. Ce jour-là, elle alluma une bougie sur le rebord de la fenêtre, but une bouteille entière de vodka et sombra dans un sommeil agité.

Je la couvris d'une couette et, avec Tiny, on fit des dessins pour tonton Frankie au ciel, un gentil loup-garou qu'on ne pouvait finalement pas soigner.

14

La deuxième semaine de collège, en rentrant à la maison, j'entendis maman hurler de rire. Après la mort de Frankie, l'année précédente, maman était devenue aussi mince que la fine peau d'une ampoule et je faisais de mon mieux pour anticiper les moments difficiles qui pourraient la faire souffrir.

Mon ventre se noua au son de ce rire. Sur la table étaient posés une bouteille de whisky à moitié vide, un paquet de Drum et le *Sun* et, avant même de le voir, je compris qu'il était revenu.

Ils avaient l'air si bien ensemble tous les trois, assis sur le canapé, leurs genoux se touchant et Tiny, quatre ans et le corps robuste de son père en miniature, assise sur ses genoux. Idiote de Tiny, elle ne le connaissait même pas. Mais pas aussi idiote que maman qui, elle, le connaissait.

« Janie ! » Elle était bourrée, les mots glissaient sur sa langue comme de l'huile. « Regarde qui est venu nous rendre visite, et il t'a apporté un cadeau ! »

Elle renversa une partie de son verre en montrant la table où était posé un lecteur de cassettes jaune vif.

« Je me demande à qui il a piqué le fric pour ça. »

Je ne voulais pas de visiteur. Je ne voulais surtout pas de Doug. J'avais envie de disparaître dans l'océan d'uniformes vert bouteille des autres élèves du collège, de n'être qu'un dos voûté, une tête basse et timide parmi les autres. J'avais le bon uniforme parce que maman avait eu des tickets à échanger dans la boutique spéciale, mais les gamins savent repérer la différence. Un sac à dos quelconque avec écrit Nick au lieu de Nike, des crayons et des gommes carrées vendus en paquet chez Somerfield au lieu des crayons ornés de personnages de dessins animés et des gommes en forme d'animaux de WH Smith. Je n'avais ni bracelet à breloques, ni permanente, ni chaîne de cheville empruntée à ma mère pour la porter sur mes collants, ni tube de rouge pâle à me passer sur les lèvres à la cantine.

Je me tenais debout, les jambes comme des bouts de ficelle dépassant de ma jupe, dans mes putains de grosses chaussures « mais ton pied va grandir », tandis que des filles avec du fond de teint doré, du mascara et des amies me bousculaient sans me voir. Pas maquillée, avec mes lunettes Sécu à monture en plastique rose, je n'arrivais même pas à lire mon emploi du temps derrière le voile de larmes que je retenais pour ne pas me désigner comme cible.

Maman posa brutalement son verre, Tiny sursauta et nous regarda de ses grands yeux bleus avec un sourire, comme si elle croyait qu'on commençait un nouveau jeu.

« Janie ! Si t'es pas capable d'être polie avec un invité, file dans ta chambre. »

Elle parla à mon dos car ma main était déjà sur la porte, prête à la claquer de mon mieux.

« C'est ton choix, Janie. Personne va te forcer, mais tu me fais confiance, hein ? Tu sais que je veux le meilleur pour toi et Tiny ? »

Elle bafouillait encore, mais on sentait qu'elle se concentrait sur ce qu'elle avait à dire. Je remontai mes genoux cagneux sous mon menton.

« C'est pas à toi que je fais pas confiance, maman. T'as oublié qu'il t'a volé ton porte-monnaie et qu'il nous a abandonnées, *des agneaux qu'on mène à l'abattoir*, tu as dit ? » J'arrachai une croûte sur mon talon ; une grosse goutte de sang gonfla et coula sur ma peau. « Et Tiny ? Tu te rappelles qu'il l'a abandonnée ? » Je n'ajoutai pas « et toi et moi ».

On était dans ma chambre, la chambre qui avait été celle de Frankie. Quand il faisait froid, les murs étaient humides et un peu visqueux. Il y avait toujours une tache de la forme de l'Italie sur la moquette et une autre, pire, au fond de mon lit, mais elles me rappelaient Frankie, alors ça ne me gênait pas trop.

J'avais les yeux fixés sur mon poster des New Kids on the Block et lorgnais la saucisse mal en point et les frites que maman avait apportées.

« Mange un peu. »

Elle poussa le carton sur les draps et je fourrai une frite dans ma bouche.

« Oh, pleure pas, Janie. » C'était le vinaigre, mais je pris une autre frite en lui laissant croire que je pleurais vraiment. « Il a changé. Il bosse depuis sept mois et il a fait des économies pour venir nous voir avec un peu de fric. »

Je saisis la saucisse et la mordis sauvagement. « Eh bien, au moins ton porte-monnaie ne risque rien. Tu crois que je dois planquer mon bocal de pièces de cinq pence ? »

Maman eut un petit rire, puis un rot silencieux dont l'odeur d'alcool douceâtre rivalisa avec celle du vinaigre et de l'huile.

« J'te pose juste la question, Janie. Comme je t'ai dit… » Elle enfonça le doigt dans le matelas d'un geste mou et maladroit… « C'est toi qui choisis et personne, vraiment personne, te forcera, mais imagine un nouveau départ, tu serais dans un vrai collège écossais, sans ces ploucs snobs et ignares. »

Je repensai aux filles avec leurs boucles d'oreilles qui se balançaient et leurs cheveux brillants et raides de laque.

« Et il a déjà un appart pour nous à Glasgow. La ville, Janie ! Mais comme j't'ai dit, c'est toi qui choisis. »

J'essuyai mes doigts graisseux sur mes tibias, ce qui les fit briller dans la lumière de l'ampoule.

« Janie ? » Je regardais les coulures de son mascara et les traînées de son rouge à lèvres. Je ne savais même pas qu'elle en avait encore un tube : « Tu sais bien que j'ai jamais été très heureuse ici, même avant Frankie ? Et Tiny, Tiny aura enfin un papa et… et toi aussi si tu veux. »

Elle me caressa les cheveux d'une main molle. « T'y réfléchis et j'te laisse à ta saucisse et tes frites. »

Le whisky devait l'avoir imbibée jusqu'à la moelle car son épaule heurta l'encadrement de la porte et sa main abaissa l'interrupteur quand elle sortit.

« Maman !

— Pardon, pardon. »

Au troisième essai, l'ampoule se ralluma. Je mordis dans ma saucisse et regardai Joey, mon New Kid on the Block préféré qui avait de beaux yeux marron et des cheveux bouclés.

« Putain, sacré choix, hein, Joey ? »

Quelques jours plus tard, on prit le car. Maman dit que Doug était là pour nous aider à tout porter et qu'on n'avait pas besoin de meubles parce qu'il avait équipé le nouvel appartement pour nous chez Argos.

Je portais mon sac de classe avec des livres de la bibliothèque et mon uniforme de l'école au fond. Mes posters des New Kids on the Block et des Bros étaient roulés ensemble et attachés par un chouchou. Je n'aimais plus trop les Bros, mais je me disais qu'ils étaient peut-être encore à la mode en Écosse.

Je poursuivais Tiny dans la gare routière en lui tapant sur les fesses avec les Bros et les New Kids pendant que Doug et maman étaient assis sur les sièges métalliques, ceux qui glissent si on ne fait pas attention, surtout si on a la gueule de bois comme eux. Tiny criait et riait, tout en courant sur ses jambes potelées, jusqu'au moment où je ratai ses fesses et tapai ses cuisses. Elle poussa un cri, saisit les posters à deux mains et les tordit.

« Maman ! Tiny a abîmé mes posters ! »

Maman et Doug étaient prêts à s'arracher les yeux.

« T'as dit que c'était à Glasgow ! J'ai peut-être l'air d'une conne, mais j'suis pas idiote, putain ! »

Doug tourna la tête, Tiny courut vers lui et tira sa manche.

« Papa, Janie m'a tapée. C'est elle qui a commencé. Papa !

— Maman ! » Je leur mis les posters sous le nez. « Regarde ce qu'elle a fait à mes posters.

— T'avais peut-être bu trop de whisky. J'ai dit que c'était pas loin. Juste un train. Moins loin qu'Airdrie, voilà ce que j'ai dit.

— J'y crois pas ! C'est où alors ? Si c'est pas à Glasgow, putain, c'est où ?

— Papa ! » Tiny tapa du pied.

« Maman, tu vas rien faire pour mes posters ?

— Bon, ça suffit. » Doug saisit les posters et enfonça violemment les Bros et les New Kids dans la poubelle à côté de lui.

« Maman ! » J'attrapai Tiny et lui donnai une bonne claque sur les cuisses. « Petite conne, c'est de ta faute. »

Tiny montra toutes ses dents, sa pire grimace, et se mit à me balancer des coups de pied dans les tibias avec ses bottes en caoutchouc rouges. « Tu vas voir, Janie, grosse vache.

— Doug, détourne pas la conversation. Tu nous as fait partir pour aller où ? » Maman le dévisageait, attendant une réponse, je dévisageais maman, attendant qu'elle intervienne et Tiny continuait à me balancer des coups de pied. Il serra les mâchoires et ferma les yeux.

« Dans une ville qui s'appelle Coatbridge. Et pour la dernière fois, toutes les trois, pas de gros mots, putain ! »

Notre car fut annoncé et on se dirigea vers la grille en se lançant des regards noirs et en marmonnant des gros mots qui tournaient autour de nous comme des mouches autour d'une merde de chien. Je sortis les posters de la poubelle et maman les prit.

« T'en fais pas. On va les arranger. Fais confiance à ta mère. »

Mais j'avais cessé de faire confiance à maman pour arranger les choses et je lui arrachai les posters des mains.

Le voyage de retour en Écosse fut long, même si, pour m'occuper, j'avais un paquet de Fruit Pastilles, un Curly Wurly, cinq livres volés à la bibliothèque et trois courses à faire vers les toilettes pour vomir.

Il y avait moins de retraités à Coatbridge, mais cela signifiait juste que les junkies avaient moins de cibles faciles à agresser le lundi. Syke Side était une cité de tours et le nouveau départ de Doug et maman se gâta très vite.

La ville n'était qu'à vingt minutes en train de Glasgow et Doug avait bon espoir, mais il fallait faire ensuite quarante minutes de bus jusqu'à Syke Side, dans des rues où les usines crachaient de la fumée, puis se frayer un passage à travers la cité tandis que des garçons lançaient des pierres depuis les toits des garages – même si Doug gueulait qu'il allait « vous enfoncer les dents tellement au fond de la gorge que vous devrez vous fourrer la main dans le cul pour vous ronger les ongles ! ».

« Mais regarde, dit Doug quand on s'arrêta devant son immeuble pour reprendre notre souffle, ça sent pas la pisse comme à Buchanan. Et on n'est qu'au quatrième étage, alors on n'aura pas besoin de prendre l'ascenseur.

— Oh, génial, ça sent pas la pisse. Putain, super, super », répliqua maman, essoufflée.

Le salon était vide à l'exception d'une table basse noire et d'un canapé en skaï poisseux. Maman ouvrit la bouche et soupira comme si elle se dégonflait lentement.

« Ça va pas marcher, hein ? »

Doug mit les mains dans ses poches, regarda ses pieds et secoua la tête. « Ça a pas l'air, mais on va attendre pour voir. »

Tout l'appartement sentait la friture et les clopes roulées, et il s'avéra que Doug avait été licencié quelques semaines plus tôt, « mais seulement jusqu'à ce que les affaires reprennent », précisa-t-il. On passa le premier week-end enfermés, à regarder la télé, manger des frites et interrompre les phrases des autres par des petites réflexions mordantes. J'observais attentivement maman, mais elle avait plutôt l'air content d'avoir de la compagnie. Même si c'était la compagnie de Doug et que rien que ça aurait dû m'inquiéter.

Tiny passait des heures à jouer dans le bain avec des flacons de produit vaisselle, des pots de confiture, ou à sauter sur les genoux de son papa en soulevant ses boucles, stupéfaite de leur ressemblance avec les siennes. Je faisais la tête, râlais parce qu'il n'y avait que de la sauce HP et martyrisais Tiny.

« Tu vas avoir le même nez que lui et tout le reste. »

Ça la faisait pleurer, ce qui était marrant une minute, jusqu'à ce que maman m'oblige à aller acheter de la margarine, du beurre et du ketchup pour que je ne reste pas « assise avec une tronche d'enterrement qui nous fout à tous le cafard ».

Elle ne comprenait pas, et je ne voulais pas le lui dire, que j'avais une trouille bleue de cette cité. Je me disais que c'était comme Craigneuk, mais en passant devant les bidons d'essence vides et les merdes de chien, soulagée que les garçons ne soient plus sur les toits des garages, je savais que ce n'était pas pareil. J'avais onze ans et ça faisait toute la différence.

Doug nous avait montré l'épicerie quand on était descendus du bus. Elle était à un quart d'heure de marche dans la cité, au bord d'un terrain vague broussailleux. En découvrant l'extérieur, je faillis rentrer à la maison avec les pièces d'une livre serrées dans mon poing.

La boutique était couverte de plaques métalliques, de celles qu'on voit quand on veut empêcher les junkies de s'introduire dans un appartement qui a cramé. La porte était poussée contre le mur et c'était écrit « Ouvert » à la peinture rouge et dégoulinante. À l'intérieur, il y avait un rectangle de lino déchiré et encore une plaque métallique pour bien séparer la fille qui tenait la caisse d'avec les clients. On ne voyait même pas la marchandise. Derrière un tout petit carré de Plexiglas épais, la fille, cernes sombres autour des yeux, me fit un minuscule signe de tête. Je vis les entailles dans le métal et les rayures sur le guichet.

« Toi, t'es là pour acheter quelque chose ?

— Oui, euh, un tube de margarine et un paquet de pain blanc en tranches et du ketchup... s'il vous plaît.

— Y a que du pain blanc en tranches d'toute façon. »

Elle rabattit un volet métallique sur le guichet puis le rouvrit.

« La sauce... Heinz ou Happy Shopper ?

— Je, euh, la moins chère ?

— Merde, j'aurais jamais deviné ! » répondit-elle en claquant violemment le volet métallique.

On était presque en octobre, mais en sortant je sentis la sueur qui séchait sous le tee-shirt que j'avais emprunté à maman. Une voiture brûlait à l'autre bout du terrain vague. Je me dis que si je devais venir jusqu'ici chaque fois que je voulais du ketchup, j'avais vraiment intérêt à apprendre à aimer la HP. Je fourrai le pain sous mon bras et continuai à marcher.

Elles étaient debout à l'angle, en blouson rembourré rose, comme deux boutons mûrs prêts à éclater. Elles avaient l'air dangereux, s'ennuyant ferme, et je cherchai un moyen de les éviter. Elles avaient à peu près mon âge, mais leur blouson était ouvert, exhibant leur débardeur noir et moulant d'où dépassait un soutien-gorge blanc à dentelle. Leur visage était couvert de fond de teint foncé avec une démarcation sale tout autour.

L'une fumait et chantait le tube de ce type aux cheveux tombants avec le drôle de grain de beauté : « You are the one and only, don't nobody take that away from me. You are the one and only... » L'autre essayait de dégueuler un bon coup, elle était pliée en deux, prête à ce que ça tombe dans le caniveau. Je détournai les yeux trop tard. La fille cessa de chanter.

« Putain, c'est qui celle-là ? »

L'autre laissa couler sa bave épaissie par le mucus, puis cracha à côté de ses tennis avant de lever la tête. « Oh ! La meuf, tu veux qu'on te botte la chatte ? »

J'étais là, plate comme une limande, le tee-shirt puant de maman sur le dos. Je ne possédais pas le moindre soutien-gorge, encore moins un blanc en dentelle, et j'avais un paquet de Mother's Pride coincé sous le bras. J'étais foutue.

La fille fit mine d'avancer de quelques pas vers moi et sa copine d'enfoncer les doigts dans son blouson pour la retenir.

« Elle vaut pas le coup ! Pense à ta probation. »

Je traversai la cité à toutes jambes, mes pieds heurtant les pavés disjoints. Le ketchup glissa de ma main en sueur juste devant la porte de l'immeuble.

Plus tard, de la fenêtre de Doug, on pouvait voir la tache rouge et les éclats de verre. La seule chose qui manquait à la scène, c'était le contour à la craie d'une fille idiote qui n'avait même pas de soutien-gorge et dont la peau ne valait pas cher dans une cité comme Syke Side.

Maman dit à Doug que ça n'allait clairement pas marcher. Elle ajouta qu'il pouvait garder sa piaule de célibataire et voir Tiny aussi souvent qu'il le voudrait et qu'ils allaient engager le divorce pour qu'elle ait droit à un appartement à elle. Elle avait attendu qu'ils soient bourrés et, au milieu de la dispute, Doug entra dans la chambre, souleva notre télé portable et la jeta par la fenêtre. Pour être juste, il avait ouvert la fenêtre avant, et elle ne blessa personne. On était là depuis un mois, cloîtrés, et ça nous portait à tous sur les nerfs.

Ce qui me portait le plus sur les nerfs, c'étaient les puces. Elles venaient du lit que maman et Doug avaient trouvé dans la rue, même si j'avais vu maman le désinfecter. La nuit, je sentais ces saletés sauter sur mes jambes et j'essayais de les chasser. Je réveillais Tiny, qui réveillait maman, et ensuite plus personne ne pouvait dormir parce qu'on pensait aux puces. Certaines nuits, on se contentait de rester sous la couette, de gratter nos morsures et de couvrir les draps gris de petites taches de sang marron.

« On dit pas que les puces s'en vont quand l'hiver arrive ? » demandai-je dans le noir. Je sentais les orteils de Tiny gratter mes jambes et l'épaule pointue de maman s'enfoncer sous mon menton.

« Oui, mais c'est des mutantes écossaises, une espèce résistante.

— Comme les Tortues Ninja ? » chuchota Tiny sous les couvertures tout en se grattant rageusement les chevilles. J'entendais le bruit de râpe.

« Oui, Tiny. » Je repoussai les couvertures. « On se fait bouffer vivantes par des puces ninja.

— Elles vont sans doute nous enterrer, les salopes », ajouta maman. On rit un peu et on se gratta jusqu'à ce qu'on soit trop fatiguées pour s'en soucier.

Tiny allait à l'école protestante parce que c'était juste à côté de l'école catholique et que maman ne voulait pas qu'on lave le cerveau de ses gosses comme avant en les faisant prier cent fois par jour. Doug déclarait : « C'est aussi ma fille. » Mais ça ne l'intéressait pas vraiment et maman fit comme elle voulait.

Après environ une semaine d'école, maman fut convoquée car Tiny avait été surprise avec des garçons à jeter des pierres par-dessus la clôture de la cour de récréation catholique.

Tiny était une petite dure. Quand elle avait deux ans, maman et moi avions pris un mètre de couturière pour lui mesurer la tête, la taille et les hanches. On avait recommencé plusieurs fois, en la faisant tenir tranquille, mais les dimensions restaient les mêmes : tête trente-trois centimètres, poitrine trente-trois centimètres, taille trente-trois centimètres. À cette époque, elle tombait souvent sur la tête et elle était même tombée dans les orties, mais elle n'avait pas pleuré, elle avait juste cligné de ses grands yeux bleus et elle était repartie en titubant examiner une canette de Coca vide.

À bientôt cinq ans, Tiny était toujours trapue ; elle avait des jambes potelées avec des fossettes aux genoux. Elle avait les cheveux en bataille de son papa, mais noirs et pas blonds comme lui, et des yeux bleus pailletés de jaune. Tout le monde disait qu'elle serait très belle quand elle perdrait ses rondeurs de bébé.

Après avoir vu la directrice, maman la ramena à la maison et lui donna une bonne fessée. Doug ne tourna même pas la tête, il se contenta de se resservir à boire et dit : « Et t'avais peur qu'on lui lave le cerveau ? »

Moi, j'allais dans un collège en ville où il n'y avait pas tellement de gosses de Syke Side parce que la plupart prenaient le car scolaire pour St Mary's tous les matins.

Je devins copine avec Trudy, une fille joufflue qui aimait Disney, et avec Rachel qui portait déjà des bonnets B et avait une moustache brune et duveteuse. On n'avait pas grand-chose à se dire, mais personne ne voulait traîner avec moi et ça leur donnait meilleure allure d'être avec une autre, même si cette autre était moi.

On parlait surtout de Keanu Reeves. On s'asseyait sur les marches à l'abri des regards près de la salle de techno et on suçotait des chips pour les faire durer plus longtemps en chantant du Bon Jovi et en échangeant des posters de Keanu Reeves pris dans *Just Seventeen* ou *Smash Hits*. La plupart du temps, je n'avais rien à échanger, mais quelquefois Trudy m'en donnait un légèrement déchiré ou avec une tache de chips grasse en forme de rognon qui ornait le menton de Keanu.

Le week-end, Trudy et Rachel rejoignaient un groupe de prière à Motherwell. Elles m'expliquèrent qu'elles étaient « sauvées » mais, quand je leur demandai ce que ça voulait dire, elles se contentèrent de sourire en répondant : « Tu peux pas comprendre, Janie. »

Lorsque je racontai à maman, devant des hamburgers de dinde et des Super Noodles, que mes nouvelles copines étaient sauvées, Doug se mit à rire comme devant *The Archers* et dit : « Eh ben, toi qui voulais pas qu'on leur lave le cerveau, t'as eu un coup de génie en les mettant dans des écoles protestantes ! » Il continua à glousser tout le reste du repas pendant que maman restait de marbre.

Mes pantalons étaient devenus trop courts, si courts qu'on voyait trois centimètres de chaussettes grises et dix centimètres de peau encore plus grise quand j'étais assise. À l'heure du déjeuner, Trudy et Rachel détournaient les yeux et c'est sans doute ce qu'elles firent de plus gentil pour moi, en plus de me donner de temps en temps un poster de Keanu Reeves.

« C'est juste une poussée de croissance, Janie. Qu'est-ce que tu veux que j'y fasse ? On déménage et on a même pas un ouvre-boîte à nous. » Maman rangeait nos affaires dans la valise. Il restait plein de place, on n'avait jamais eu aussi peu de choses.

« C'est toi qui as dit qu'on aurait tout ce qu'il faudrait ici. La bonne blague, putain.

— Hé ! Ça suffit, les gros mots. C'est pas parce que tu viens d'une famille de poissardes qu'il faut parler comme elles. » Un soutien-gorge se balançait sur son doigt. « Sois déjà contente qu'on ait un toit et quatre murs pour se barrer loin de ces putains de puces. » Les larmes lui montèrent aux yeux, elle regarda le soutien-gorge et ajouta : « C'était pas comme ça que ça devait se passer, tu sais. »

Ce ne furent pas les larmes qui amadouèrent mon cœur endurci d'enfant, il y en avait tous les jours, des larmes, ce fut le soutien-gorge délavé avec ses petits trous dans la dentelle crasseuse en nylon et son armature qui sortait. J'imaginais que ça lui rentrait dans les côtes quand elle faisait les courses de la semaine et qu'elle devait tout le temps la remettre en place. C'est ça qui me fit me mettre à genoux derrière elle, passer mes bras autour de ses épaules et poser la tête sur son dos.

« Ça va aller, maman. Excuse-moi. »

« Et on a un jardin juste pour les quatre appartements. T'imagines ça, Tiny, l'hiver, peut-être même cet hiver si on a de la chance, avec de la neige ! »

Doug saisit un brin de tabac sur sa langue. C'était un dimanche fauché ; maman et lui ouvraient les mégots et récupéraient les restes à moitié brûlés pour rouler d'autres clopes. On avait mangé des spaghettis à la margarine et bu de l'eau du robinet au dîner. J'étais même pressée d'aller à la cantine le lendemain.

« Écoute, Iris. » Doug parlait doucement, essayant d'éviter une dispute. « Je veux pas te gâcher la fête, mais Greenend, c'est vraiment la zone. Si ta gueule leur revient pas, ils attendent que t'ailles faire les courses et foutent le feu à la baraque et encore, t'as de la chance s'ils attendent vraiment que tu sois sortie. »

Notre nouvelle maison se trouvait au bout du terrain vague, là où j'avais vu la voiture qui brûlait le premier week-end. Celui qui avait donné le nom de Greenend à cette cité n'était certainement jamais venu dans ce bout de terrain broussailleux truffé de merdes de chien et de paquets de chips vides.

« Tss ! siffla maman entre ses dents. J'y suis allée. Ça ira. Arrête de faire peur aux gosses.

— J'ai pas peur, répliquai-je, même si c'était faux.

— Moi non plus », ajouta Tiny, mais, à sa tête, on aurait dit qu'elle s'était chié dessus.

Maman dit qu'elle crevait de soif et alla remplir la bouilloire, même s'il n'y avait que du lait en poudre avec des sachets de thé usagés, ce qui selon maman donnait l'impression de boire du vomi de bébé.

Doug se tourna vers moi : « Écoute, Janie. T'es une fille raisonnable. Oublie pas de faire profil bas, d'accord ? Et faut que ta mère tienne sa langue, pour une fois. »

Je poussai un soupir excédé, le regardai en plissant les yeux et partis d'un pas lourd dans notre chambre en claquant la porte, parce qu'il avait probablement raison mais que c'était quand même ma mère, cinglée ou pas.

15

On s'installa à Greenend et le temps passa avec les repères habituels, anniversaire de la mort de tonton Frankie, disputes à Noël pour des verres renversés et des tennis sans marque, anniversaires où je ne voulais que du fric, et bécotages au bal de l'école. En classe, je restais copine avec Trudy et Rachel, collée à leurs basques : je comprenais, je voulais plus, j'étais quelqu'un de bien. Je désirais faire partie de leur bande et être comme elles, sourire d'un air entendu, dire aux autres qu'ils ne pouvaient pas piger, qu'ils n'étaient pas assez bien.

Alors je fis semblant de parler en langues. Je crachais des inepties en abondance comme de gros chewing-gums sales, tombais dans des bras puissants et disais que le Saint-Esprit m'avait visitée. J'avalais Dieu et la Foi comme de l'aspirine, en sécurité dans sa grisaille simple de tous les jours.

Il y avait des excursions à la patinoire et des concerts de rock où les guitares électriques et les solos de batterie faisaient plus de bruit que Satan.

« Satan, pécheurs, on va vraiment vous balancer dehors ! »

Il y avait des pique-niques et des jeux en été et pour le Nouvel An, une fête avec un vrai DJ. On nous disait que l'Église était notre famille maintenant, que Dieu était notre vrai père, même si, pour beaucoup d'entre nous, il était le seul. Et un beau type plus âgé était toujours là pour s'asseoir et nous écouter, nous écouter vraiment, et nous serrer dans ses bras. Il nous serrait souvent dans ses bras, mais il ne nous faisait jamais la leçon, il disait seulement : « Prions pour ça, d'accord, Janie ? » et on baissait la tête. À la fin, il me disait que j'étais quelqu'un de bien, et même si je savais qu'il voulait dire « bien aux yeux de Dieu », c'était quand même vachement génial.

On ne nous demandait rien en échange, pas même de l'argent pour les sorties. On ne voulait que le repentir. Se repentir et sauver son âme une fois aurait dû suffire, mais il fallait recommencer à une réunion sur deux à peu près.

« S'il Vous plaît, pardonnez-moi, j'ai péché. Je demande Votre pardon. »

Il fallait aussi prier, lever les mains et crier « Amen » ou « Loué, loué soit notre Père ! » pendant le sermon. Je réussissais à me faire pleurer et on disait que je devais être très proche du Saint-Esprit.

Ce n'était pas faux. Sauf que l'esprit était plutôt l'esprit de la gnôle que j'avalais tous les week-ends avec mes nouveaux copains de l'église, sous forme de vodka quand on en trouvait, mais le plus souvent de MD 20/20[1] ou d'une bouteille de cidre. Les travailleurs sociaux auprès des jeunes se faisaient appeler la « brigade de Dieu », et il n'y avait rien d'ironique là-dedans, ils ciblaient les pires cités de Motherwell. J'avais donc tout à fait ma place avec les autres recrues, au chaud et à l'abri comme une

1. Vin bon marché, à haut degré d'alcool et aromatisé.

clope à l'envers bien calée avec ses semblables dans un paquet de Benson & Hedges.

Assez vite, les filles plus âgées de Motherwell me firent entrer dans leur bande, les Gees, et les garçons me laissèrent mettre leur casquette ou leur capuche parce que tout le monde savait que personne ne m'aimait.

Trudy et Rachel crevaient de jalousie comme des rates, sans doute parce que c'était grâce à elles seules que j'étais là. Elles cessèrent de manger des chips et d'échanger des posters avec moi et les rumeurs comme quoi j'étais une « sale profiteuse » commencèrent. Ce qui était peut-être vrai.

À part la solitude à l'heure du déjeuner, quand je descendais en ville avec mes vingt pence pour appeler maman de la cabine téléphonique, histoire de faire quelque chose, ça m'était complètement indifférent.

« Juste pour papoter un peu. Tu regardes *Les Voisins* ? Qu'est-ce qui se passe ? »

Je me fichais complètement de Trudy et Rachel. Je n'avais peut-être pas de copines à l'école, mais je passais tous les week-ends et presque toutes les nuits à Motherwell avec ma bande et cela suffisait à me faire tenir la semaine.

Le samedi soir, c'était « Jeunesse vivante », ensuite on allait chez Paul qui avait été sauvé, puis viré parce qu'il avait mis une fille enceinte. On fumait des joints, shit ou skunk, en général sur le crédit de Paul chez le dealer du coin, et on picolait ce qu'on trouvait. Quand on était bien défoncés, on sortait traîner sur les trottoirs de la cité, dans la lumière orange des réverbères, au moins le temps de redescendre et de se sentir très cons d'être là, debout au coin de la rue sans nulle part où aller.

Le lendemain soir, on allait à l'office du dimanche, on se gavait de thé et de biscuits, on calmait la fébrilité de la gueule de bois par des étreintes et on criait : « Loué, loué soit-Il ! » Je n'eus cependant jamais l'énergie de parler en langues ou de me repentir le dimanche.

« C'est des conneries, Janie. Ça te passera d'ici quelques années. Je veux dire, est-ce qu'au moins tu crois vraiment en Dieu ?

— Alors tu veux pas que je sois heureuse, c'est ça ? Juste parce que ça implique que je sois chrétienne ? Au moins j'ai des copains et je sors le week-end. »

Maman fit la moue et retourna à sa vaisselle. Elle avait ses propres problèmes, comme pas de potes et jamais nulle part où aller sauf à Asda. Des problèmes comme Tiny qui trouvait des seringues de junkies dans le jardin et en rapporta même une à la maison, ou comme les usuriers cagoulés et armés de barres de fer qui se pointèrent à la porte de la voisine : maman dut sortir en chemise de nuit et dire qu'elle appelait la police, même si Margaret était une putain de bêcheuse. Puis il y eut la fille de mon âge violée après l'école sur le chemin de l'épicerie et on n'avait toujours pas trouvé qui avait fait ça.

Pour maman, il n'y avait rien à Coatridge, sinon beaucoup de soucis, du temps pour dormir et Doug. Quelquefois il se pointait pour boire quelques verres, mais il voulait toujours emmener maman au lit, et quand elle lui disait de foutre le camp, il essayait de lui taper un billet de cinq livres pour boire un coup et « soigner sa fierté blessée ». Maman voyait clair dans son jeu. « Je vais le prendre au mot. Un jour je vais le traîner au lit, cet obsédé.

— Maman ! Je veux pas le savoir.

— Bon, de toute façon, entre ça et la gueule de bois, j'suis mieux toute seule. » Elle s'enveloppa dans sa robe de chambre rose en polaire.

À l'école, les choses se gâtèrent sérieusement. Rachel et Trudy racontaient à tout le monde que j'étais gouine. Je ne compris jamais pourquoi elles avaient choisi ce truc, mais elles étaient peut-être plus malignes qu'elles en avaient l'air car, même venant d'une source grasse et moustachue, c'était assez croustillant pour que tout le monde ait envie d'y croire.

Les filles tressaillaient si j'étais à côté d'elles et écarquillaient les yeux d'un air effrayé devant leurs copines, les garçons chuchotaient derrière moi dans la queue de la cantine : « Alors, t'aimes ça ? » Ils passaient la main devant mon visage en la faisant onduler comme un poisson. « Tu vas prendre quoi ? Un kebab à la chatte ?

— Ta gueule, Adam ! Ta mère, c'est comme un marchand de glaces. Tout le monde sait qu'elle lèche pour dix pence. Connard. »

Je demandai à maman si je pouvais changer d'école et aller à Motherwell High. « Je serais avec mes copines et peut-être que, si je vais là-bas, la mairie nous donnera un autre appartement. Un nouveau départ, maman, pour toi, moi et Tiny, loin de Greenend. »

Je restai à la maison la semaine suivante. Je regardais Richard et Judy et ce con de Fred sauter dans tous les sens sur la carte météo, et le vendredi, j'étais inscrite à Motherwell High. Maman était comme ça : quand elle voulait vraiment faire quelque chose, elle finissait par y arriver.

On me mit directement au soutien en anglais. À Coatbridge, c'était comme arriver à l'école avec une jupe tachée de sang entre les jambes, mais à Motherwell, les élèves du soutien étaient les durs et les cool qui, de toute façon, ne venaient presque jamais en cours.

Le premier jour, on me mit à côté d'une fille maigre avec un pantalon troué, une toux de fumeuse et des doigts jaunis. Elle avait d'immenses yeux marron, mais presque pas de cils. Je ne la vis jamais sourire.

« Bon, t'as pris quoi ? »

Sa voix était un peu sifflante, mais je savais reconnaître un défi. « En anglais ? Ben…

— Non, pauv' conne, je veux dire, genre ecsta, hash, cachets, acide ?

— Oh, juste de l'herbe, mais balèze, et du speed, une ou deux fois. »

Je ne savais pas si j'avais pris du speed, mais Kim disait qu'elle avait vu les garçons en mettre un jour dans nos verres et j'avais été un peu survoltée ce soir-là.

« Tu fumes ?

— Non. » Je vis une ombre passer sur son visage. Je haussai les épaules et avançai le menton. « J'veux dire, pas de clopes, juste pour me défoncer. Je préfère dépenser mon fric dans des fringues. »

Elle dessinait des grosses bites sur sa feuille d'exercices. C'était une vraie artiste, même si les proportions des couilles n'étaient pas tout à fait exactes.

« Tu prendrais de l'héro ? »

Je revis les lèvres pâles et froides de Frankie mort, couché sur les revues pornos dans le cabanon sombre. « Non, j'veux bien tout essayer, mais l'héro jamais. »

Elle approuva. « C'est bien, moi non plus. J'ai pris… » elle compta sur ses doigts : « … ecsta, barbituriques, amphètes, speed, shit et herbe.

— J'ai fumé de l'herbe. Culture locale. Mon copain Paul en fait pousser. »

Elle parut contrariée et reprit sa liste. « Et sédatifs, champignons et acide, mais je reprendrai plus d'acide. Si tu veux n'importe quoi, va au camion.

— Quel camion ?

— Le camion de glaces qui est devant à l'heure du déj. Il a tout, mais faut acheter des bonbons ou des chips en plus. Tu t'appelles comment ?

— Janie. »

Elle hocha la tête, l'air sérieux. « Moi, c'est Shona. »

Elle termina sa queue en griffonnant une touffe de poils et je me remis à remplir ma feuille d'exercices avec l'impression que j'allais avoir 8/10 à mon premier contrôle d'anglais.

Au cours suivant, je saupoudrai ma rédaction de virgules. Ils réagirent comme s'ils n'en avaient encore jamais vu et m'expédièrent, sur-le-champ, dans le groupe des meilleurs. Je regrettai Shona, surtout en voyant la bande de snobs en serre-tête rembourrés et chouchous.

Je n'étais pas une petite maigrichonne sexy. On pouvait compter mes côtes et mes cheveux blond sale partaient dans tous les sens après des années de coupe aux ciseaux de cuisine. Je les aspergeais de laque et les serrais en queue-de-cheval, avec une frange raide et cassante qui rebiquait. Je portais des lunettes Sécu qui me faisaient de grands yeux étonnés. Pour mes quatorze ans, les filles se cotisèrent et m'offrirent une trousse de maquillage Collection 2000. Je me sentis un peu mieux avec les sourcils, les yeux et les lèvres soulignés en noir.

Je n'avais embrassé qu'un seul garçon et il avait dit à tout le monde que ce n'était pas marrant parce que je ne bougeais pas la tête, même si je l'avais laissé tripoter mes nichons à travers mon pull. Je n'avais pas besoin d'un uniforme en plus de ça ! Je portais tous les jours mes Doc Martens, des fausses mais ça ne se voyait pas, un jean et un sweat-shirt Fruit of the Loom, parfois un tee-shirt Nike. Résultat, chaque jour maman recevait un mot, mais elle ne pouvait pas acheter le nouveau pull rouge de Motherwell High et elle se contentait de les entasser sur un coin du canapé.

De toute façon, je ne rentrais à la maison qu'une fois par semaine, le lundi soir, pour manger ma part du bon dîner de début de semaine et prendre quelques slips propres. En partant le mardi matin, je criais à maman et à Tiny encore dans la chambre : « Maman ! Si je suis pas là pendant quelques jours, je suis chez Kim ! » Elle ne répondait pas.

Un lundi, elle entra dans le salon pendant *Les Voisins*. « Janie, ça m'inquiète que tu sortes autant le soir. Tu picoles ? À Motherwell, avec ta nouvelle bande ? Je sais qu'ils sont chrétiens, mais les gosses sont des gosses. »

Je la regardai ; elle avait l'air crevée et je ne pouvais pas me faire choper à lui mentir.

« Oui, maman, mais t'inquiète pas, je bois juste un peu de cidre. Je suis jamais torchée. Et je fume pas, j'me came pas et j'fais pas de conneries. »

Maman hocha la tête et fit un pâle sourire. Qu'est-ce qu'elle aurait dit si je lui avais raconté que j'étais tellement bourrée que je ne pouvais plus marcher, qu'on était en affaires avec la moitié des dealers de Motherwell et que Paul s'était mis à fumer de l'héro ? Mais je savais que je ne pouvais pas, qu'elle ne voulait vraiment pas entendre ça. Elle ne l'aurait pas géré. J'aurais pu le lui dire malgré tout, mais je n'étais pas sûre d'en être capable.

« Bon, je suis pas hypocrite. Je vais pas essayer de te faire la morale sur la gnôle, t'es une fille raisonnable, Janie, mais tu me promets de me le dire si t'as des ennuis ? Je suis ta mère.

— Oui, oui, bien sûr. Tu veux du thé ?

— Super. »

Elle sourit et les poches sombres sous ses yeux s'affaissèrent. Ses cheveux mouchetés de gris me donnaient l'impression qu'elle allait tomber en poussière. Je m'arrachai à la télé pour remplir la bouilloire. La voix de maman rebondit sur le montant de la porte, je l'imaginais penchée en arrière pour crier : « Tu sais que ma p'tite fille me manque ? Ça me manque de pas bavarder avec toi.

— Je sais, maman. »

Je rentrais tous les lundis et repartais le mardi matin avec dans la poche un billet de dix livres pour manger, que j'économisais pour acheter du cidre, ma part d'herbe et de temps en temps un Mr Freeze ou une saucisse-frites.

Puis je cessai d'aller à l'école. J'allais directement chez Paul ou quelquefois chez Kenny. Paul trouvait en général de la dope, mais Kenny me faisait des toasts au fromage et il avait MTV.

Un jour où ni l'un ni l'autre n'était chez lui, j'achetai une bouteille de limonade avec un paquet de biscuits Bourbon et j'allai lire *Ne tirez pas sur l'oiseau moqueur* dans les bois, près de l'écoulement des égouts. Ce fut Scout prenant la défense de son père au tribunal qui me fit pleurer. Je ne pleurais pas à cause de mon père, je pensais rarement à lui et je n'écoutais plus les histoires de maman, pas vraiment. Je pleurais parce qu'aucun de nous n'était aussi bon que les gens dans les livres et parce qu'il n'y avait que du sucre, pas de dope ni de gnôle, pour atténuer l'inquiétude qui me rongeait les sangs.

Je n'avais pas eu tort de pleurer, comme le prouva Doug le week-end suivant. Il ne dit même pas au revoir à Tiny : il partit, un point c'est tout. Maman et Tiny allèrent chez lui le dimanche, voir s'il pouvait nous prêter un peu de fric, et il était parti.

Soit il avait laissé la porte grande ouverte, soit elle avait été forcée. On avait chié dans l'évier, une grosse merde courbe, manifestement humaine, et quelqu'un d'autre, ou peut-être la même personne, avait bombé « Casse-toi Paki » sur le mur du salon. Ils avaient dû confondre. Maman trouva deux boîtes de haricots et une de riz au lait au fond d'un placard. L'excursion ne fut donc pas complètement inutile.

À la maison, maman tendit un bol de riz au lait à Tiny qui faisait des carrés sur son Télécran d'un air malheureux. « T'en fais pas, Tiny, il va bientôt donner des nouvelles, promis. Tu connais ton papa, il tient pas en place ! »

Maman tenta un petit rire, mais Tiny regardait droit devant elle et prit une grosse cuillère de riz. J'avais la gueule de bois et j'étais furax d'être coincée à la maison. Je me faisais les ongles des pieds sur le canapé, en me disant que Tiny allait devoir s'y habituer.

« C'est ça, au moins cette fois il nous a laissé trois boîtes au lieu de te piquer tout ton fric.

— La ferme, Janie ! Mon papa vole pas. Moi, au moins j'en ai un. »

Des grains de riz au lait à moitié mâchouillés atterrirent sur mon pied. Tiny se tenait devant moi, le visage écarlate, le menton tremblant.

« Oui, et moi aussi j'en ai un. Sauf que je sais pas où il est. Alors on est à égalité. Mange et fiche-moi la paix. »

Elle me lança son bol à la figure. Le bord heurta mon menton et presque tout le riz au lait glissa dans mon tee-shirt. « Maman !

— Qu'est-ce qu'y a encore ? » Maman sortit de la cuisine, me vit et ravala un éclat de rire. « Reste pas assise comme ça, Janie. Va te laver. »

Maman prit Tiny sur ses genoux. En allant dans la salle de bains, le riz crémeux glissant sur mon ventre, j'entendais Tiny pleurer si fort qu'elle n'arrivait pas à reprendre son souffle. « Maintenant j'ai plus de papa et plus de dessert. »

On s'installa pour regarder *La Tournée des antiquaires*. Je partageai ma part de riz au lait avec Tiny et lui fis les ongles. « Hé, tu sais ce qu'il est allé faire, ton papa ? »

Tiny me regarda, l'air renfrogné, prête pour une dispute.

« Il est allé chercher du travail pour pouvoir t'acheter plein de beaux trucs. »

Elle souffla sur ses doigts, coccinelles brillantes, et me regarda fixement.

« Comme ça il t'offrira une belle robe de princesse et il t'emmènera peut-être voir la mer. Il t'aime tellement qu'il est parti pour être sûr de te faire de beaux cadeaux. »

Elle cessa de souffler sur ses ongles. « C'est vrai ? Il va revenir et apporter des cadeaux comme la dernière fois ? Alors, y va rentrer quand, mon papa ? » Elle souriait maintenant, l'air lointain, imaginant sans doute Doug avec un sac de butin comme le père Noël.

« En fait, ça dépend des cadeaux. C'est quoi le dernier truc que tu lui as demandé ? »

Elle salit le vernis de ses ongles en s'asseyant sur ses mains et en sautant. « Un poney !

— Alors il va faire des économies pour en acheter un. Il restera peut-être parti un peu plus longtemps que la dernière fois. »

En gambadant, elle alla raconter à maman que son papa lui ramènerait un poney et je ramassai les petites croûtes rouges qu'elle avait laissées sur la moquette. Pauvre Tiny, ce n'était pas sa faute si son père était un bouffon voleur de porte-monnaie qui décampait sans rien dire.

Salut les filles,

Désolé de pas vous avoir prévenues. Fallait que je parte. À Yarmouth. Y a plein de boulot là-bas. Vous devriez venir. J'ai un appart qui vous attend.

Bises à toutes mes filles.

Doug

P.-S. Tiny, il y a des ânes sur la plage ici !

La carte postale montrait un âne avec un chapeau de paille et un sucre d'orge rose entre ses grandes dents jaunes. Maman dit que ça la déprimait, je rétorquai que tout la déprimait même quand elle prenait ses comprimés. Tiny aimait tellement la carte postale qu'elle l'emporta à l'école pour la montrer à la maîtresse et raconter à tout le monde que son papa allait lui acheter un âne avec un chapeau et que c'était encore mieux qu'un poney.

C'était la semaine du courrier, parce que, quelques jours après la carte postale, maman reçut une lettre de l'école précisant que je n'étais pas allée en cours depuis un mois et demandant si j'allais me réinscrire après les vacances d'été. Maman prépara deux tasses de thé et on s'assit l'une en face de l'autre sur le canapé. En voyant l'en-tête, je sus que j'étais vraiment dans la merde. Je fixais le thé chaud avec nervosité, mais maman était tellement calme que je me demandais si elle n'avait pas forcé sur les médocs.

« Vraiment, Janie, c'est à se demander c'est quoi cette école qui sait pas où sont ses élèves pendant un mois et ne pense même pas à chercher. » Elle secoua tristement la tête et me tendit un paquet de Hobnobs.

Je haussai les épaules. « Ils ont p'têt' cru que j'étais retournée à Coatbridge High.

— Ouais, peut-être. » Maman restait vague. Elle but une gorgée de thé. « Apparemment, t'as brûlé toutes tes cartes. T'as besoin d'un nouveau départ. »

Je m'étranglai en avalant un morceau de gâteau. « Je veux pas bouger, m'man. J'ai des copains ici.

— Qui a parlé de ça ?

— J'ai plus onze ans. Tu peux plus me faire bouger en me culpabilisant. Je suppose que tu veux nous embarquer à Yarmouth ? Pour suivre Doug de nouveau ! Parce que ça a tellement bien marché jusqu'ici, merde ! »

Elle commença à perdre son calme, posa sa tasse qui éclaboussa la table. « J'ai fait ce que j'ai cru le mieux pour vous deux et si t'es pas une mère célibataire sans protection et sans fric, tu peux la boucler. Putain, tu peux pas vraiment te croire supérieure quand t'as séché tes putains de cours et foutu Dieu sait quoi ! »

Je me levai pour lui crier dessus, mais elle se leva aussi. « C'est des conneries ! T'es qu'une putain de faible ! Je déménagerai pas et tu m'obligeras pas ! »

J'essayai de m'écarter, mais elle me tenait fermement par le poignet et elle approcha son visage si près du mien que je sentis l'odeur métallique du thé sur sa langue. « Petite merdeuse ! J'suis qu'une putain de faible, hein ? Je peux pas t'obliger à déménager ? C'est ça ? Putain, tu vas voir. »

Je dégageai ma main et sortis en courant. J'étais au milieu de la rue quand je me rendis compte que je n'avais pas d'argent pour acheter des tickets et nulle part où aller à Coatbridge. Je rentrai furtivement à la maison et rejoignis ma chambre sans faire de bruit.

16

Elle tournait autour du pot. Me disait que je serais plus près de Londres et de la « vraie vie », me demandait si je me voyais vraiment vivre éternellement à Coatbridge ou à Motherwell et je répondais : « Putain, non ! » Elle me disait que c'était la fête tous les soirs, qu'il y avait toujours des touristes dehors pour s'amuser, et que je pourrais trouver un petit boulot et gagner un peu de fric.

Finalement, ce qu'elle disait n'avait pas d'importance car je me sentais piégée dans une grosse boîte de fumée, d'alcool, de dope et d'impasses inquiétantes depuis juste assez longtemps pour que me vienne l'envie de voir s'il y avait autre chose ailleurs et d'avancer à tâtons vers ce puits de lumière que j'apercevais du côté de Great Yarmouth.

Doug arriva la semaine suivante dans une voiture qu'il avait empruntée. Maman fut la première à la fenêtre quand il klaxonna.

« Putain, c'est quoi ce truc ? »

Je tirai le rideau. Doug était debout devant une bagnole basse et étroite qui semblait tout droit sortie d'une série policière des années soixante-dix. Il souriait béatement comme M. Grosses Couilles en personne. La voiture était une vraie épave, exactement de la couleur des rideaux dans lesquels je m'enroulais, petite, à Buchanan Terrace.

« C'est une putain de Tango Mobile, voilà ce que c'est. *You know when you've been tangoed*[1] ! Je vais pas me pointer là-dedans, maman. Vous me déposerez à l'entrée de la ville et j'irai à pied. »

Maman se mit à rire. « Janie, nom d'un chien, t'imagines qu'il va y avoir un défilé pour ton arrivée à Great Yarmouth ? »

Elle alla dire à Tiny que son père était là, et je la voyais déjà foncer vers la porte et se jeter dans les bras de Doug qui la faisait tournoyer, ses cheveux noir d'encre dessinant des cercles. Je savais qu'elle adorerait cette voiture.

Il nous fallut deux jours pour arriver à Great Yarmouth. On était fauchés à cause de la bagnole, de l'essence et parce que maman avait insisté pour payer la facture de gaz et d'électricité. « De toute façon, c'est les gens comme nous qui finissent par payer », même si Doug lui dit de ne pas s'emmerder avec ça. Elle l'interrogea sur la voiture.

« Quatre-vingts livres ! T'as pas trouvé moins cher ?

— Ça fait vingt livres par jour, aller et retour ! Moins cher, ce serait gratuit et on pourrait pas emporter vos affaires.

— Et l'essence ?

— Environ cinquante. »

Maman poussa un soupir exaspéré et remonta l'escalier. Doug haussa les épaules en regardant Tiny qui l'imita.

1. Tango : boisson ressemblant à du Fanta. Phrase clé de la publicité.

La voiture était à peine assez grande pour quatre personnes, sans parler des sacs-poubelle et des cartons de chips remplis de nos cochonneries. Maman et Tiny étaient si excitées qu'on en entendait presque cliqueter le toit en tôle.

« Ça nous fera faire des économies à long terme de tout emporter », dit maman quand Doug lui expliqua que tout ne rentrerait pas dans la voiture.

J'étais assise à l'arrière, les pieds sur la télé, et je regardais entre mes genoux les nuques de maman et de Doug tout en pensant à mon dernier week-end à Motherwell.

Paul avait des « spliffs de superskunk » et quatre MD 20/20 qu'on mélangea dans des grandes bouteilles de limonade. J'étais tellement défoncée que je crus que j'étais paralysée et ne pouvais plus bouger la langue jusqu'à ce que Moira me secoue pour me demander si elle pouvait emprunter mon eye-liner. Quand il n'y eut plus de tise, on alla chez Jenni dont les parents n'étaient pas là.

Je n'avais même pas franchi la porte que le garçon me mit le grappin dessus et commença à me draguer. Je ne l'avais encore jamais vu chez Jenni. Il avait l'air un peu plus vieux que moi et peut-être sexy, mais mes paupières n'arrêtaient pas de se fermer et je n'étais pas trop sûre. Je lui roulai quand même une pelle.

Je ne me souviens pas d'être entrée chez Jenni, mais je me souviens d'avoir demandé au garçon de me faire un suçon. Il m'en fit tout un collier et chacun dessinait un cercle parfait de la taille d'une balle de ping-pong. On aurait dit que je m'étais passé un tuyau d'aspirateur sur la peau. Ensuite, je scotchai sur une couette avec des Transformers imprimés dessus. Il était nu et moi aussi. J'étais certaine qu'il allait remarquer que j'avais juste un duvet blond, comme des aigrettes de pissenlit, et pas une touffe épaisse comme les autres, et j'essayai de me couvrir.

« Allez. Putain, je crève là-dessous. C'est pas comme si t'étais vierge. »

J'avais dit quelque chose ? Il pinça le bout de mes seins qui ressemblaient à des petites boules de gomme dures. Il n'arrêtait pas de pousser son genou entre mes jambes pour les écarter. Je fis un effort pour me rappeler pourquoi je le repoussais.

« Je sais même pas ton nom. »

Il laissa les mains sur mes seins et les pinça un peu durement. « Je m'appelle Pete Malachy, je vais à St Patrick's, j'ai seize ans. Maintenant on y va ! »

Ça paraissait correct. Je le laissai se faufiler entre mes jambes, sentis son poids sur moi et me tortillai de nouveau pour me dégager.

« Putain, qu'est-ce qu'y a encore ?

— Protection. T'as une capote ?

— Je suis catholique. »

Même après deux « super spliffs » et une bouteille de MD 20/20 au kiwi, je trouvais ça pourri. « Pas de capote, pas de baise. »

Heureusement que j'étais bourrée, sinon je n'aurais pas eu le cran de le dire.

Il traversa la pièce, sa queue se balançant comme un pic-vert ornemental. Je le vis déchirer le petit sachet et fermai les yeux. Je sentis son poids, puis une douleur aiguë, comme quand on met un tampon pour la première fois, et il se mit à pousser.

Ce n'était pas ce à quoi je m'attendais, mais je savais que je devais sortir quelques sons, alors je couinai un peu, gardai les yeux fermés, les jambes bien écartées, en espérant que ça serait bientôt fini.

Ensuite, il se leva et se rhabilla. Comme j'étais toujours allongée toute nue sur les draps Transformers du frère de Jenni, il m'aida à glisser mes jambes molles dans mon slip et à enfiler ma minijupe et mon débardeur.

En partant, il passa la tête par la porte.

« Comment tu t'appelles ?

— Janie.

— Je suis ton premier ? »

J'étais fatiguée. « Oui. Merci et tout et tout. »

Son sourire s'élargit. « Putain ! Je le savais. »

Et il s'en alla. J'avais envie de dormir ou de pleurer, mais Moira entra, me donna du cidre et dit : « C'est un putain de bon coup ! J'aurais bien voulu le faire avec lui la première fois. »

Je haussai les épaules, soudain en pleine forme, et répondis : « Ben quoi, pas la peine de faire cette tête ahurie, merde. »

À l'arrière de la Tango Mobile, je mangeais mon sandwich à la mayonnaise. Tiny dormait, la tête sur mes genoux. J'avais quatorze ans, je n'étais plus vierge et j'allais au bord de la mer.

On y arriva, tout juste. Il nous fallut dormir sur un parking et le matin on se réveilla en rogne, les muscles noués et prêts à mordre. On alla pisser l'un après l'autre sur le bas-côté. J'étais la dernière et je regardais les ruisseaux jaunes se rejoindre et couler sous la voiture.

On tomba en rade de pain et de mayonnaise, alors on s'arrêta à une station BP et maman nous acheta des hamburgers passés au micro-ondes. La voiture puait : des couches superposées de remugles, mes pieds macérant dans mes Doc (les hormones, dit maman), les pets « silencieux mais violents » de

Doug, même s'il soulevait délicatement une fesse quand il en sortait un, ce qui n'en faisait plus vraiment un secret, les oignons, le gras et nos dents pas lavées pleines de vieux sucre.

En plus, on crevait de chaud. Nos tee-shirts nous collaient à la peau et je sentais les petites gouttes de sueur se faufiler derrière mes jambes comme des bestioles. Maman supplia Doug d'entrouvrir une vitre, mais la poignée était coincée.

Sauf pour les courses de Noël et le taxi du lundi, j'étais montée dans une voiture à peine cinq fois dans ma vie, mais je savais quand même que la fumée qu'elle vomissait n'était pas normale. On voyait tous que le moteur et maman étaient sur le point d'exploser.

« Putain, fais quelque chose, Doug. On peut pas rouler comme ça pendant encore quatre heures. »

Maman scruta la fumée grise, Tiny se mit à genoux pour regarder les nuages noirs qui sortaient du capot et je me tassai dans mon siège histoire d'éviter les regards curieux derrière les vitres des autres voitures.

« Quoi par exemple, Iris ? Tu sais ce que c'est, ton problème ? T'as aucun sens des limites.

— Oh, je connais parfaitement tes limites ! »

Doug klaxonna en donnant des petits coups sur le volant et on se rangea sur le bas-côté de l'autoroute. Heureusement, parce qu'on ne voyait plus rien devant nous.

On n'avait pas de fric pour un mécanicien, mais Doug marcha quand même jusqu'à un garage et les persuada de nous remorquer. Moi et Tiny, on resta à l'arrière de la Tango Mobile pendant qu'ils soulevaient l'avant, nous plaquant contre le siège tandis que les emballages des hamburgers, les croûtes de pain à moitié mangées et les mouchoirs usagés s'accumulaient à nos pieds.

En arrivant au garage, Doug et maman expliquèrent notre problème de fric et le mécano, un type maigre d'un peu plus de vingt ans avec des pores dilatés et le nez taché de graisse, alla chercher son patron.

Le « patron » était un vieux aux jambes arquées et gonflées aux articulations. Je me demandai comment il avait réussi à les introduire dans son bleu de travail. Il nous regarda : on était debout en rang, Tiny tirant sur sa culotte qui lui rentrait dans la raie du cul, les joues brûlantes. Il hocha la tête et dit que maman n'avait qu'à laisser son livret d'allocations familiales en caution. Maman essaya bien de lui fourguer la télé, mais il n'en voulait pas. Ce fut un soulagement.

Même si Doug me laissa écouter ma cassette de R.E.M. et que maman nous acheta une glace au magasin à côté, l'excitation était tombée. Le mécano nous avait regardés comme s'il nous avait surpris en train de pisser dans la rue et notre dignité avait dégringolé dans nos chaussettes.

La bagnole réussit à nous emmener tant bien que mal à Great Yarmouth en passant devant une usine de pâtes, des docks vides et une cité HLM pas tout à fait aussi moche que Greenend. Mais, sur la dernière longueur, en bord de mer, elle avança par à-coups comme un retraité, en toussant de façon sinistre et en crachant un panache de fumée noire par le capot. Le soleil brillait, ça sentait la mer et finalement, on s'arrêta en face du Sea Life.

Je compris l'étendue de l'humiliation quand Doug sortit, le visage tout rouge. L'homme qui avait appuyé sur une de ses narines et avait propulsé un missile gluant par l'autre narine sur le trottoir de Coatbridge High Street avait honte de la Tango Mobile, de nos sacs-poubelle et de nos cartons de chips bourrés de culottes et de collants filés. Il se tourna vers maman.

« Tu donnes pas un penny à ce garage ! Appelle l'aide sociale et dis-leur que t'as perdu ton livret. Le vieux salaud. »

Il donna un coup de pied dans la portière avec sa godasse taille quarante-six et une des vitres descendit avec un bruit sourd. Maman regarda la vitre ouverte.

« Putain, alors ça c'est typique. »

17

Doug fixa les règles de notre séjour chez lui. Premièrement, pas de gros mots. Deuxièmement, ne parler à personne vivant dans le bâtiment. Il jeta un regard courroucé à ma minijupe. « Toi en particulier, Janie. T'es plus une gamine. » Troisièmement, ne jamais glisser nos mains derrière les coussins du canapé.

« Pourquoi est-ce qu'on glisserait les mains dans ton horrible canapé ? De toute façon, je parie que tu l'as fait depuis longtemps pour récupérer la petite monnaie.

— Cherchez pas à savoir pourquoi. Le faites pas, c'est tout, d'accord ? C'est pour votre bien. Y a sans doute des vieilles seringues et tout un tas de saloperies là-dedans. »

La haute maison blanche aurait pu être magnifique, juste de l'autre côté de la rue qui longeait la mer, tout près du Royal Hotel.

« Charles Dickens a écrit *David Copperfield* ici. » Doug le montra fièrement d'un signe de tête, comme s'il avait taillé lui-même les crayons de l'écrivain. Mais des matelas tachés étaient empilés dehors, des gamins avaient tagué la façade à la bombe bleue et elle portait des marques d'humidité marron sale. Ça n'avait rien de Royal.

Le meublé de Doug était presque aussi petit que la Tango Mobile et puait presque autant. Je ne voyais pas comment son mètre quatre-vingt-cinq supportait ça, c'était plus petit que ma chambre de Coatbridge. Maman regarda autour d'elle et je vis les doutes et l'inquiétude s'en prendre à son sourire figé.

« Ça ira, juste quelques jours, le temps de trouver notre appart, d'accord ? »

Je restais sans expression et observais le sourire de maman luttant contre les muscles de son visage qui montraient que c'était encore un déménagement raté, brise de mer ou pas.

« Oui, maman, bien sûr. Tu vas nous trouver un appart, t'as toujours réussi. »

Le lendemain, un lundi, maman déclara la perte de son livret d'allocations familiales, obtint une aide d'urgence et on fit une promenade en ville.

Il y avait un marché plein de vendeurs à la peau flasque et grisâtre, l'air aussi flétris et mous que leurs fruits et légumes, et toute une rangée de stands, avec une queue devant chacun, qui proposaient des frites surmontées d'une platée de mayonnaise grasse dans des cornets en papier journal. En fait, il y avait des stands de frites et de beignets partout à Yarmouth. Des pubs, des bureaux de paris et de prêteurs sur gages. Des moyens de dépenser son fric et des moyens douteux d'en trouver un peu.

On alla à la plage. Tiny barbota et, même si on ne pouvait pas s'offrir un tour de manège, on se promena à Pleasure Beach. Maman nous donna une livre pour les machines à deux pence des arcades. J'offris à Tiny mon gobelet de pièces de deux pence et, derrière une machine à sous, j'observai maman dehors, assise sur un banc, les yeux fermés, le visage tourné vers le ciel, une clope roulée à moitié fumée à la main et une ébauche de sourire sur les lèvres.

Des GTI blanches fonçaient dans les deux sens sur le front de mer, rivalisant avec le bruit des machines à pinces jouant « Clementine », en éructant à plein tube de la jungle ou de la drum and bass. Nos joues en vibraient si on était trop près.

On marcha sur la plage en évitant les serviettes couvertes de sachets de chips, de journaux genre le *Sun* et de pavés de chair rose vif en maillots de bain trop petits. Maman secoua ses cheveux courts dans le vent. « J'adore l'odeur de la mer, Janie, ça me rappelle quand j'étais gosse.

— Moi aussi. »

J'allai mettre mon bras autour de son épaule, mais Tiny la tira par la main, vers les ânes qui avançaient lentement tout au bout de la plage. Je les vis courir et glisser dans le sable chaud devant moi, et les têtes de tous les touristes se tournèrent quand Tiny se mit à crier d'une voix tellement aiguë qu'elle aurait pu faire rappliquer tous les chiens errants. « Les âââânes ! C'est mon âââne ! »

Maman se tourna vers moi et leva les yeux au ciel. « Tiny, tu vas m'arracher le bras ! Et y sont à tout le monde, tu peux pas en avoir un pour toi toute seule. »

Cette nuit-là, je dormis dans le lit avec maman et Tiny. Doug s'installa sur le petit canapé, les jambes pendantes par-dessus l'accoudoir. J'entendis des filles hurler, des couples se traiter de tous les noms, et quelques dégueulis. J'entendis les GTI foncer sur le bord de mer et le « Oh my darling » mécanique des machines à pinces. C'était peut-être minable et vulgaire, peut-être un peu pathétique, mais Tiny avait son papa, maman avait la brise de mer et moi, je mourais d'impatience de sortir pour pointer mon nez dans la couleur et le chaos de Great Yarmouth.

Maman nous trouva un appartement dès le lendemain soir et Doug ne fut pas fâché de nous voir partir, même si, en serrant maman dans ses bras, sa main glissa vers son cul.

Notre nouvel appart, situé quelques rues derrière le front de mer, était un B&B mais pas pour touristes, seulement pour les pensionnaires de longue durée ayant des allocations logement régulières, merci, y a pas de quoi. Je n'aurais jamais pensé qu'on était dignes de confiance. On avait deux pièces, une chambre à deux lits et une autre pièce avec un canapé où on mit la télé. On ne réussit jamais à recevoir correctement la télé, même si maman était une pro du cintre tordu. Il y avait une cuisine et des toilettes communes et Mrs Pritchet, la logeuse aux énormes nichons et à la tête de bouledogue, nous dit : « N'y laissez jamais votre papier cul, il lui pousserait des jambes. »

Tous les jours de la fin de l'été, maman et Tiny allèrent à la plage avec un pique-nique dans un sac en papier et une serviette roulée sous le bras. En rentrant, elles sentaient la mer et les trottoirs chauffés au soleil. Je trouvai un job de serveuse et je revenais le soir puant le ketchup, les mains poisseuses de sauce à la framboise et de Fanta.

J'étais payée une livre et demie de l'heure au café du front de mer et j'avais pour unique tâche de servir les repas des gosses. C'était un endroit parfaitement dégueulasse ; le gras aurait résisté à une explosion nucléaire. Je me sentais coupable de faire manger ça aux gamins et j'allai jusqu'à m'excuser auprès d'une des trop nombreuses grosses mamans avec chevalières et permanentes frisotées qui écrasaient leurs mégots dans les assiettes et ne laissaient pas de pourboires.

Je travaillais soixante heures par semaine. Le propriétaire, Marco, catogan gris et ventre débordant de son pantalon de cuisinier, me demandait d'aller chercher des trucs sur l'étagère du bas et, même si je ne l'aimais pas, je gardais les jambes tendues pour qu'il puisse bien mater sous ma jupe. Le boulot me plaisait et je savais comment le conserver. On faisait la coupure : pendant la pause, l'autre serveuse m'invitait dans son meublé à fumer un joint, ou bien on allait dans un bar sombre se faire offrir des demis de Foster's au citron vert. Tout le monde m'appelait « Picolette », mais c'était juste pour rire.

En recevant ma première petite enveloppe kraft gonflée de beaux billets de cinq livres, mon cœur se mit à cogner.

J'achetai un set de maquillage et une boîte de chocolats Milk Tray pour maman. Tiny voulut aller au Sea Life : on caressa les corps ondulants des raies pastenagues, on sentit les étoiles de mer ramper sur nos mains ouvertes, on mangea des bonbons au poids à s'en rendre malades. Je payai à Tiny un dauphin en peluche, la ramenai à la maison, repartis et dépensai le reste de ma paie au pub en offrant des tournées à mes copines serveuses. Je bus des *snakebite and black*[1] et gerbai en rose fluo sur le capot d'une voiture. L'une d'elles dut me traîner à la maison et donner des explications à maman, qui m'enleva ma robe puante et me passa un gant d'eau froide sur la figure.

1. Panaché de bière blonde, de cidre et de cassis.

« Telle mère, telle fille, hein ? Enfin, quand même, j'suis contente que t'aies des copines. »

Maman aussi trouva un boulot, payé en espèces, du ménage dans un hôtel. Tiny l'accompagnait et essuyait les écrans de télé pour dix pence par chambre. À la maison, Tiny construisait des tours de pièces argentées autour de ses genoux et demandait quand elle en aurait assez pour acheter un âne.

Maman rentrait tous les matins vêtue de sa veste rose avec une surprise : gâteaux à la crème, jeux à gratter, parfois un numéro de *Woman's Own*. On voyait bien qu'elle était ravie de savourer un beignet et du thé achetés avec l'argent qu'elle avait gagné. Même si elle ne cessait de répéter que travailler n'arrangeait pas ses nerfs.

« Mais j'y arrive, Janie. Je gagne du fric pour la première fois depuis des années, nerfs ou pas. »

J'emmenais toujours Tiny faire une balade à dos d'âne et manger au McDo quand je recevais ma paie. Le reste allait dans des fringues : pantalons pattes d'éléphant en Lycra orange, minijupes blanches, hauts vert citron découvrant le nombril. Je n'avais pas les moyens de m'offrir des lentilles de contact et je n'avais pas de poitrine, mais au moins j'avais le ventre plat, un beau petit cul et des sapes pour les mettre en valeur. Je me payai une chaîne dorée, des créoles si lourdes qu'elles étirèrent les lobes de mes oreilles, et me transformai, pour le meilleur ou pour le pire, en « vraie Yarco[1] ». Je ne parlais pas comme eux, mais j'avais le look.

La saison touristique se termina en même temps que nos rentrées d'argent. Yarmouth se vida comme

1. Pourrait être traduit par « racaille », mais spécifiquement de Great Yarmouth.

un matin après une grosse fête. Il ne resta plus que quelques canettes vides bourrées de mégots et des clodos trop biturés pour rentrer chez eux.

Maman déclara que Caister High School était l'école la moins nulle, même s'il fallait prendre un bus. J'étais nerveuse, je la suppliai pour ne pas y aller, mais c'était facile d'être une nouvelle en début d'année. Surtout une nouvelle dont la mère achetait de la tise pour elle et ses copains, qui avait fumé de la dope à Glasgow et s'était payé elle-même son uniforme chez New Look.

Je réussis à m'introduire dans un groupe de filles où il restait une place vacante car l'une d'elles s'était mise à traîner avec la bande qui se la racontait pendant l'été. Elles avaient encore un peu l'impression de s'être fait plaquer et ne me trouvaient pas terrible comme remplaçante.

On ne fumait pas de clopes et on n'avait pas de dealer. On se contentait des bouteilles de cidre que maman nous achetait le vendredi soir. Ensuite on allait à la piste de roller de Winter Gardens. C'étaient des petites filles modèles, du moins au début, mais ça me convenait.

J'étais bonne en théâtre. Il suffisait de se rappeler une émotion : avoir tellement peur que le sang se fige (Tony, les Allemands), être tellement en colère que les os brûlent et tombent en cendres (Doug, maman), aimer tellement quelqu'un qu'on a envie d'étendre sa peau sur lui pour l'emmener en sécurité à l'intérieur de soi (Tiny, maman, tonton Frankie).

J'étais bonne en anglais aussi. On lut *L'Attrape-cœurs* et Sylvia Plath parce que Mr Price nous disait qu'on était des gamins très intelligents et que, si on ne les lisait pas maintenant, on risquait de ne pas franchir vivants le cap de l'adolescence. Ça nous fit rire et il rit aussi, puis il s'arrêta et dit : « Je suis sérieux. » Toutes les filles voulaient baiser avec Mr Price, même s'il était plus petit que la plupart d'entre nous quand on mettait des talons et s'il avait presque tous les jours des traces poussiéreuses de pellicules sur le col.

Mes copines n'étaient pas dans ma classe, surtout composée de ringards et d'intellos, alors je répondais aux questions et je restais après la sonnerie pour faire mes devoirs. Je retrouvais le plaisir des mots nouveaux, réglisse douce-amère, comme les premières fois à la bibliothèque de Canterbury, et plus encore j'aimais les yeux brillants de Mr Price quand je parlais de la solitude de Holden ou de Sylvia Plath se mettant à nu dans *La Cloche de détresse*. J'avais l'impression qu'il voyait à travers moi.

J'essayai d'en parler aux filles, mais elles levèrent les yeux au ciel et se regardèrent en me disant de la fermer. Je me mis à rire. « De toute façon, je crois que Price va se taper une des filles de la classe avant la fin de l'année. Il n'arrête pas de parler de son divorce. »

On passa le reste de la pause-déjeuner bras dessus, bras dessous à marcher en rond dans la cour en essayant de deviner qui ce serait. Elles ne pensèrent pas du tout à moi, elles croyaient même que ça pourrait être la Grosse Beth. Je pensais à Sylvia, à son impression d'être invisible, puis je pensais aux « phonies[1] » et j'arrêtais de penser parce que

1. « Hypocrites », « frimeurs », « faux jetons », « andouilles »... dont Holden Caulfield a horreur dans *L'Attrape-cœurs*. Le terme est récurrent dans la version originale mais traduit de manière variable en français.

je devais aider à trouver où Price et la Grosse Beth feraient leurs cochonneries.

Jenny était celle aux gros seins, Kate la bombe aux cheveux comme dans la pub Timotei et aux grands yeux bleus. Moi et Emma, on était simplement les autres blondes ou, plus méchamment, Binoclarde et Bouboule. C'était notre bande : Nichons, Bombasse, Binoclarde et Bouboule. Ce n'était pas très marrant d'être Binoclarde, mais au moins je n'étais pas Bouboule.

Jenny et Kate se trouvèrent des copains et les choses changèrent. Les garçons vivaient dans un B&B près du front de mer. Le petit ami de Jenny avait vingt-huit ans, celui de Kate vingt-cinq. Ils racontaient qu'ils allaient rester jusqu'à l'été, période où ils trouveraient du boulot, mais le B&B était plein de types comme eux. Les murs gris de leurs chambres étaient tapissés de posters de Tupac et de Pamela Anderson, des canettes de bière vides et des chaussettes sales côtoyaient des matelas encore plus sales, et c'était à peu près tout ce qu'on y trouvait.

Reggie, le petit ami de Jenny, possédait un radio-cassette. On s'entassait dans sa chambre, on donnait notre argent de poche pour acheter de la tise, on se cuitait en écoutant Coolio, puis on baisait.

Emma ou moi, on se retrouvait en général avec Mark, tellement flemmard qu'il ne le faisait jamais autrement qu'avec la fille au-dessus, ou avec Dany Planplan qui ne voulait rien de plus qu'une branlette, et même alors il gardait les yeux fermés tout le temps et se balançait d'avant en arrière. J'étais la première choisie et Emma prenait ce qui restait, autre raison pour laquelle il valait mieux être Binoclarde que Bouboule.

Quand les gars avaient assez de fric pour une pinte, on remontait King Street et ils nous emmenaient au Brunswick ou au Club 151. Une fois qu'on avait acheté une boisson, et les videurs s'assuraient qu'on le faisait, on passait le reste de la soirée à finir les fonds de verre, et c'était bien comme ça, sauf quand on tombait, au fond d'une bouteille, sur un mégot détrempé qui nous piquait la gorge.

Emma et moi, on faisait le concours de celle qui sortirait avec le plus de mecs ; on tortillait du cul et on écartait les jambes au rythme de la musique. En général, c'était moi qui gagnais. J'enlevais mes lunettes quand on allait en boîte. Ce n'était pas grave si je ne voyais rien, les mecs étaient tous pareils : silhouettes chaudes et indistinctes qui me frottaient la chatte sous les lumières de la boîte.

J'étais torchée, complètement rétamée, assise depuis une éternité sur le siège des toilettes, ma robe remontée à la taille, une lanière pendant à mon talon, et je fixai la porte en contre-plaqué, essayant de lire les graffitis au stylo.

Le père de Jenny lui avait donné un billet de vingt – peut-être parce qu'il avait une liaison – et on s'était payé deux bouteilles de vodka premier prix. Emma ne traînait plus avec nous.

J'étais aux chiottes de l'étage du milieu. C'était celui que squattaient les vieux pervers qui bavaient dans leurs pintes de John Smith's, la langue pendante.

C'était un Nouvel An de merde. Mark sortait avec une autre fille et, à minuit, je m'étais retrouvée à embrasser un gros mec en sueur qui respirait par la bouche. Jenny et Kate dansaient avec leur petit ami, et je traînais là depuis des heures en faisant mine de chercher mes potes et en me faisant mettre la main au cul par les vioques.

Je remontai mon slip et sortis en titubant. Il y avait une bagarre là où l'orchestre aurait dû jouer, mais il n'y avait pas d'orchestre ce soir-là. De toute façon, tout le monde avait l'air de préférer la bagarre. Le videur me regarda et je fonçai au sous-sol avant qu'il me demande ma carte d'identité. Ils attendaient toujours qu'on ait dépensé un peu de fric avant de nous virer.

Je n'étais encore jamais descendue à la « Crypt ». Reggie disait que c'était pour les freaks et les débiles. Les boissons renversées et la chaleur dégagée par les corps rendaient brillants les murs peints en noir. Tout le monde dansait sur Blur en tee-shirts moulants et en Gazelle Adidas. Ils avaient presque tous la même coiffure courte et tombante. Seule différence, les gars portaient des jeans et les filles des minijupes. Ils bondissaient tous et se faisaient des grimaces « ironiques », les bras encadrant leur visage, tandis que les gothiques autour d'eux sirotaient leurs boissons en les regardant, les yeux rétrécis par l'eye-liner, et attendaient qu'on passe une de leurs chansons beuglantes.

« Janie Ryan ? » C'était une fille gothique. « Merde alors ! Tu devrais pas être en haut avec les blondes à danser sur Boombastic ? »

Je plissai les yeux. La Grosse Beth. On avait quelques cours en commun, mais on ne s'était jamais parlé. C'était elle qu'on aurait bien vue baiser avec Mr Price.

« Beth ! » Je la serrai dans mes bras, mais son collier de chien me rentra dans la peau et je m'aperçus qu'elle ne me rendait pas mon étreinte. Elle se retourna vers ses copains, un amas de tissu noir parsemé d'yeux soulignés de khôl.

« Stand » de R.E.M. retentit et, avec un soupir général, la piste de danse se vida.

« J'adore cette chanson ! Viens, on danse. » J'envoyai valser mes chaussures à semelles compensées et je me mis à danser sur R.E.M., jambes écartées en roulant des hanches, pendant que Beth souriait devant moi, sans bouger, sauf de temps en temps pour regarder derrière elle et secouer la tête en direction de ses copains qui auraient peut-être ri s'ils n'avaient pas été gothiques.

Il avait du mascara, les cheveux hérissés et un tee-shirt avec le mot « Libre ? ».

« Allez, au moins une branlette. »

On était dans le box où j'étais assise plus tôt. Il souleva ma main et la posa sur son jean, mais j'avais du mal à bouger la tête pour rouler une pelle, alors ça encore moins.

Il me mit une main au cul et commença à s'astiquer de l'autre.

« Chtop ! » Je m'affalai sur lui.

« Bordel, qu'est-ce qu'il y a encore ? »

Il avait l'accent snob. Il recula un peu son visage, mais ses mains continuaient leur boulot, l'une sur sa queue, l'autre sur mon cul, comme lorsqu'on se tapote la tête en se frottant le ventre… vraiment impressionnant.

« Chouis pas sur ma robe. Elle est neuve.

— C'est une robe blanche.

— Oh. » Je baissai les yeux sur sa main qui s'affairait et sur ma robe tachée de *snakebite*. « Oui. »

Je gloussai et glissai contre le mur du box. C'est là que Jenny et Kate me trouvèrent à l'heure où on nous ficha dehors. Une vraie barre de rire.

Enfin, je crus qu'on riait. Jusqu'à ce que Jenny et Kate me taquinent là-dessus dès qu'on se retrouva au bahut et finalement lâchent le morceau en cours de bio, en me donnant des noms aussi précis que les scalpels avec lesquels on découpait nos fleurs. Elles me traitèrent de pute, échangèrent des sourires entendus et gênés, et me prirent mollement dans leurs bras en constatant qu'elles avaient touché le point sensible quand elles me firent pleurer avant le cours d'anglais.

« Sois pas conne, Janie, c'est pour rire. On se voit au déjeuner. »

Ce jour-là je pris ma décision après le cours d'anglais. Je n'allai pas m'asseoir à notre table habituelle à la cantine, boire de l'eau gazeuse aromatisée à la pêche et manger avec elles une assiette de frites. Au lieu de cela, je me dirigeai vers le bout de terrain derrière les préfabriqués. Pas le carré d'herbe près de la cabane de sports, couvert de mégots et de magazines pornos déchirés où traînaient ceux qui se la racontaient, mais le coin sombre et humide où il faisait toujours froid, même en été.

Elles étaient assises dans l'ombre, le dos rond, comme si leur cul s'était enraciné dans l'herbe détrempée. Je vis Beth qui partageait ses écouteurs avec une fille qu'on appelait Grignote. Mes talons s'enfonçaient dans le sol spongieux et, avant que j'arrive près d'elles, avant qu'elles lèvent la tête et s'effraient à la vue d'un intrus, j'aurais simplement pu faire demi-tour. J'aurais pu partir me mettre des couches de gloss et médire sur Sarah Tucker qui était une vraie salope. Mais alors Beth se leva, se tourna vers moi avec un demi-sourire et ôta l'écouteur de l'oreille de Grignote. Elle ne savait pas si je venais faire des histoires, mais elle souriait toujours et je compris que je continuerais à déserter la cantine pour aller vers le suicide social.

Je ne sais pas vraiment ce qui me poussa. Le truc avec Beth, c'est que je n'ai jamais pensé qu'elle attendait l'occasion de me poignarder dans le dos, de me piquer mon petit ami, de me dire que j'avais un gros cul, ou que je devrais écraser mon bouton « parce que c'est dégueulasse », comme le faisait la bande des blondes.

C'est vrai que si on avait rendez-vous devant le McDo et qu'elle arrivait la première, elle criait à tue-tête : « Ohé, connasse ! Salope ! Par ici ! » Mais c'était toujours accompagné d'un sourire découvrant le rouleau de graisse sous son cou et la fossette profonde sur sa joue droite. Incroyable, les horreurs qu'on peut dire d'un air parfaitement innocent quand on a une fossette.

Beth s'efforçait de passer pour une dure, avec ses tatouages de boussoles, ses lèvres fines et violettes et ses bijoux pointus, mais je ne la vis jamais croiser un chien, même puant et mouillé, sans enfouir la tête dans son pelage. Elle cédait toujours sa place aux vieux dans le bus Flying Banana jaune vif, même si elle la proposait par un signe de tête brutal et regardait droit devant elle quand on la remerciait, tripotant avec sa langue le piercing de sa lèvre, de sorte que le pauvre vieux con ne savait plus où regarder.

Son corps la trahissait, de toute façon. Elle avait beau le peindre et l'habiller, et peu importait le nombre de cicatrices argentées qui couvraient ses bras et la quantité de noir qu'elle étalait autour de ses yeux, son corps était doux et chaud. Il bougeait parfois comme si elle ne s'en rendait pas compte et je retrouvais une main dans la mienne ou ses cheveux noirs et raides, dont l'odeur de laque me montait au nez, me chatouillant le cou, sa tête posée sur mon épaule.

Je pense qu'elle dégageait un sentiment de sécurité. Elle me racontait des secrets d'une voix grave et monotone, ne me demandant rien en échange. Elle avait un cochon d'Inde, Gomez, qu'elle brossait tous les soirs dans sa chambre pendant que sa mère et son père se disputaient en bas, comme on lui avait conseillé de le faire à l'hôpital pour les jours où elle avait envie de se faire mal. Les murs de sa chambre étaient tapissés de photos découpées dans des brochures de voyage, surtout de Grèce, mais il y en avait aussi une des îles Canaries. Beth voulait quitter Yarmouth pour faire mieux et moi aussi. Je ne pensais pas qu'elle essaierait de me baiser si on partait ensemble.

Je n'eus pas non plus à évincer quelqu'un pour me rapprocher d'elle. Grignote se fichait que je sois la nouvelle copine de Beth. Grignote avait une trousse de vernis à ongles et passait toute la journée de classe à se faire les ongles de toutes les couleurs de l'arc-en-ciel, puis à gratter le vernis avec ses grandes dents de devant. Elle avait les yeux écartés, à demi fermés, et un sourire comme le chat du Cheshire, toujours moucheté de rose, bleu et jaune. On racontait en rigolant que son petit ami « Gay Gordon » devait chier des crottes multicolores avec tout le vernis qu'il avalait quand il lui passait la langue tout autour de la bouche dans la cour.

Gordon, houppe de cheveux orange et poignets minces. Avant de rouler une pelle à Grignote, bouche ouverte, langue visible, il s'assurait toujours qu'il y avait du monde autour, puis il crispait la mâchoire, plissait les yeux et plongeait. Grignote adorait être au centre de l'attention, elle le faisait pratiquement jouir sur place pendant qu'on levait les yeux au ciel. Elle murmurait distinctement qu'ils essayaient chaque fois « la position de la quinzaine » de *More Magazine*, « son doigt et sa queue, tout au fond dedans, mes jambes écartées en haut ».

Elle s'interrompait, remarquait nos visages sans expression, incrédules. Quelquefois, Beth faisait éclater une bulle de chewing-gum pour montrer à quel point entendre parler de la queue de Gordon l'ennuyait, et Grignote haussait la voix.

« Deux doigts et une queue ! Ça fait à peu près la taille. Le dites à personne… je veux pas qu'on me prenne pour une salope. »

Grignote ne remarqua jamais que Gordon n'avait que des photos de groupes de mecs dans son classeur et que, s'il y avait un match de foot sur le terrain, il regardait dix minutes puis disparaissait, un peu penché en avant, et revenait tout rouge et silencieux, les mains s'agitant au fond de ses poches. Il était entendu qu'on faisait tous comme si on ne remarquait rien.

D'autres allaient et venaient. Soit ils dérivaient vers des groupes plus petits, soit ils décidaient qu'ils seraient moins visibles dans un coin de la bibliothèque ou marchant tout seuls dans les couloirs aux heures de pause. Diana la Roumaine, plus grande que tous les gars, qui portait un uniforme de garçon, ne disait jamais un mot, et se contentait de se tenir un peu en dehors, avec un sourire amer sous ses épais sourcils noirs. Ou Shane, un gros dont la mère devait être sadique parce que tous ses pulls et ses tee-shirts remontaient et laissaient voir trois centimètres de gras. Mais c'était en fait nous quatre, Beth, Grignote, Gordon et moi, assis sur le terrain, sans trop nous observer et sans nous mêler des problèmes des autres si jamais des élèves nous regardaient de trop près et n'aimaient pas ou ne comprenaient pas ce qu'ils voyaient.

Tout se passa bien pourtant. Beth hébergeait la bande du Brunswick le week-end, des gothiques d'autres écoles qui venaient le vendredi de petits villages comme Ormesby et dormaient par terre dans sa chambre aux murs couverts de photos brillantes de plages grecques et de buffets de petit déjeuner, laissant des traces de mascara sur la moquette et un tas de mégots sur le rebord de la fenêtre pour marquer leur passage.

Donc, je compris. Je compris, quand Beth leva la tête et me vit m'approcher dans l'herbe ce jour-là, qu'elle était vachement contente. Même si elle perdit son sourire, cracha d'un air désinvolte dans l'herbe devant elle et me regarda. « Tu t'assois ? Bordel, Grignote ! Arrête de faire du pied à Gordon et pousse-toi. » Je m'assis, Beth me montra sa fossette et me demanda ce que j'allais mettre cette semaine au Brunswick. Ce fut aussi simple que ça, j'avais rendu les choses à la fois bien plus agréables et bien plus difficiles.

18

C'était impensable, impardonnable. Me rétrograder moi-même, c'était comme tirer le mauvais cure-dent au Mika-Bille ou rater la prise au lasso au Bucka-roo. Du coup, les gens faisaient des pieds et des mains pour trouver un certain ordre et tous ceux qui suivaient les règles cherchaient à tâtons sous les meubles les billes et les petits équipements en plastique du cow-boy[1].

Je quittai un groupe de blondes presque populaires et me mis à traîner avec les freaks qui chantaient du Green Day dans la cour à la pause déjeuner. Je me tatouai moi-même au compas, enlevai mes bijoux dorés et les remplaçai par des colliers couleur bonbon à un penny et par vingt bracelets en caoutchouc noir sur chaque bras.

On avait quinze ans, on changeait tout le temps : pas de poitrine puis bonnets E, boulotte puis baisable, vierge puis enceinte. Le problème n'était pas que j'avais changé, mais que j'avais bouleversé l'ordre naturel. J'avais régressé et ça méritait une punition.

Jenny et Kate ouvrirent le bal et les rumeurs se propagèrent à la cantine.

1. Éléments des jeux cités plus haut.

« Janie Ryan a baisé avec un mec pendant que Jenny et son petit ami étaient dans le même lit. »

« Janie Ryan a des morpions/le sida/un herpès. »

« Janie Ryan a sucé un gars dans les chiottes du Brunswick. Elle avale. »

J'essayais d'en rire dans l'espoir que ça se tasserait, mais on ne voulait ni rires ni répliques futées, on ne voulait pas que ça se tasse, on voulait ma peau.

« Oui, et alors, bordel ? » C'est ce que je répondais toujours. Il restait à peine plus d'un mois avant les vacances, je pouvais tenir. Je gardais la tête haute et les lèvres serrées quand on me poignardait dans le dos à coups de crayon et de compas pendant les cours, quand on étalait de la merde de chien sur ma veste en jean et m'aspergeait de déodorant.

« Qu'est-ce qu'y a ? Tu devrais dire *merci*, c'est de l'Impulse. Tu pues le sperme. »

J'étais seule. Beth, Grignote, le pauvre foutu Gay Gordon avaient aussi leurs problèmes, tout comme les professeurs qui considéraient tout cela avec une moue excédée en levant les yeux au ciel. « Oui, oui, très drôle. Revenons-en à Mussolini. »

Je n'en parlai pas à maman, mais elle devina sans doute. « Comment t'as fait pour tomber encore dans de la merde de chien, Janie ? » Elle avait l'air usée, elle arrivait tout juste à faire les courses de la semaine et à attacher en queue-de-cheval les cheveux fous de Tiny le matin. Je ne voulais pas être le petit plus qui la ferait craquer complètement.

Beth voyait bien ce qui se passait, mais comme pour les petites croûtes sur ses bras, elle grattait les bords mais ne creusait jamais profondément. « Oublie-les. C'est des cons. Viens, on va parler de nos projets, si on prend l'avion on va où ? Oh, putain ! Pleure pas. »

Je me mordais les joues jusqu'à sentir un goût de métal et j'attendais tous les jours que la cloche sonne. Quand ça devenait trop dur, quand mon cœur cognait dans ma poitrine et que ma vessie se relâchait au point que je ne savais pas ce que je ferais si je devais subir une autre petite cruauté bien ajustée le même jour, je filais à la bibliothèque.

La bibliothèque municipale se trouvait dans le même bâtiment que l'aide sociale. Des filles pâles avec des poussettes crasseuses et des types maigres en vestes Kappa déchirées faisaient la queue dehors, tenant leur ticket d'une main et leur clope roulée de l'autre. Je savais qui était vraiment fauché rien qu'à leur visage crispé comme l'avait été celui de maman.

L'aide sociale me faisait penser aux bâtiments carrés et massifs, pleins d'impacts de balles, qu'ils montraient dans *Blue Peter* quand ils organisaient des ventes de charité pour les orphelins roumains. Ils ne tournaient sans doute même pas les séquences là-bas, ils se contentaient d'envoyer une équipe devant la bibliothèque de Yarmouth et attendaient qu'un gosse morveux au regard vide pique une colère et se jette sur le trottoir pour faire un gros plan sur lui.

Les jours où c'était trop dur, où je me mordais la lèvre et mangeais les petites peaux de mes ongles jusqu'au sang en me retenant de pleurer, j'attrapais le bus pour aller en ville, ôtais ma cravate, boutonnais ma veste en jean jusqu'en haut, et j'essayais de respirer pour évacuer la panique qui s'infiltrait jusque dans mes doigts, dans mes articulations, pour ne souffler qu'une fois assez loin de l'école. Si les bibliothécaires se doutaient que je séchais, ils n'en dirent jamais rien. Ils comprenaient peut-être que j'apprenais plus de choses durant ces après-midi qu'en assistant aux cours d'économie domestique ou d'éducation religieuse tout en entendant les autres chuchoter que je puais de la chatte.

On crevait toujours de chaud dans la bibliothèque déserte. Je voyais parfois une vieille toquée avec un foulard, qui sentait la pisse et les ventes de charité, les bras chargés de livres de Mary Higgins Clark, ou une mère éreintée avec ses gosses, mais la plupart du temps il n'y avait que moi, les livres, l'atmosphère dense et le silence.

Je parcourais les allées en passant les doigts sur le dos des livres. Je trouvais le mot « dos » approprié parce que c'était comme promener les doigts sur un dos maigre et sentir les bosses de la colonne vertébrale.

Je passais des heures à choisir les livres ; la bibliothèque était une bulle, l'extérieur n'existait pas. Je choisissais les noms, regardais la couverture, passais le doigt sur les lettres noires des premières lignes et m'aventurais à la dernière page avant de refermer le volume juste au moment où mes yeux tombaient sur les mots de la fin.

Il y avait deux bibliothécaires, mais Dieu seul savait ce qu'ils faisaient à part boire du thé. Les cheveux gris et clairsemés de la femme formaient une choucroute creuse qui aurait pu servir de refuge à un petit animal. J'imaginais ses seins remontés en cônes jumeaux et lâchant des obus si on rendait les livres en retard. Les mains rouges de l'autre, un type plus vieux, se desquamaient et des pellicules tombaient de son crâne chaque fois qu'il apposait son tampon, s'amassant dans les plis de son nœud papillon. Tout le thé qu'ils buvaient donnait à leur haleine une odeur de navet, mais ils avaient la délicatesse de détourner le regard quand j'apportais ma pile de livres au comptoir, les yeux gonflés et pleins de larmes. L'idée qu'ils formaient un couple me plaisait. Un jour, je le vis avancer le bout de sa chaussure pour rencontrer l'espadrille bordeaux de la femme tandis qu'ils se tenaient côte à côte derrière le comptoir, les jambes un peu écartées, leurs orteils se touchant, sirotant leur thé et tamponnant les livres comme à leur habitude.

J'ignore pourquoi les larmes me montaient aux yeux. J'étais triste de partir, peut-être, ou contente d'être là. Contente d'avoir des mots à emporter, des histoires venues d'ailleurs, pas seulement celles de Great Yarmouth. Pas seulement des mensonges à mon sujet.

Maman comprenait l'importance des livres pour moi.

« T'es tellement intelligente. Ça doit venir de ton père. Il adorait la poésie.

— Et la gnôle.

— Et la gnôle, oui, mais t'es assez intelligente pour prendre les bons côtés et laisser le reste, Janie. »

Mais je n'ai jamais su si c'était vrai et, à part maman, ces deux bibliothécaires étaient les seuls à comprendre la quantité d'espoir qui s'accrochait à ces livres.

Je réussis à tenir jusqu'au dernier jour de classe. Je pris un des bus Banana, émoustillée par la perspective de six semaines à travailler et à picoler, et ils montèrent une station après moi. Ils étaient cinq : quatre filles et un de leurs copains, Danny, qui rigolait avec moi avant que je me transforme en freak.

Ils s'assirent derrière moi et mes muscles se figèrent. Ils débordaient d'énergie ; on la sentait déformer les vitres, faire fondre le plastique des sièges. Une odeur de marqueur me monta au nez et je l'entendis grincer sur la vitre.

« T'as entendu parler de cette fille ? dit Sarah d'une voix forte et railleuse.

— Qui ? Janie, ce thon ? La pouf que tout le monde détestait ? ajouta Heidi.

— Ouais, celle qui puait le poisson et qui ouvrait tout le temps les jambes. Elle est morte. »

J'essayais de ne pas bouger, je gardais les yeux fixés sur un point de la vitre, mais je voyais le reflet de leurs sourires.

« Eh oui. » Danny, le salaud, criait plus fort que les filles et faisait grincer son marqueur. Quand on était copains, il m'avait demandé un jour si son haleine sentait l'oignon après avoir mangé un sachet de chips. Il m'avait soufflé à la figure son haleine tiède qui puait le fromage. « On l'a poignardée. Sur le front de mer. »

La sueur me picotait sous ma chemise, des gouttelettes se formaient sur ma lèvre, mais je ne pouvais pas lever la main pour l'essuyer. Le bus était plein. Tout le monde savait qu'ils parlaient de moi.

Une retraitée debout avec un Caddie écossais leur lança un regard mauvais ; elle ne pouvait pas savoir que ça ne ferait qu'aggraver les choses, qu'ils avaient capté l'attention.

« Ouais, reprit Sarah. Elle a été violée. »

Ils gloussèrent fort, des rires forcés qui me giflèrent la nuque.

« Non, non ! Il voulait la violer, mais il a jeté un coup d'œil à sa gueule de thon et à sa touffe pleine de morpions et il a préféré la poignarder. »

Ils rirent encore plus fort. Les gens se retournèrent. « Elle était trop moche pour vivre ! »

Leur rire n'était plus forcé, ils se le communiquaient et se le renvoyaient, ils avaient du mal à respirer et à reprendre leur souffle. Les passagers soupiraient d'un air désapprobateur, secouaient la tête en se regardant, et les rires s'amplifiaient.

L'une des filles, sans doute Heidi, n'arrêtait pas de me donner des coups dans le dos. « Hé, hé ! »

J'avais les joues en feu. Mes oreilles devaient être incandescentes. « Allez vous faire foutre. »

Si doucement qu'ils n'entendirent pas. Les coups dans mon dos se transformèrent en petites tapes sur la tête. « Allez vous faire foutre ! » Je criai et tournai la tête de quelques centimètres, mais quelques centimètres suffirent.

« Oh, regardez ! Elle pleure. »

Danny prit une voix de bébé et fit la moue. Des larmes enflèrent au bord de mes paupières. Je bousculai la femme au Caddie écossais et descendis en trombe à l'arrêt suivant.

Je sanglotais avant même le départ du bus, je ne pouvais retenir mes larmes. Ils rirent en me voyant et montrèrent la vitre arrière où ils avaient écrit : « Janie Ryan se fait enculer » en grosses lettres rondes. Le e était à l'envers, pauvres connards. Je fis le reste du chemin à pied en essuyant les traces de mascara sur mes joues et en remerciant Dieu d'être en vacances pour six semaines.

Je vis davantage maman pendant les vacances. Je veux dire par là que je passai plus de temps avec elle mais aussi qu'il y avait plus à voir chez elle. On alla dans les boutiques d'Oxfam et de la Spastics Society où je m'achetai une veste en velours vert bouteille, des chemises en polyester des années soixante-dix couvertes de motifs dégoulinants et absorbant la sueur, et des pantalons pattes d'éléphant qui me donnaient des décharges d'électricité statique quand je courais pour attraper le bus. Avec mes lunettes, je trouvais que je ressemblais à Jarvis Cocker en plus sexy, même si je devais reconnaître qu'on avait sans doute des seins de la même taille. J'étais une indie, je ne serais jamais une gothique, je n'étais pas assez malheureuse. Je me baladais avec *Melody Maker* et troquais mes semelles compensées pour des Gazelle. Mon changement de look ne concernait que les détails.

Maman semblait vachement contente de cette transformation, ravie sans doute que je n'aie pas la même allure que les autres filles de la cité.

« Moi aussi je lançais la mode, tu sais, à Aberdeen. J'ai rapporté tout le style de Portobello Road.

— Quand tu étais avec papa ? Comment il s'habillait ? Vous étiez hippies ?

— Non, il était trop vieux pour être hippie, quarante et quelques quand je l'ai connu. Mais il avait de l'allure et moi, je mettais des pantalons pattes d'eph' ou des jupes longues et amples. J'avais une robe dorée et transparente, incroyable. Je la mettais sans soutien-gorge et on ne me quittait pas des yeux. Tu peux pas te rendre compte aujourd'hui, mais... »

Sa voix se perdit, mais je n'écoutais pas, je zappais d'une chaîne à l'autre à la recherche de *Friends*. Je m'imaginais blonde et bronzée si jamais je trouvais mon père et qu'il accepte que je vive chez lui. Maman posa son pied sur mes genoux et alluma une clope.

« J'étais une bombe, exactement comme toi. Surtout maintenant que t'as moins l'air d'une de ces putes de Yarco.

— Maman ! Je leur ai jamais ressemblé. Je suis à moitié américaine et je pense que ça se voit. »

Maman eut un petit rire. « T'as raison, Janie, t'es bien mieux qu'elles et tu dois pas l'oublier. Tu veux bien me masser les pieds ? »

On buvait du thé, assises ensemble, on riait, on regardait des jeunes Américains boire du café, rire. Comme j'étais de bonne humeur, je lui massai les pieds en appuyant avec les pouces sur la plante qui sentait un peu la levure, mais pas une mauvaise odeur, et maman penchait la tête en arrière, fermait les yeux et laissait le rire en boîte se glisser dans ses oreilles.

Elle avait raison de dire que personne ne pouvait se douter qu'elle avait été une bombe. Elle s'était mise à porter des survêtements achetés au marché, bleu ou rose layette, qui ramassaient les taches et dont les manches étaient toujours sales.

« Ils étaient pas chers. Et de toute façon, tout le monde se fout de ce que je porte. »

Voilà ce qu'elle déclara, l'air déçu, quand je levai les yeux au ciel devant ses achats. Je me serais bien coupé la langue lorsque je vis disparaître tout son plaisir d'avoir fait une bonne affaire. J'oubliais parfois qu'on était dans la même galère, mais elle mit quand même ses joggings.

Son visage s'était alourdi et affaissé, plus aucune trace des pommettes saillantes et des yeux cerclés de noir de mon enfance. Son corps aussi devait s'être alourdi et affaissé, mais on ne voyait pas bien sous le survêt. J'avais récupéré depuis longtemps le maquillage que je lui avais offert, même si elle me laissait quelquefois lui mettre un peu de blush quand on allait en ville.

Maman se fichait de ses vêtements, elle ressemblait de plus en plus chaque jour à une mère de Yarmouth. Quelques sacs de supermarché et elle serait parfaitement dans le ton.

« Maman, pourquoi tu jettes pas un coup d'œil aux annonces de rencontres ? »

Elle cherchait du travail pour la saison estivale dans l'*Advertiser*, pendant que Tiny coloriait et que *La Tournée des antiquaires* beuglait dans un coin de la pièce.

« Ben voyons, Janie. » Elle ne leva pas la tête, mordilla son stylo, puis le remplaça par une bouffée de sa clope roulée.

« Je veux dire, maman, t'es encore jeune, enfin, pas vieille en tout cas, et on pourrait te faire belle pour que tu rencontres un type bien. C'est pas parce que mon père s'est tiré, que Tony était dingue et que Doug était un raté...

— Janie ! Tu pourrais pas la fermer ? » Elle donna une petite tape au journal.

« Tiens, regarde. Je lis et tu dis juste "Oui" ou "Même pas en rêve". »

Elle leva les yeux au ciel et me passa le journal. Tiny abandonna ses crayons et pivota sur son petit ventre rond pour mieux voir.

« Bon. "Homme d'âge mûr cherche BSDH." Qu'est-ce que ça veut dire ?

— Bon sens de l'humour. De toute façon pas d'"homme d'âge mûr". J'ai seulement trente ans et quelques.

— D'accord, et "Cherche dame pétillante à l'esprit ouvert pour..."

— Pétillante ? Seigneur.

— Bon, très bien. Une autre… »

Les yeux de maman et de Tiny étaient maintenant fixés sur moi. Je sautai le « bon couple sain » et la « belle femme bien en chair »…

Tiny avança de quelques centimètres en se tortillant et posa le menton entre les genoux de maman pour nous regarder de ses grands yeux de phoque. « Tu vas trouver un nouveau copain dans le journal ? Tu pourrais pas juste sortir avec mon papa ? »

Maman lui caressa les cheveux. « Non, Tiny, ta sœur est dingue. Trop d'imagination, c'est ça son problème. »

Je froissai le journal. « C'est une qualité, en fait, Tiny. En tout cas, écoute ça : "Homme 40 ans, doux, intelligent, cherche personne intéressante pour soirées avec bons repas, musique, amitiés et plus si affinités." »

Maman tendit le cou pour regarder. « Où elle est celle-là ?

— Ici : "Rencontres entre hommes".

— Ouais, vachement drôle, Janie. J'suis contente que ta mère te fasse rire autant. De toute façon, j'suis mieux toute seule.

— Non, c'est pas vrai, m'man. Faudrait que tu rencontres quelqu'un ou que tu sortes un peu. »

Elle repoussa la tête de Tiny et me tourna le dos pour faire face au cendrier. Épaules contractées, elle se roula une autre clope, écarta le journal et se couvrit le visage. « T'es une gamine, Janie. Tu sais rien de la vie.

— Je disais ça comme ça. Tu pourrais aussi te faire des copines et sortir, et peut-être trouver un meilleur boulot que femme de ménage cet été. Le Flamingo Arcade cherche des caissières. Tu pourrais te faire couper les cheveux, et même une permanente, te mettre au Slimfast et... »

Maman posa brutalement le journal. « Ça suffit pas que j'aille nettoyer les chiottes des autres, que cet appart soit rangé et qu'il y ait à manger dans le frigo ? J'ai pas besoin des leçons de mon ado de fille, merci beaucoup.

— Faut bien que quelqu'un te le dise parce que tu ne sors presque plus, sauf pour faire les courses et aller travailler. Et, maman, c'est vrai, tu deviens énorme et bientôt, c'est pas les ceintures élastiques qui pourront le cacher. »

Tiny se leva. « T'es pas énorme, maman ! Janie est bête et méchante. »

Tiny tendit la main et tapota le ventre de maman. Maman se tourna vers la télé dans le coin. Elle était toujours allumée, une personne supplémentaire vers qui se tourner quand on en avait marre les unes des autres. Je ne voyais pas la peine sur son visage, mais je vis qu'elle rentrait le ventre. « Excuse, maman, je veux juste que tu sois heureuse. Qu'est-ce que tu vas faire quand on sera parties ? Ce serait bien si tu avais quelqu'un. »

Maman se retourna et prit une brève bouffée de sa clope pour atténuer son air blessé. « Janie, je me mêle pas de tes affaires et je veux pas que tu te mêles des miennes. C'est comme ça que ça marche. »

Je ne répondis pas, repris l'*Adviser* et l'ouvris à la page des emplois. Personne ne lui demandait de ne pas se mêler de mes affaires. En fait, quelquefois, j'aurais bien voulu qu'elle y mette son nez.

« Bon. Je vais faire un somme. Réveillez-moi quand *Coronation Street* commence et mettez les Fray Bentos et les frites au four vingt minutes avant. »

Elle me fit un baiser sur la tête, je sentis son odeur de clopes roulées et de sueur, puis elle alla dans la chambre en traînant les pieds dans ses chaussons et son survêtement et elle s'enferma dans le noir pendant les trois dernières heures de beau soleil de l'après-midi.

En entourant les annonces recherchant des serveuses, je me rendis compte que l'époque où maman rebondissait était terminée, qu'elle se contentait de rouler jusqu'au jour où elle s'arrêterait. Puis je me dis que je réussirais sans doute à devenir une gothique malheureuse après tout, mais alors Tiny grimpa à côté de moi. « T'es pas vraiment bête et méchante. »

Elle fourra la tête sous mon bras et se mit à chanter doucement « Three Lions ».

Les Grecs possédaient presque tous les cafés du front de mer. Ils avaient tous des noms comme « Olympia Grill » ou « Athena's Chips Shack ».

Je trouvai du travail à l'Acropolis Cafe. J'étais une vraie serveuse avec un tablier et un bloc-notes à moi. Mon salaire grimpa à deux livres de l'heure plus les pourboires. C'était bien de travailler pour les Grecs, ils ne vous volaient pas, mais tout le monde savait que, si on en faisait chier un seul, on ne pouvait plus bosser pour un autre, et ils avaient un caractère à côté duquel le caractère Ryan n'avait qu'à bien se tenir.

Je travaillais avec deux sœurs roumaines. L'une était grande, très belle et une vraie salope quand il s'agissait de partager les pourboires. L'autre était une petite boulotte, aussi douce et tendre qu'un glaçage au sucre. On surprenait souvent la grande garce qui empochait une pile de petites pièces sur une table en marmonnant : « J'ai un diplôme universitaire avec mention. »

Après le travail, Beth, qui s'occupait du stand de fléchettes sur Britannia Pier, venait me retrouver. On se changeait dans les toilettes en se cognant les genoux contre le lavabo quand on essayait d'enfiler nos chaussures à talons et en s'aspergeant d'Impulse sous nos jupes. On descendait quelques shots de sambuca dans n'importe quel club où il pouvait y avoir des touristes, et on se faisait draguer. On dansait, on sortait peut-être avec un ou deux types, puis on rentrait chez moi en titubant à 3 heures du mat, on dormait quelques heures et on retournait travailler quatorze heures le lendemain.

Quand j'avais un jour de congé et trop la gueule de bois pour aller en ville, je m'allongeais sur le canapé toute la journée et je lisais ou regardais *Angela, 15 ans* ou *X Files*. Je me forçais à me rappeler que je ne ressemblais à personne à Yarmouth ; j'étais américaine et je pouvais partir vivre là-bas quand je voulais, aller à des rendez-vous, traîner dans des *diners*, être bronzée pour la première fois de ma vie au lieu d'avoir la peau rose vif et des cloques. Quelquefois ça marchait et j'avais l'impression que les murs s'effondraient et disparaissaient autour de moi. Je me retrouvais transportée dans des lieux où les gens faisaient ce qu'ils voulaient, des lieux où des trucs agréables arrivaient à des gens gentils. Mais d'autres fois, c'était seulement pareil que dans mes livres, des mots et des histoires, et quand j'essayais de retrouver ces moments d'excitation, cette sensation électrique, je me sentais simplement un peu vide, comme s'il me fallait quelques shots ou baiser un bon coup. Ces séries et ces livres étaient un bleu sur lequel je n'arrêtais pas d'appuyer et j'y revenais sans cesse tout au long de l'été. Même si j'étais complètement à l'ouest, si je m'étais laissé baiser par un inconnu ou si je m'étais bourré la gueule le soir d'avant, je finissais toujours par tourner les pages ou passer d'une chaîne à l'autre, et j'espérais. Et les jours où la magie n'opérait pas, l'impression de vide s'infiltrait jusque dans mes os et me fichais une trouille terrible.

Maman réussit finalement à obtenir un HLM pendant l'été et on déménagea à Barracks Estate. C'était si près de Pleasure Beach qu'on sentait les oignons en train de frire et qu'on entendait les hurlements qui venaient des montagnes russes quand on allait aux chiottes.

J'obtins ma propre chambre que je couvris de posters d'Oasis, et maman un jardin avec une triste touffe d'herbe de la pampa au milieu. Maman semblait contente de passer son temps au jardin ensoleillé pendant que je travaillais et que Tiny courait dans la cité avec les autres gamins ou bien allait voir Doug dans son meublé quelques rues plus loin. J'avais espéré que maman se ferait quelques copines, mais en pensant à Pam, la voisine, si grosse qu'elle allait à la boutique d'alcools en fauteuil roulant électrique et revenait avec, accrochés aux poignées, des sacs en plastique qui tintaient, je me dis que maman était sans doute mieux toute seule, même si Pam s'était montrée amicale, ce qui n'était pas le cas de ma mère.

Quelquefois, on avait le même jour de congé avec Beth.

« On est comme une famille maintenant, toi et moi. Tu me connais mieux que ma mère et pareil pour moi. Des fois, j'ai envie qu'on reste sur la plage ensemble et qu'on ne rentre pas le soir », lui dis-je.

Beth, qui dessinait des moustaches sur une photo de Sophie Ellis Bextor, m'adressa un regard dur derrière son eye-liner, traça une bulle contre la bouche de Sophie et écrivit : « Tu veux niquer, pasteur ? »

Beth n'aimait pas trop montrer ses sentiments, mais je savais qu'elle était triste elle aussi à mesure que les journées se rafraîchissaient. Cet été-là, nous étions plus proches l'une de l'autre que de nos familles et nous nous sentions davantage chez nous à la plage qu'à la maison.

On allait à la plage manger des glaces et des cornets de frites, prendre le soleil enduites d'huile pour bébé. On y retrouvait les autres freaks, et on allait, torchées, sous Britannia Pier pour baiser n'importe comment avec des touristes qui reprenaient le car le lendemain et rentraient chez eux. On se moquait de leurs queues pas vaillantes ou des drôles de bruits qu'ils faisaient en pleine action.

Pendant ces six semaines, on apprit à tout connaître l'une de l'autre sans même le chercher. À la fin de l'été, j'avais une marque rouge sur le nez que le fond de teint n'arrivait pas à masquer et Beth avait des nausées le matin.

On savait toutes les deux qu'on ne vivrait plus jamais un été comme celui-là.

19

Ils firent venir des mères ados gênées pour nous parler. Elles étaient là, en pull informe sans vraie couleur, à marmonner que si seulement elles avaient utilisé la contraception/attendu de trouver quelqu'un de bien/terminé leurs GCSE[1] ; mais elles finissaient toutes par dire que Marky/Chantal/Moira était ce qui leur était arrivé de mieux dans la vie.

La semaine suivante, une infirmière nous montra comment enfiler une capote sur une banane les yeux bandés. Ils mettaient vraiment le paquet sur l'éducation sexuelle, mais c'était un peu comme sortir un extincteur alors que les gamins de la cité avaient déjà tout fait cramer. On était tous « sexuellement actifs » depuis au moins deux ans, et encore pour les plus en retard.

Beth n'était pas la seule à revenir de vacances avec plus qu'un bronzage. Incroyable le nombre de filles qui portaient le pull d'uniforme de leur mec et se plaignaient d'avoir des envies et puis mal au dos. On disait que c'était une épidémie ou que ça

1. Certificat général de l'enseignement secondaire. On passe un GCSE par matière à la fin de l'enseignement général obligatoire (fin de l'équivalent de la seconde).

avait un rapport avec les marées, « tant de filles négligentes la même année ». Pas un mot sur les gars négligents.

« Je parie que le directeur est furax. » J'étais assise avec Beth derrière la salle de musique. On faisait mine de traîner, mais en réalité on se cachait sur les marches dans l'ombre.

« Comment ça ?

— La moitié des filles de seconde est en cloque, ça fait mauvais genre pour l'école.

— Putain, qu'est-ce que t'essaies de me dire ? » Elle était devenue vraiment susceptible depuis qu'elle le savait. On avait fait le test dans les toilettes du McDonald's et ensuite je lui avais payé un Happy Meal. Elle avait mangé ses nuggets sans dire un mot, puis je lui avais donné mon jouet à mettre de côté pour le bébé.

« Qu'est-ce que tu veux qu'il foute d'un Petit Poney ?

— C'est peut-être une fille. Tu sais de qui il est ?

— Qu'est-ce que ça peut foutre ? C'est le mien, maintenant, merde, que ça me plaise ou pas. » En pleurs, elle était sortie du McDo en courant et, quand j'avais voulu la rejoindre, elle m'avait crié de me casser. Personne n'avait levé le nez de son Big Mac, ils avaient entendu pire chez les jeunes.

Maintenant, assise sur les marches, je me disais qu'elle risquait de recommencer. « Bon sang, je dis pas ça pour t'emmerder. » Je voyais des petites taches noires sur sa blouse. « Tu te coupes de nouveau ? »

Elle haussa les épaules, tira sur sa manche avec ses ongles ébréchés vernis de noir. « Tu cherches vraiment à me faire chier aujourd'hui ? »

Je ne lui répondis pas. Je fis claquer l'élastique de mon collier sur mon cou. « T'as déjà décidé ?

— Je vais le garder, je pense. » Je l'observai, avec ses taches de sang et ses ongles rongés. Elle allait être la maman de quelqu'un. Elle croisa mon regard et me fit un pauvre sourire. « Puisque toutes les filles cool vont en avoir un. »

Elle eut un rire brusque et lourd qui tomba sur le sol entre nous. Quand la cloche sonna, j'étais contente d'aller en cours, même en maths.

On vivait pour les week-ends. Je supportais toutes leurs conneries qui n'avaient pas cessé après l'été mais restaient toujours les mêmes, et je vivais pour les vendredis soir au Brunswick.

Toute la semaine, on parlait de ce qui s'était passé le vendredi précédent, de ceux avec qui on allait sortir, de celle qui était une salope et méritait des baffes et de ce qu'on allait mettre, même si pour Beth c'était toujours ample et noir, et pour moi court et sexy.

Après cinq jours à me faire toute petite, à m'écraser, à essayer de me fondre dans les murs et de disparaître dans la moquette, j'allais au Brunswick et je n'en avais plus rien à foutre. Être vue, être regardée et donner autant que je recevais.

Les shots me brûlaient la gorge et je buvais jusqu'à me retrouver allongée sur le dos. Complètement bourrée ou avec quelqu'un au-dessus, peu importait. Ce qu'il fallait, c'était démolir la semaine.

Ce vendredi-là, j'étais bourrée comme d'habitude, mais pas torchée. Je marchais devant dans Market Square avec les gars du groupe Toe Jam, essayant de les impressionner en disant que Jo Whiley était vraiment ringarde, et je me retrouvai sur le cul. Le batteur efflanqué m'aida à me relever. J'étais suffisamment bourrée et tellement contente d'être en route pour ma première nuit blanche en boîte que je me payai un réverbère. Gordon et Beth applaudirent en criant derrière moi : « C'est ce que j'appelle un coup de boule ! »

On allait vers les docks et chaque fois qu'on passait devant un réverbère, ils criaient : « Attention, Janie ! » Les docks étaient déserts pendant la journée, à part un gars qui soulevait de la fonte dans un dépôt de pneus, et la nuit on ne voyait bouger que la marquise rouge et déchirée du bar : elle claquait au loin et nous faisait signe d'entrer.

Gordon traînait derrière, les mains dans les poches.

« Vous êtes sûrs qu'on peut y aller ? Je veux dire, y a pas de problème si on entre ? »

Le chanteur tourna un peu la tête sans quitter des yeux les nichons de Beth, comme tout au long de son passage sur scène. « Oui, je te l'ai dit. Trevor, le propriétaire, est cool. Je lui file de la came de temps en temps. Venez. »

Il tira Beth par la main et se mit à courir. On le suivit tous, nos exclamations et nos rires se répercutant sur les longues carcasses vides des bâtiments. On frappa à l'épaisse porte en métal de Dick Van Dykes, unique bar gay de Great Yarmouth, plutôt ordinaire. On était embarqués ensemble pour la nuit, essoufflés d'avoir rigolé, insouciants après notre sprint à travers les docks déserts, et excités par les fenêtres noircies et le vrai judas métallique qui s'ouvrit pour voir qui voulait entrer. Le chanteur du groupe s'avança. « Trevor, on peut venir boire un coup ? Ils sont cool, ils sont avec moi. » Il se tourna pour sourire à Beth et, sans plus de difficultés, la porte s'ouvrit avec un bruit sourd.

Je ne sais pas à quoi on s'attendait, peut-être à plus de miroirs, de balançoires sexy et de boas. On ne trouva que trois vieux types chauves au bar, deux plus jeunes en débardeur qui dansaient au fond de la pièce au son d'un minijukebox projetant de faibles rayons de couleurs primaires, une moquette grise et puante, des chaises et des tables en aluminium et sur les murs des posters des années quatre-vingt de types à poil. Gordon parla le premier, les yeux écarquillés. « Merde, c'est... bizarre, non ? »

On commanda nos verres pendant que le chanteur discutait avec Trevor, un type d'âge moyen, soigné, en jean délavé et polo. Le whisky-Coca de Gordon arriva avec des glaçons en forme de pénis. Il n'était pas assez bourré pour ne pas être tendu et il n'arrêtait pas de regarder les types qui dansaient, sans cesser d'enfoncer et de sortir ses mains maigres de ses poches, de tirer sur son tee-shirt, de contempler les pénis qui tintaient dans son verre.

« Je peux avoir aussi des bites, s'il vous plaît ? »

Le chanteur leva les yeux au ciel en me voyant pousser mon verre de *snakebite* à moitié vide vers Trevor qui mit les mains sur la ceinture de son jean et regarda Gordon se diriger en traînant les pieds vers une table dans un coin sombre.

« Ma chérie, les queues, c'est seulement pour les garçons ici. »

Quand je revins à la table, prête à me plaindre de l'absence de queues, ils regardaient tous Beth tailler une minipipe à un des glaçons de Gordon. On voyait à peine qu'elle était enceinte, parce qu'elle avait toujours été grosse, mais il était évident que les gars du groupe la trouvaient sexy. À cause de ses nichons et de sa fossette, la veinarde.

« Ouais, très impressionnant, Beth. On danse ? »

Au bout d'un moment, les vieux du bar s'en allèrent. Le groupe partit chercher de la came et ne revint pas. Le batteur ne m'avait même pas roulé une pelle d'adieu. À 4 heures, il ne restait plus que nous et les deux jeunes types, des copains de Trevor qui venaient de Diss.

« Yarmouth est un trou de merde, mais c'est mieux que Diss et je t'aime bien. T'es pas une plouc. C'est comment, le milieu branché en Écosse ? »

Ses mains étaient posées sur mes hanches, il soufflait dans mon oreille son haleine chargée d'alcool, mais je sentais bien qu'il regardait par-dessus mon épaule, Gordon assis à la table, en contemplation devant son verre, la piste de danse puis de nouveau son verre.

« Alors, il te plaît ?

— Nécessité fait loi, ma belle. »

Il s'éloigna et essaya d'engager la conversation avec Gordon, mais celui-ci ne cessait de mater l'autre gars qui se trémoussait sur une table, tandis que Beth feignait de glisser des billets dans son string invisible et lui envoyait des baisers.

J'étais seule maintenant, assise dans l'unique bar gay de la ville, observant les bras de Gordon se contracter et sa pomme d'Adam s'agiter. Il détourna les yeux quand le gars posa la main sur sa jambe, mais il ne la repoussa pas. Observant Beth qui bougeait son cul et son fœtus de trois mois au son d'Ace of Base, tout en pressant mon visage gonflé par ma rencontre avec le réverbère.

Trevor me rejoignit. « Tiens. Exceptionnellement. Pour ton œil. »

Il fit glisser sur le comptoir une pinte remplie de pénis scintillants qui commençaient tout juste à fondre. J'en appliquai un sur mon œil et croquai les autres, en marquant le rythme de la musique, et puis mes dents protestèrent, ma langue s'engourdit et Gordon s'effraya de la main sous sa chemise.

Quand Trevor nous fit sortir, je l'embrassai sur les deux joues comme j'avais vu faire à la télé. La lumière commençait à saigner sur la nappe d'huile de la mer.

« Alors, vous vous êtes bien amusés ? »

Je pris la main maigre de Gordon d'un côté et de l'autre celle douce et moite de Beth. Ils gardèrent ma main dans la leur, mais ne répondirent pas. On avança, tous les trois de front, vers le centre-ville. Le froid se déposait sur notre peau sale, tout ce qu'on aurait pu dire se rassemblait dans notre bouche.

Beth se lança la première. « Il dansait tellement bien. Si j'ai un garçon, j'espère qu'il sera gay. J'adorerais sortir en boîte avec lui.

— Ouais, mais t'essaierais tout le temps d'emballer ses potes.

— Seulement s'ils sont bien foutus. »

Gordon s'immobilisa et on dut reculer. La fatigue et peut-être autre chose cerclait de rouge ses yeux aux cils si pâles qu'on les voyait à peine.

« Vous deux... » Il avait l'air voûté, tout en épaules anguleuses, les cheveux encore plus fous que d'habitude, sa main brûlante dans la mienne. « Vous deux, vous direz rien ? Au bahut ou ailleurs ? »

Je serrai sa main et regardai Beth qui fit un petit signe de tête. « Non, mais je vais dire à tout le monde que tu m'as attaquée pour me piquer mon kebab, ça expliquera l'œil au beurre noir. »

Il haussa les épaules. « Ça me va. Merci pour ce soir, c'était... »

Les mouettes commençaient à tourner en rond et à crier au-dessus des rues désertes.

« Marrant ?

— Ouais, c'était cool. »

Il nous dit au revoir, à moi, à Beth et au bébé de Beth. Toujours main dans la main, on le regarda s'éloigner jusqu'à ce que ses cheveux ne soient plus qu'un point orange sur le gris de la rue.

Beth parla la première. « Il est bien, non ? »

Je posai la tête sur son épaule. Elle devait être fatiguée car elle ne me repoussa pas.

« On l'est tous. »

Maman pissa de rire le matin en voyant mon œil. Elle avait d'abord menacé de tuer quelqu'un avant de connaître les faits.

« Qui c'est qui t'a fait ça ?

— Oh, maman, un réverbère. Je suis une conne d'alcoolo. »

Elle posa sa clope, se leva du canapé, s'approcha pour s'assurer qu'il n'y avait pas de sang dans l'œil, que ce n'était qu'un gros bleu, et alla me chercher un sac de rondelles d'oignons au congélo. En chemise de nuit je m'allongeai sur la moquette devant le chauffage, le sac d'oignons sur la moitié du visage et c'est alors qu'elle se mit à exploser de rire. Je l'entendais, j'entendais les ressorts du canapé se tendre quand elle se roulait dessus.

« Où vous êtes allés hier soir ? Y avait que Beth et toi ?

— Et Gordon.

— Gordon ? Le pauvre. Sans Grignote ?

— Ils se sont disputés, elle est dingue. On lui remontait le moral. Il y avait juste nous et des types du groupe qui passait au Brunswick. Beth plaisait au chanteur. C'était une bonne soirée. Mon œil est vraiment moche ? »

Maman se leva péniblement du canapé, souleva le sac et fit la grimace. « C'était une bonne soirée, hein ?

— Oui, très.

— Bon. »

Mon œil était vraiment moche, assez moche pour attirer les sourires compatissants des femmes dans la rue pendant une semaine, mais ça valait la peine. Ça valait la peine de voir Gordon autrement que voûté et timide, de sentir sa main chaude et détendue dans la mienne, même si ce n'était que le temps d'une nuit.

Avant Noël, un conseiller d'orientation vint s'installer dans un préfabriqué en plein milieu de la cour. Des rumeurs circulaient à travers l'air froid et l'ennui : c'était un pervers, il était là pour détecter les fraudes à l'aide sociale et rassemblait des preuves sur les parents. La meilleure histoire en faisait un découvreur de talents pour une marque de disques.

« Ouais, il va demander : "Combien vous avez eu à vos examens bidon et, au fait, vous voulez bien nous chanter un truc des Spice Girls ?" »

Certaines rumeurs avaient quelque chose de plus perturbant. Il disait aux filles de réfléchir à des études d'infirmière ou à un diplôme professionnel en rapport avec l'enfance. Sauf si elles étaient enceintes, et dans ce cas il leur parlait des aides qu'elles pouvaient obtenir.

J'entrai avec l'envie de lui donner une leçon, mais le pauvre avait des poches sous les yeux et des auréoles de sueur de la taille d'une orange alors qu'il faisait un froid terrible. Il semblait fatigué, un peu perdu et je manquais de conviction.

« Bon, qu'est-ce qui vous intéresse ?

— Oh, je crois que je suis surtout bonne à l'oral. »

Son regard effleura mes collants filés et revint sur ses mains posées sur son classeur. Je me penchai. J'avais enlevé mon soutien-gorge dans les toilettes des filles.

« Oh, vous pensez peut-être à un centre d'appel ou quelque chose comme ça.

— Vous voulez dire le téléphone rose ? Les numéros qui commencent par 0890 ? Oui, peut-être. » Je me dis que c'était dommage, que c'était un con, assis là et condescendant. Nous encourageant à viser le caniveau. « Mais je suis vraiment très douée avec mes mains. À votre avis, qu'est-ce que je devrais faire ?

— Eh bien, infirmière, c'est un bon emploi stable et, dites-moi, vous aimez les enfants ? »

Les auréoles de sueur avaient atteint la taille de melons. C'était vraiment dommage, me dis-je. Il était assis toute la journée dans un préfabriqué avec un petit radiateur soufflant et nous comme compagnie. Je me redressai sur mon siège, tirai un peu sur ma jupe et abandonnai le ton moqueur. « Écoutez, les enfants ne me dérangent pas, mais je n'ai pas envie de travailler avec eux. Et être infirmière ne m'intéresse pas non plus. Je me disais que je ferais bien des études d'avocat.

— Avoué.

— Oui, quelle différence ? Je pourrais faire de l'assistance juridique, aider les gens qui n'ont pas les moyens de payer un vrai avocat. Et... »

Il m'adressa un rire sans joie puis se reprit. « Enfin, si c'est ce que vous pensez. Peut-être que le Citizen's Advice Bureau[1] serait le genre de chose...

— Pourquoi je n'irais pas étudier le droit à la fac ? C'est gratuit, non ? Tout le monde peut essayer. »

1. Service caritatif qui fournit gratuitement des informations et des conseils aux gens ayant des problèmes financiers, juridiques ou autres.

Les larmes me piquaient les yeux, quelque chose se mêlait à mes paroles, de la peine ou peut-être de la colère : pathétique. Il se pencha en avant et parla lentement, un rire contenu flirtant au coin de ses lèvres sans atteindre ses yeux.

« Vous venez de Barracks Estate, je ne me trompe pas ? » Il se comportait maintenant comme un monsieur Je-sais-tout.

« Oui. Et alors ? »

Il hocha la tête et se renfonça dans son siège, les mains derrière la tête. Les auréoles de sueur devaient être visibles depuis l'espace. « Bon. Bon, disons simplement que vous seriez une des premières et sans doute la dernière.

— Oui, mais je suis dans les meilleurs en anglais et je lis tout le temps. Si j'ai des bonnes notes, je pourrais aller à l'université. Ce qu'on devient n'a rien à voir avec l'argent qu'on a ou qu'on n'a pas. Simplement parce que j'habite à Barracks, ça ne serait pas possible ? »

Il se leva pour me rejoindre de l'autre côté du bureau. Il posa la main sur mon épaule et regarda par la fenêtre. « Bon, d'accord. Disons que je suis Tom Cruise, pourquoi pas, hein ? Et tous les soirs, je rentre chez moi, je retrouve Nicole Kidman et j'ai une belle Porsche garée dehors pour aller au pub. Mon travail, c'est de vous conseiller, Janie, et ça signifie que je dois aussi amener les élèves à être réalistes. »

J'avais l'impression que la sueur de sa paume dégoulinait dans ma chemise, mais je ne fis rien pour me libérer. Je me concentrais pour ne pas lui balancer un coup de pied dans les couilles.

« Regardez autour de vous quand vous rentrez à la maison, réfléchissez et posez-vous la question :

“Qu’est-ce qui est réaliste pour moi ? Comment vais-je gagner ma vie ?” Je suis désolé si c’est… » Il leva les bras et fit le geste d’ouvrir les guillemets… « *dur*, mais mon travail est de gérer les espoirs. »

Je me mordis la langue.

« Ça va suffire pour l’instant. » Il ouvrit le classeur devant lui, prêt pour l’élève suivant. « Réfléchissez à ce que je vous ai dit et je vous reverrai avant vos examens pour un suivi. Souvenez-vous…

— Oui, j’ai compris, merci, je serai réaliste. » Je sortis du préfabriqué. « Sale con dégoulinant. »

Le cidre m’avait donné la gueule de bois, de celles qui vous font la langue épaisse et une lourdeur dans le bide. J’avais dû manger des frites la veille au soir vu la croûte de ketchup sous mon menton qui me piqua quand je la grattai. J’avais aussi un bouquin collé sous le cul, *The L-Shaped Room*, relié et imprimé en gros caractères parce que c’était la seule édition que j’avais trouvée à la bibliothèque, mais ce furent les cris de maman dans l’escalier qui me réveillèrent. Qui m’obligèrent à ouvrir mes paupières collantes comme si je pelais une mandarine pas mûre.

« Janie, descends ! Janie !

— Qu’est-ce qu’il y a ?

— Descends s’il te plaît. »

J’enfilai un pantalon de jogging sous ma minirobe et descendis lourdement l’escalier, une main sur le mur blanc et froid pour repousser la vrille dans ma tête et la nausée qui flottait derrière mes côtes.

Maman était devant la porte du salon, les yeux brillants. « Janie…

— Tu me laisses une minute ? J’ai trop envie de pisser.

— Mais…

— Deux secondes, maman. J'en peux plus. »

Elle s'affala sur le canapé. « Allez, vas-y. »

La pisse me brûla un peu au passage, elle sentait le cidre et j'eus de nouveau la nausée. Je me penchai sur mes cuisses, mes cheveux tombèrent sur mes tibias de sorte que le bruit du liquide jaune heurtant la cuvette et la surface de l'eau résonna dans mes oreilles.

« J'ai gagné. »

Je levai les yeux sur la porte, le menton appuyé sur les genoux. « Maman ! Je pisse. C'est privé, tu sais ce que ça veut dire ?

— Très bien, alors je te dirai rien, mademoiselle Je-sais-tout. »

De retour au salon, je regardai l'index de sa main droite dont l'ongle était taché de noir et je sentis monter l'excitation. « Allez, dis-moi. »

Elle était toute rouge, les bras agités par son secret, et fumait sa clope roulée à petites taffes rapides. « J'croyais que tu voulais pas le savoir.

— Maman, arrête. J'allais exploser, 'scuse-moi. Alors, dis-moi. Qu'est-ce que tu as gagné ? »

Elle se leva, retourna à la cuisine.

« T'es sûre que t'as pas envie de chier ? T'as l'air dans un sale état.

— Maman ! Merde, dis-moi.

— J'ai juste gagné cent soixante-quatorze putains de livres avec un jeu à gratter ! » Elle me saisit les bras et, pour fêter ça, elle fit quelques bonds maladroits, que ses grosses mules rendaient encore plus grotesques, comme quelqu'un dans une publicité pour les jeux à gratter. À la place, c'était une vraie mère dans une vraie cuisine minable avec une fille ado qui avait la gueule de bois. « Cent soixante-quatorze, Janie !

— Quand est-ce que tu l'as su ? Tu as le fric ? Montre-moi la carte. »

Ça me rendait malade, la pensée que ses joues rouges et son excitation à me saisir les bras soient une erreur ; en plus, j'étais déjà en train de calculer ma part. Mais il ne fallait pas la brusquer.

« J'ai déposé Tiny chez Doug et ensuite j'suis allée l'acheter au petit Spar près de chez lui, celui où la vendeuse est une pauvre conne. Et tu sais que j'ai pas l'habitude de baisser mon froc devant sa sale gueule, mais là je le sentais bien, Janie. » Elle remplissait la bouilloire, ses mains rapides, pleines d'énergie, saisissaient les sachets de thé. « Un pressentiment. Je me suis même assise sur le front de mer pour la gratter. Tu sais qu'en général j'attends d'être à la maison, je me fais une tasse de thé et je m'en roule une et ensuite je gratte. En tout cas, j'ai vérifié quinze fois, je voulais pas lui donner le plaisir de m'envoyer balader, et après j'y suis retournée. T'aurais dû voir sa tête. "Votre jour de chance", elle a dit en faisant une gueule d'enterrement !

— Alors tu as le fric ?

— Oui, des billets de vingt tout craquants. Tiens, ta part est là. »

Elle fit un signe de tête vers les quatre pièces d'une livre posées à côté de l'évier et me tendit mon thé. Je soufflai dessus, la langue me démangeant de le boire cul sec.

« Ouais, très drôle. Qu'est-ce que tu vas acheter ? »

Maman mit deux tranches de pain de mie Mother's Pride sous le gril. « Janie, même si tu restes dehors jusqu'à plus d'heure à t'agiter le nombril et Dieu sait quoi d'autre, je suis toujours ta mère et je te connais par cœur. Ce que tu veux dire c'est qu'est-ce que *toi* tu vas acheter. »

Je haussai les épaules et ris, puis elle aussi. La lueur orange du gril faisait comme un masque sur ses yeux. « Bon, d'accord. Qu'est-ce que je vais acheter ? Et va pas me parler de quatre misérables livres. »

Même si ça me dégoûta de mon toast, je fis moi aussi quelques bonds maladroits sur le lino collant.

Le temps était glacial, mais maman voulait s'asseoir devant la mer. Le vent salé léchait ses cheveux et faisait friser les pointes. Ça faisait ressortir ses mèches grises. Elle piochait dans ses dents du fond avec un bout de son paquet de Rizla, ce qui chiffonnait un côté de son visage. Elle essayait sans doute de déloger des restes de gras de bacon, comme je le faisais du bout de la langue.

« Tu trouves pas ça marrant, maman ?

— Gnhein ? »

Avec deux doigts dans sa bouche, elle fouillait tant qu'elle pouvait, tout en regardant la plage, assise sur notre petit banc sur le front de mer.

« On se connaît vraiment bien. Je savais que tu allais déchirer un coin de ton paquet de Rizla après ton petit pain au bacon. »

Sa langue contre ses dents fit un bruit de succion et je pus pratiquement sentir la gencive nue débarrassée du bacon, le goût métallique au bout de sa langue. Je me blottis contre elle, à l'abri du froid.

« Oui, on se ressemble comme deux gouttes d'eau, Janie. » Elle me regarda, posa une main hésitante sur mon dos. Je ne la sentais pas à travers mon manteau et mes deux pulls. « Je regrette pas de t'avoir eue, tu sais. Même si j'étais vraiment qu'une gosse.

— Mais tu dis tout le temps quand on se dispute que tu as tout laissé tomber pour nous.

— Tu sais que j'ai mauvais caractère, Janie, mais on fait une bonne équipe, toi et moi. »

Je me libérai de sa main et fis une boulette avec un bout de pain. Je ne supportais pas qu'elle essaie de se comporter comme si elle était ma copine, comme si c'était super pour moi de sortir tous les soirs parce que c'était ce qu'elle avait fait.

« Alors tu veux que je finisse comme ça ? Comme toi ? »

Un emballage de frites roula à terre. Elle baissa la tête et lui donna un coup de pied, débarrassa son pull des miettes, se tourna pour ouvrir son sac puis le referma.

« Maman, je t'ai demandé quelque chose. »

Elle me regarda droit dans les yeux. Son visage était trop jeune pour être à ce point fatigué et aussi plus triste qu'il n'aurait dû l'être. Elle prit une mèche de mes cheveux, la passa derrière mon oreille qu'elle tira un peu et secoua la tête. « Oui et non. Je sais pas ce que je ferais sans toi et Tiny. Je veux juste ce qu'il y a de mieux pour vous deux, Janie, sauf que je suis jamais sûre de la façon de vous le donner.

— Alors tu veux pas que je reste ici, hein ? Que je sois malheureuse et seule, que je ne voyage jamais et que je n'aie pas un bon boulot ?

— Je suis allée à Londres, j'ai eu des bons potes et je suis beaucoup sortie.

— Oui, mais c'était… »

D'un geste rapide et irrité, elle roula en boule le sac en papier sur ses genoux. « Très bien, Janie, très bien. Exactement comme ton père.

— Comment ça ? Comment je suis comme lui ? »

Elle chuchota. Ses mots auraient dû se perdre dans les rumeurs du front de mer, mais je n'y faisais même plus attention, je les avais entendus si souvent. « Imbue de toi-même. »

Derrière sa tête, je voyais la masse grise de la mer s'avancer vers Great Yarmouth puis se retirer, écumant sous l'effort parce qu'elle n'avait pas le choix. Je sentais l'amertume dans ma gorge, mais elle ne perça pas dans ma voix qui était trop forte. « Maman, je…

— Excuse-moi, Janie, fais pas attention, je dis des conneries. Allez ! Ça suffit. On a fini de bouffer, on va aller dépenser quelques beaux biftons pour mes filles ! »

Maman me donna un petit coup de coude dans les côtes et se retourna pour ouvrir et refermer de nouveau son sac, sans raison.

On acheta à Tiny une trousse de maquillage et quatre caleçons Tammy Girl, avec des motifs aux couleurs de poissons tropicaux. Chez Boots, elle me permit d'étaler du doigt de l'ombre à paupières bleue sur sa peau brune et cireuse et je la laissai vaporiser du parfum sur mes poignets que je frottai l'un contre l'autre. On alla à Prism Records où elle acheta à Beth et moi des billets pour aller voir Rocket from the Crypt au Waterfront.

« Maman, ça coûte presque cinquante livres, je préfère acheter quelques hauts chez New Look. » J'avais envie des billets et aussi de voir la tête de Beth quand je les sortirais le lundi, mais je n'avais pas envie de perdre l'impression d'être riche. Ni la gaieté de maman, sa nouvelle démarche rapide et sa façon de brandir son porte-monnaie. Je n'avais pas envie de retrouver les additions sur le dos des enveloppes et l'air déçu de maman quand elle devait nous dire non, à Tiny ou à moi. Mais maman voulait profiter de cette journée et elle ne m'aurait pas écoutée si je lui avais conseillé de ralentir, d'en mettre peut-être un peu de côté. Tout ce qu'elle avait gagné était pour Tiny et moi, nous faire plaisir était pour elle plus important que l'argent.

« Janie, je veux te faire plaisir, un point c'est tout. Tant pis quand y en aura plus ! »

Voilà ce qu'elle répondit en achetant aussi des biscuits au chocolat.

On ne se disputa qu'une seule fois ce jour-là. Je vis qu'elle regardait un chemisier crème avec des fleurs marron, froissait le tissu soyeux entre ses doigts, puis retournait l'étiquette du prix et laissait retomber le chemisier.

« Maman, fais-toi plaisir, sérieux, ce serait chouette de te voir avec un truc nouveau. Je te maquillerais, je te coifferais. »

Elle eut l'air gêné d'avoir été surprise, presque honteuse. « J'en ai pas besoin.

— C'est pas le problème. Tu te fais plaisir, c'est ça qui compte, et pas d'en avoir besoin. »

Elle était aussi molle que si on lui avait retiré le cintre qui la tenait et sa bouche s'affaissa. « Non, c'est pour vous deux, cette aubaine.

— Pourquoi tu te rends la vie si difficile ? Tant pis quand y en aura plus, maman, et… »

Et les larmes montèrent, une pellicule d'huile sur le disque brun de ses iris, prête à déborder sur ses joues. « Ce fric est pour vous deux, pour vous faire plaisir. C'est plutôt rare que je puisse le faire pour vous deux. Laisse tomber, Janie. » Puis plus doucement, en s'éloignant du chemisier. « Laisse tomber. »

On alla chercher Tiny qui dansa autour de nous, les bras levés pour saisir les sacs de Boots et Tammy Girl qui brillaient et crissaient au-dessus de sa tête. Maman donna à Doug une demi-bouteille de whisky et un bisou sur la joue. Comme si c'était Noël.

Tiny nous faisait face, assise dans le Caddie du magasin de surgelés, risquant de le faire basculer, pendant que maman et moi le remplissions de gros sacs de frites, de pizzas et de Viennetta à tous les parfums. Maman zigzaguait avec le caddie sur le sol orange et brillant et chantonnait : « We're in the money, we're in the money[1] », et on riait toutes les trois, de nos trois voix différentes, plus fort que le bourdonnement des armoires réfrigérantes.

« Maman, est-ce que je t'ai jamais reproché d'avoir besoin de faire un somme ou de pas travailler à plein temps même quand on était vraiment fauchées ?

— Et c'est quoi le rapport avec le reste ?

— Parce que je te préviens, pas question que je retourne un jour de plus à Caister High ! Surtout maintenant que Beth y est plus. T'as pas idée de comment c'est là-bas.

— J'suis coincée dans cette baraque avec des débiles comme celle d'à côté qui bouffe à s'en faire crever. Alors me dis pas que j'ai pas idée de ce que c'est ! Et tu me vois baisser les bras ? Tout envoyer balader ? »

On avait passé une super soirée, on somnolait après un bon dîner, on était bien installées avec nos

1. Chanson du film de Mervyn LeRoy *Chercheuses d'or de 1933*, avec Ginger Rogers.

tasses de thé et de vieux magazines, et *Catchphrase*[1] en fond sonore.

Je m'étais dit que c'était le bon moment de lui annoncer que je n'y retournerais pas. Pour qu'elle s'habitue à l'idée. Nous étions maintenant face à face et je me rendais compte qu'il n'y avait pas moyen d'éviter une prise de bec dans les règles. De toute façon, je ne voulais pas vraiment l'éviter.

Allongée sur la moquette d'où elle regardait la télé, Tiny se retourna, l'air contrarié. Roy Walker nous conseillait : « Dites juste ce que vous voyez. Dites ce que vous voyez. »

« Oui, en fait, maman, c'est exactement ça. T'as que trente ans et quelques et tu restes assise là toute la journée à te bourrer de crêpes Findus et de sacs d'éclairs congelés. Tu remarques même pas les problèmes de tes enfants, parce que toi-même t'as baissé les bras. Et quand tu finis par les remarquer, t'as pas le cran d'y mettre le holà. »

Je me levai et elle aussi. Je mesurais trois, voire cinq centimètres de plus qu'elle, même pieds nus, mais elle se redressa, avança la tête dans l'espace qui nous séparait et me cria en plein visage : « Tu sais ce que j'ai fait pour vous deux ? Ce que j'ai subi ? T'en as pas la moindre idée ! J'ai sacrifié ma vie entière pour que toi et Tiny vous démarriez bien. Alors me traite pas de mauvaise mère. »

Elle hurlait, elle me donnait des coups dans la poitrine pour souligner ce qu'elle disait et je me penchais pour les recevoir, sachant que le lendemain j'aurais un bleu qui lui donnerait mauvaise conscience.

1. Célèbre jeu télévisé britannique, longtemps présenté par Roy Walker aidé d'un personnage d'animation, le robot Mr Chips.

Tiny se leva, mais ne dit pas un mot. Son visage était toujours sans expression comme quand elle regardait les carrés découvrant Mr Chips « qui faisait son lit et s'allongeait ».

« Je t'ai pas demandé de sacrifier quoi que ce soit et en tout cas pas toute ta vie. T'es même pas vieille, bon sang ! Sors, vis un peu et amuse-toi, et arrête de te servir de nous comme excuse parce que t'as trop peur.

— J'ai le droit de sortir et de m'amuser, c'est ça ! Oh, très bien, merci, Janie. C'est très généreux de ta part ! Alors t'as fini de te servir de moi ? Petite conne, t'es vraiment une ingrate. T'es rien d'autre qu'une garce malgré tout ce que j'ai fait pour que tu sois quelqu'un de bien.

— Je t'appartiens pas et tu peux pas m'obliger à rester ici, parce que je ferai pas les mêmes erreurs que toi.

— Tu les fais déjà et pourtant je t'ai donné le meilleur départ que je pouvais dans la vie, même si j'étais presque aussi jeune que tu l'es maintenant. »

Les postillons atterrissaient sur mon visage et je sentais les larmes monter, le sang affluer dans mes bras avec l'envie de la gifler. Juste une bonne gifle pour voir son corps mou s'affaisser sur le canapé sous l'effet du choc.

« Ah ouais, maman, merci pour ce bon départ. Avec toutes ces pensions pour sans-abris, ces cités HLM et ces putains de déménagements à la cloche de bois, pas étonnant que j'aie si bien tourné. Ah ouais ! Et sans oublier que tu buvais, tu pleurais et tu dormais tout le temps. Je te remercie pour l'enfance idéale. Ça valait vraiment la peine de te sacrifier. Tu aurais dû me laisser au foyer de l'enfance ou avec la femme de papa. »

Elle me saisit les poignets, me poussa contre le mur et m'y cloua de tout son poids. Je tremblais et j'avais les jambes molles comme du papier. Tiny courut pour agripper maman. « Arrêtez, arrêtez de vous disputer. »

Mais on était trop occupées pour prêter attention aux petits bras de Tiny qui essayait de nous séparer.

« Garce. T'es plus ma fille, tu m'entends ? Putain de sale petite conne, et méchante en plus. »

Elle me cognait contre le mur à chaque mot. On bougeait toutes les trois, emboîtées comme des poupées russes transformées en monstre à trois têtes.

« Je te déteste. Lâche-moi. »

Je repoussai maman et elle partit dans la cuisine en claquant la porte derrière elle. Je m'assis sur le canapé, respirai plusieurs fois pour me débarrasser des points lumineux qui dansaient devant mes yeux et essuyai la morve sur mes lèvres. Tiny me dévisageait, son ventre rond tremblait sous son tee-shirt des Spice Girls.

« Je vous déteste toutes les deux !

— Tiny, t'en mêle pas.

— Pourquoi faut toujours que vous gâchiez tout et que vous vous disputiez tout le temps ? » Elle sortit du salon en courant. J'entendis ses pas lourds dans l'escalier et une porte claquer. Pauvre Tiny.

« Je me tire d'ici. » Personne ne pouvait m'entendre, mais ça devenait réel en le disant. Je me levai sur mes jambes tremblantes, enfilai mes tennis et cherchai mon porte-monnaie. J'entendis maman balancer des trucs des placards de la cuisine, puis elle ouvrit en grand la porte et entra avec son vieux sac à main rouge.

Je la regardai, tendue et hors de moi.

« Fous-moi la paix, je me casse. Fous-moi la paix. »

Les mots se bousculaient, mais elle avait déjà saisi mon poignet et attiré ma tête vers la sienne. « Tu vas nulle part ! »

Je dégageai ma main d'un geste brusque, mon cœur battait à tout rompre, une gamine hystérique prise au piège, et je me mis à virer les coussins du canapé et les sachets de chips vides pour trouver mon porte-monnaie. Maman sortit de son sac une photo de moi.

« C'est quoi ça, hein ? Puisque je suis une si mauvaise mère ? » C'était moi le matin d'un anniversaire, en bigoudis de chiffons, maillot de corps et culotte, un turlututu dans la bouche. Maman en fit une boule qu'elle me balança tandis que je bougeais dans la pièce.

« Et ça, petite conne ! C'est quoi ça ? » La seule photo que maman avait de moi bébé, nue sur un matelas à langer à fleurs orange. Elle la déchira en petits morceaux et me les lança. Ils retombèrent par terre en voletant pitoyablement.

J'allai dans la cuisine et elle me suivit. J'avais l'impression que ma trachée avait été écrasée ou que quelque chose y était coincé et m'empêchait de crier pour lui répondre. Elle sortit d'autres photos. « Et ça ! Et ça ? Et ça ! Petite conne ! »

Elle me les mettait sous le nez puis les déchirait en deux. Elle arrivait à peine à respirer entre les mots qu'elle hurlait.

« Fous-moi la paix ! »

Je vis enfin mon porte-monnaie sous un sac de supermarché, m'en emparai et courus vers la porte en attrapant mon manteau sur les marches. Les derniers mots que j'entendis avant de claquer la porte furent : « T'es pas ma fille, sale petite ingrate. »

Je courus dans le froid de la rue, mais ne dépassai pas quelques mètres avant de me mettre à genoux et de gerber dans le caniveau. Je ne sais pas pourquoi, mais la seule chose qui me venait alors à l'esprit était la Tango Mobile et son dernier sursaut poussif sur le front de mer ensoleillé un an et demi plus tôt.

20

Ça me brûlait comme si je m'étais passé la tête à l'eau oxygénée. La maison sentait le rance, l'odeur des mégots, et les mots vides de la télé me faisaient suffoquer. J'étais tout le temps nauséeuse. Ça ne changeait apparemment rien que je me prive de manger ou que je dévore presque à m'étouffer. Il y avait des jours où ça n'allait vraiment pas, mais dans l'ensemble j'avais juste des tiraillements dans le ventre et une impression de froid et de fadeur comme si je regardais tout ça sur ITV à l'heure réservée aux adultes.

Maman ne voulait rien entendre et Tiny restait à la périphérie en nous observant d'un œil critique et désapprobateur. Elle construisait des tours de pièces de monnaie sur la moquette, les renversait et recommençait, se demandant si elle avait assez pour acheter un âne.

Je continuais de dire à maman que je voulais aller à l'université et passer mes GCSE, ou voyager, peut-être travailler à l'étranger, que je ne voulais pas perdre mon temps à vivre pour les deux mois de la saison estivale et faire de l'automédication avec la tise la moins chère pendant les dix autres mois.

Pas question de laisser la merde de Yarmouth m'encrasser et m'empêcher de bouger. Je savais qu'il y avait autre chose ailleurs, il me suffisait de trouver un moyen d'y accéder. Mais maman ne voulait pas, ou peut-être ne pouvait pas, écouter. Elle allumait la télé, se roulait une autre clope, allait ouvrir le frigo.

« Maman ? Tu écoutes ? Qu'est-ce que tu cherches ?

— Un truc. » Elle se retournait et son visage apparaissait hébété et plat dans la lumière froide du frigo. « Un truc pour remplir le vide. »

Elle aurait écouté, elle aurait été douce si je lui avais dit ce qu'elle avait probablement deviné. Raconté comment c'était arrivé. Elle voulait seulement me garder. Je pensais qu'elle serait peut-être même contente. Mais je savais que si je lui livrais le secret, c'était comme si je lui livrais tout. Un petit amas de cellules, une excroissance. Pas un cancer, mais quelque chose qui y ressemblait. La Boule, qui me suçait et s'engraissait de mes plans, de mes rêves et de mon avenir. Je regardais maman assise avec son thé devant *Coronation Street* et ravalais ma confession au fond de moi.

Mais elle devait savoir bien sûr ; malgré ce qu'elle prétendait ne pas voir ou ne pas supporter de voir, elle voyait tout. Quand j'avais fait le test dans les toilettes de la gare routière, je n'étais moi-même pas sûre, à cause de cette lumière bleue qui empêche les junkies de trouver leurs veines ou peut-être aussi les filles en uniforme scolaire de savoir si c'était la merde ou juste un cycle irrégulier. Il me fallut entrouvrir la porte et elles étaient là, dans le mince rai de la lumière du jour, les deux petites lignes bleues qui entaillaient mon avenir. Je jetai ma baguette pas du tout magique dans la poubelle à tampons, et la première chose que je fis fut de me promettre de ne pas en parler à maman. La deuxième chose fut de ne pas y penser le temps d'une biture.

En février, je me mis à vendre des hot-dogs dans un stand qui faisait partie d'une galerie marchande. J'entendais toute la journée le cliquetis des pièces de monnaie, le son des pistolets laser et le bruit de casserole de « Oh my Darling Clementine » sans cesse répété, je regardais les voitures rutilantes foncer sur le bord de mer, taches de peinture sur fond de ciel gris.

Assez vite, l'odeur suave des oignons et de la graisse brûlante me souleva le cœur et je dus arrêter. Je ne donnai pas de préavis, je fourrai simplement les trente livres que j'avais gagnées dans la poche de mon jean et rapportai à la maison une énorme boîte de hamburgers que maman et Tiny seraient encore en train de manger si maman ne les avait pas balancés direct. Des chiens efflanqués flairèrent devant la grille pendant des jours.

Je trouvai un autre boulot. J'avais encore l'air sérieux et gentil vue de l'extérieur. Je perçais les oreilles chez un bijoutier de Regent Road. Le samedi, il m'arrivait de percer cinquante paires d'oreilles et vingt nez avec le petit pistolet doré. Il y avait toujours un temps d'arrêt quand le métal touchait le cartilage du lobe et c'était agréable d'appuyer un peu plus fort sur la détente.

Je m'y plaisais — litres de thé et biscuits aux figues à volonté –, sauf quand une femme entrait avec ses gosses sales et morveux pour essayer de vendre sa bague ou un affreux collier avec SUPER MAMAN gravé dessus, comme celui que j'avais un jour offert à ma mère. J'allais m'asseoir aux toilettes pour ne pas voir la honte au coin de ses yeux. Un témoin de moins pour assister à sa façon rapide d'empocher le fric comme si elle avait peur que quelqu'un le lui reprenne.

J'aimais bien aussi faire l'inventaire le soir. Après mon travail à la bijouterie, j'allais m'acheter un Fat Boy All-day Breakfast – en espérant qu'il ne repasserait pas dans l'autre sens –, puis j'allais au Toy Market de l'autre côté de la rue et j'aidais à faire le grand inventaire avant la saison. Je passais des heures à compter des piles de ressorts Slinky, de coussins péteurs et des baigneurs bon marché aux yeux écarquillés dont la tête s'affaissait sur elle-même si on les laissait trop près du chauffage. J'emportai à la maison une de ces poupées et cachai ce que je gagnais dans la tête, une mauvaise blague. Je n'avais pas besoin de cacher ce fric, mais j'avais pris l'habitude de tout planquer. Je coinçai la poupée entre le matelas et le sommier. Loin des yeux, loin du cœur, aurait dit maman. Mais je ne pouvais pas l'ignorer et, bien sûr, maman non plus.

Je ne pensais pas pendant que je faisais l'inventaire, que je cochais les listings, et c'était bien comme ça. C'était pour cela que le stand de hot-dogs n'était pas un bon plan parce que, en plus de la nausée, j'avais trop de temps pour penser quand il n'y avait rien d'autre à faire que déplacer les saucisses d'un centimètre d'un côté puis de l'autre. C'était alors que les pensées soigneusement bloquées, comme un égout bouché, encrassé par des cheveux visqueux, se mettaient à empester.

Derrière tout cela, juste derrière, coincée là où les petites mouches bourdonnent, il y avait la Boule. Elle essayait de m'obliger à l'écouter, elle me harcelait avec des envies de bonbons pétillants à un penny, elle me punissait par de la bile filante et des haut-le-cœur si je ne cédais pas, et me punissait aussi si je cédais, par des vomissements de la couleur des gommes au Coca.

Tous les matins, et ensuite quand ça commença aussi à m'arriver la nuit, maman attendait devant la porte des toilettes, un verre d'eau du robinet à la main. Elle penchait la tête d'un côté, faisait une grimace entendue et inquiète.

« C'est quoi cette fois, Janie ? »

Je buvais une gorgée qui sentait le métal pour faire disparaître le goût, je haussais les épaules et passais devant elle. « Gueule de bois, qu'est-ce que tu crois ? »

C'était une bataille, c'était la guerre, et j'étais peut-être envahie, mais je n'étais pas sans défense.

« Vous êtes sûre de vouloir le faire ? »

Elle était irlandaise, et les boucles châtain, figées et serrées, de sa permanente brillaient. Sa petite croix en or se balançait juste dans mon champ de vision, un point de lumière. Ses yeux étaient trop foncés pour son teint pâle comme un gâteau pas cuit, deux raisins secs qui fixaient les miens.

Je me demandais si elle pouvait vraiment croire que j'avais un jour été considérée comme « proche de l'Esprit-Saint ». Devais-je répondre par le charabia censé prouver que Dieu parlait par mon intermédiaire ? Mais c'est difficile de faire de la provocation quand on est allongée sur le dos avec une blouse découvrant un slip arc-en-ciel si on se met debout. Je fixais les raisins.

« J'ai déjà dit oui deux fois. Pourquoi est-ce que le dire deux fois, ça ne suffit pas ? Je suis sûre. Faites-moi la piqûre. »

Elle me poussa sur le flanc et me fit, juste sous l'élastique rouge de mon slip, une piqûre brutale qui m'assurait que je ne pourrais pas me retrouver enceinte pendant trois mois, pas de coton ni de compresse, puis traversa la salle comme si elle essayait de trancher l'air.

Je contemplais au plafond une tache brune en forme de doigt et un faucheux qui se mettait à l'abri de l'odeur d'eau oxygénée. La femme à côté de moi était allongée sur le flanc, le corps secoué de sanglots.

Je me demandais si c'était voulu. Sinon, pourquoi n'avait-on pas fermé son rideau ni le mien ? De l'autre côté de la salle, une femme lisait *Woman's Own*, elle le feuilletait en se léchant le majeur pour tourner les pages. Elle avait l'air d'être au spa et je me dis qu'elle devait venir se faire ligaturer les trompes. On était toutes là pour nos trompes d'une manière ou d'une autre.

On le sentait sur la langue, ce goût de métal, après l'injection, avant que ça remonte sournoisement dans le bras. L'anesthésiste répétait : « Comptez à l'envers, Janie, vingt… dix-neuf… » et pendant que je comptais à l'envers et que le produit remplissait ma veine, je rêvassais que nous allions nous marier. Je ne voyais pas grand-chose au-dessus du masque, mais il avait des yeux doux, des mains délicates et il ne paraissait pas me détester parce que je lui prenais son temps avec mes conneries de salope Yarco. Il me tenait gentiment la main et je sentis à peine l'aiguille quand il me piqua.

Mon nez me démangeait et The Beautiful South passait en fond sonore. J'avais la cassette, je l'écoutais dans mon bain et chantais en même temps. Mes premiers mots après le curetage furent : « Je connais toutes les paroles. »

On me sortit de la salle avec les lumières, remplie par les brancards des autres patientes endormies, et on me ramena dans la salle éclairée par le jour gris de l'après-midi. La femme secouée de sanglots était tournée de l'autre côté, face à moi. Elle était plus vieille que moi, au moins trente ans, et elle ne frissonnait plus, mais des larmes débordaient de ses yeux fixes et brun clair. J'eus peur qu'elle se mette à crier ou qu'elle m'attaque, mais elle ne semblait même pas me voir.

On apporta le déjeuner et on me dit que je devais me nourrir avant de partir. Je mangeai le petit pot de gelée verte. Je me sentais vide, même si je savais que ce n'était qu'une impression parce qu'ils n'avaient enlevé qu'une boule.

J'ai toujours aimé la gelée, car on peut l'avaler sans se servir de ses dents. C'est ce que m'évoque aujourd'hui la gelée verte : des yeux brun clair qui débordent, de la même couleur que les taches de désinfectant qui couvraient mes cuisses, et l'infirmière aux yeux en raisins secs qui me dévisageait du poste des infirmières en pensant sans doute : « Oh ! Elle mange son pudding. Dieu nous vienne en aide si une meurtrière peut s'asseoir ici et déguster son pudding aux frais de la Sécurité sociale. »

On aurait pu penser que je ne mangerais plus jamais de gelée verte, mais j'en mange. C'est important de se souvenir.

Je pris le Banana bus pour rentrer. On ne vérifia pas si quelqu'un venait me chercher, je n'eus qu'à signer le formulaire et je sortis, l'énorme serviette hygiénique de la Sécu, aussi grosse qu'un rouleau de PQ entier, entre les jambes.

Maman faisait un somme quand j'arrivai et Tiny était à l'école. Je pris un bain et l'eau vira au brun clair à cause du désinfectant et de ce qu'il y avait encore en moi, puis je m'allongeai sur le canapé sous un couvre-lit en chenille jaune pâle et mangeai du riz au lait à même la boîte tout en regardant *Les Voisins*. Maman entra et s'assit sur mes pieds, au bout du canapé.

« Comment va Beth ? » Elle gratta un bouton sur son menton. Je regardais la télé.

« Bien. Son bide est déjà énorme. »

Elle m'observa, les yeux rétrécis par un reste de sommeil et d'impatience. « Tu vas bien ?

— Oui, juste une mauvaise gueule de bois. »

Elle hocha la tête avec lourdeur, comme si elle n'attendait rien d'autre, mais elle se pencha et borda la couverture sous moi, les doigts coincés entre mon corps et le canapé. J'avais peur qu'elle sente l'odeur de l'hôpital sur moi, ou peut-être qu'elle s'aperçoive que j'étais un poil plus légère.

« Bon, je vais pas te plaindre. Cette façon que t'as de t'enfiler des shots d'un truc ou d'un autre, avec des pintes de *snakebite*. Et d'emmener Beth dehors à plus d'heure quand tu sais que c'est pas ce qui faut à une fille dans son état. Tu l'as cherché. »

On pourrait dire que je l'avais cherché. Je suis sûre qu'on dirait ça. Une fille de mon âge qui buvait toute seule au Garibaldi, qui s'enfilait des Breezer Orange au bar devant tout le monde. Avec ce petit débardeur qui montrait son ventre.

Et si je pouvais me défendre ? Je dirais que j'étais seule parce que ma meilleure copine était enceinte et que j'avais choisi le Gari parce que c'était pour les vieux et que je ne voulais voir personne. Je dirais que je buvais des Breezer parce qu'ils étaient en promo et que j'avais besoin d'un verre après une journée de plus où on m'avait traitée de salope et de pute à l'école, et où je m'étais ensuite engueulée avec ma mère, jouant à celle qui gueulerait le plus fort. Que je n'avais pas pensé à me changer en quittant la maison, n'avais pas pensé qu'un jean et un débardeur étaient provocants.

Je dirais que je n'ai pris le verre du vieux que parce qu'il l'a mis devant moi sans me demander si j'en voulais et c'était une vodka-Coca et j'en avais marre des Breezer pétillants et sucrés. En le buvant cul sec, je m'attendais à ce qu'il dise : « Doucement, ma belle, y en a encore là d'où ça vient », ou peut-être : « Je suis pas plein aux as, tu sais », mais il se contenta de regarder ma gorge pendant que je vidais le verre d'un trait.

À la fois, à quoi ça servirait ? Parce que, après cela, il n'y a rien, juste un trou noir et une impression de frayeur et de nausée. Et si je disais que je ne me souviens de rien, on répéterait : « Vous voyez ? Torchée. Elle l'a cherché. »

Mais je n'ai pas cherché à me réveiller gelée sur une plage, dans une mare humide et sombre de ma propre pisse. Je n'ai pas cherché le slip déchiré ni les bleus sur les cuisses, une peinture jaune et rose qui ne disparaissait pas assez vite. Ni la douleur, à l'extérieur et à l'intérieur, pendant une semaine quand je m'asseyais.

Et après m'être traînée jusqu'à la maison en dégueulant, honteuse sans savoir pourquoi, et m'être forcée à refouler cette nuit tout au fond de moi et à en poncer les bords tranchants avec encore de la tise, je n'ai pas voulu que mes règles m'abandonnent après nos quatre brèves années de vie commune.

C'est vrai que je voulais beaucoup de choses à l'époque : un piercing au nombril, des Converse rouges, des billets pour Glastonbury, une carte de la Saint-Valentin venant d'un type qui me plaisait, un avenir loin de Yarmouth, que Beth ne soit pas enceinte. Mais je ne voulais pas que ma bouche se remplisse de salive et ma gorge de bile quand je sentais le sable sur ma peau, je ne voulais pas me retrouver pantelante si un type me sifflait dans la rue. Je n'ai jamais cherché les grands coups qui résonnaient dans mes membres ni l'impression d'être salie à l'intérieur.

On pourrait croire que j'étais en colère. Contre eux, je veux dire, ceux qui pensaient qu'une fille comme moi l'avait cherché, une fille qui de toute façon sortait pour faire ça tous les week-ends avec un inconnu. Une pute de la cité, qui se retrouverait avec une poussette à dix-sept ans. Qui s'habillait pour qu'on la regarde, qui, on le voyait bien à sa façon de marcher, la tête haute, balançant son cul, estimait que le sexe était aussi prévisible, stérile et vain que les machines à sous de la galerie marchande. Pas étonnant que les pièces de monnaie tombent en cascade et l'immobilisent, la remplissent du goût des poches et des mains d'autres gens. Ils auraient ri en disant : « Ça a été le jackpot pour elle, ça oui », ou : « J'ai entendu dire qu'elle s'est pissé dessus. » Ils auraient tous hurlé de rire en parlant de la fille qui l'avait cherché et l'avait trouvé.

Mais je n'étais pas en colère. C'était moi qui pensais tout cela en m'arrachant les cils et les sourcils, en mordant les petites peaux de mes ongles, comme si je me débarrassais de moi-même par tout petits bouts. En commençant par creuser un peu avec mes ongles, puis de plus gros morceaux avec un couteau à pain et en terminant le travail avec une râpe à fromage ou peut-être la pierre ponce que maman laissait sur le bord de la baignoire.

Je me disais : quelle différence ? Quelle importance si je choisissais de me donner à un inconnu dont j'oublierais le nom ou si on me prenait ? N'avais-je pas passé assez de temps dans l'ombre de cette jetée, les jambes écartées ? Je me disais moi-même tout ce qu'ils pouvaient penser. Je l'avais cherché. Je le méritais. Je l'avais accepté. Et il aurait été plus facile de continuer à penser ainsi, mais ça ne collait pas. Ce qui collait, c'était un goût métallique, la sensation de quelqu'un en moi et de ses doigts sales dans ma bouche. Quelqu'un qui n'avait pas vérifié avant si j'étais prête à donner quelque chose et quoi. Alors, leur dirais-je, la raison pour laquelle je savais que je ne l'avais pas cherché, c'est que, si je demandais quelque chose en retour, même si c'était peut-être trop demander, ce que je demandais toujours, c'était un préservatif.

21

J'avais juste l'intention de faire un somme, comme maman. Le lendemain de l'hôpital, j'allai m'allonger en haut avec la robe de chambre en polaire rose de maman et la poupée en plastique plaquée sur mon ventre vide. Je ne pensais pas saigner ni éprouver longtemps cette sensation de vide, et pourtant si. Je finis par ne plus essayer de remplir ce vide avec des piles de toasts et des boîtes de riz au lait et je me mis à le bercer.

Je dormais. D'un sommeil comme les couvertures de l'armée : sombre, lourd et qui démangeait. Je me réveillais hébétée et engourdie, puis je sentais le vide en moi. J'ôtais alors la tête de la poupée, comptais les billets et me promettais que le lendemain, je retournerais dans le monde des vivants.

Je restai au lit plus de trois mois. J'en sortais une fois par jour, quand j'entendais la porte se fermer. Je mangeais ce que je trouvais dans le four, couvert par une assiette, et retournais en haut avec un des livres que maman avait laissés sur la table. Je lisais jusqu'à ce que les mots se brouillent devant mes yeux.

Maman essaya de me convaincre de me lever. « On a tous nos problèmes, Janie. Mais on peut pas se permettre le luxe de se prélasser. C'est ce que tu fais pendant que j'essaie de me débrouiller. »

Puis elle me tira de la chambre. « Maintenant, lève-toi et arrête d'être un parasite dans cette famille. Lève-toi ! Merde, je vais te faire interner ! C'est ça que tu veux ? Des électrochocs ? Te bourrer de médocs ? » Elle criait, fulminait et faisait le tour de la pièce en fourrant des trucs dans des sacs-poubelle. Je la regardais, attendant qu'elle s'épuise et s'en aille pleurer et dormir elle aussi un bon moment.

« Janie, s'il te plaît. » Elle était assise au bord du lit. « J'y arrive pas. J'ai besoin que tu sois forte pour moi. Pense à Tiny. Qu'est-ce que ça lui fait de voir sa grande sœur dans cet état ? »

Mais Tiny allait bien. On se disputait moins. Après l'école, elle venait parfois s'asseoir sur l'oreiller derrière moi, me faisait des nattes et me racontait *Les Voisins*. Quand j'étais incapable de m'asseoir, quand j'avais l'impression que ma langue était un animal qui avait rampé dans ma bouche pour y mourir, elle entrait et s'installait, tournait les pages de mes livres et essayait de lire les mots ou berçait la poupée dans ses bras.

Robuste petite Tiny, Tiffany maintenant, qui apprenait à ne pas espérer recevoir grand-chose pour tout ce qu'elle donnait. Tiny, avec son visage large, ses jambes vigoureuses de coureuse et ses doigts rapides qui faisaient des nattes. C'est elle qui me sortit du lit. Car je lui devais quelque chose maintenant, j'avais une dette et le premier versement consistait à me lever.

Ce fut donc Tiny qui me poussa à me doucher, à m'habiller, à sortir de la maison et à aller au centre commercial, tête basse et tremblante durant tout le trajet, pour lui acheter un petit landau. Tiny me fit asseoir et manger un Victoria sponge cake et des tranches de glace avec une bougie rose qui dépassait. Parce que, même si elle n'attendait rien, ne me demandait pas d'être gentille avec elle, ça ne voulait pas dire qu'elle ne le méritait pas.

À quatre mois et demi de vide, quand j'aurais dû être à six mois et demi avec le ventre gonflé, j'ouvris les rideaux, laissai le soir se répandre sur les pages de mon livre et les mots cessèrent enfin de glisser vers le fond. Je sentis les bulles dans mon sang et les murs ne me parurent plus aussi rapprochés. Je pris les billets dans la tête de la poupée et donnai la poupée vide à Tiny pour qu'elle la mette dans son petit landau.

« Fais attention. Ne la laisse pas trop près du chauffage. Les têtes de cette marque sont fragiles.

— Oui, comme les nôtres. » Je crus l'entendre dire ces mots, tandis qu'elle poussait le landau grinçant dans la rue, mais c'était peut-être seulement une illusion due à la sensation de vide.

On tenta notre chance sans manteau pour profiter des derniers rayons de soleil, même si la brise fraîche nous hérissait les poils des bras. Il y avait une trotte jusqu'au grand supermarché Asda ; il fallait traverser la ville, prendre en direction de la gare et du terrain vague détrempé où les couchers de soleil étaient les plus beaux. En passant sur le vieux pont de bois, on vit les parois vitrées de l'hypermarché absorber la lumière et virer au rose et à l'orange. On aurait dit un casino, un hôtel chic, pas le degré juste au-dessus de Lidl dans les magasins d'alimentation discount.

J'avais promis à maman de venir pour l'aider à porter les sacs au retour, mais on ne disait pratiquement pas un mot, on marchait juste l'une à côté de l'autre en profitant de la vue. Nos bras s'effleuraient, nos mains se heurtaient.

« C'est beau. » Maman désigna d'un signe de tête le chatoiement de couleurs qui se dissolvait sur le terrain vague jonché de sacs en plastique et de bouteilles.

« Oui, c'est chouette. » J'avançai, les yeux fixés sur l'horizon, laissant la lumière pénétrer mes pupilles, et quand on entra, je faillis me cogner dans le vieux type avec son badge de la taille d'une soucoupe qui disait : « Bienvenue ! Posez-moi vos questions ! » Maman me guida vers le café pendant que je clignais des yeux pour faire disparaître les points lumineux.

« On va boire un thé avant les courses. »

J'étais sortie de mon lit depuis plusieurs semaines, mais j'eus encore du mal à entrer dans le café. Mon cœur battait de plus en plus fort, une langue de feu me léchait les bras et mes lèvres et mes yeux tressautaient.

Maman se retourna et me surprit debout immobile. Deux mamies levèrent les yeux de leur petit pain brioché et se regardèrent. Maman me prit le bras et me fit asseoir à la table la plus proche, encore encombrée d'assiettes sales, où un nugget de poulet avec des petites marques de dents faisait une tache de gras.

« Reste là pendant que je vais nous chercher à bouffer. »

Je hochai la tête et me forçai à ne pas quitter des yeux les petits croissants dans le nugget. J'imaginais les dents, de la taille d'un grain de maïs, qui les avaient faits, puis je le poussai par terre du revers de la main, l'écrasai avec mes tennis tout en gardant les yeux fixés sur la table. Ça m'aidait de me dire que personne ne me regardait vraiment. Je savais que c'était comme ça à Asda où on voyait de tout. Il me fallait juste une minute, le temps que mon cœur arrête de hurler et ma peau de brûler.

Maman posa le plateau. « Je me suis dit qu'on pourrait se faire plaisir. On le fait plus jamais. » Sur le plateau, il y avait une théière, deux scones brillants, des petits pots en plastique de confiture et de crème. Maman planta son couteau dans son scone. « Vas-y, attaque. »

Ce que je fis. Je me concentrai pour étaler une couche parfaite de confiture et une couche régulière de crème, refermai les deux moitiés du scone, et gobai le tout. En levant la tête, je vis que maman avait de la crème sur le menton et je savais que j'étais couverte de miettes, mais je me sentais beaucoup mieux.

« Génial. » Maman nous versa du thé, juste un peu trop fort, un peu trop tiède, mais j'avalai le mien d'un trait.

« Oui, merci maman, c'est super. » J'attendis que maman ait fini de ramasser les miettes sur son assiette avec son doigt humide de salive, tout en tendant le cou pour trouver un cendrier. « Maman… » Je balayai les miettes sur mon pull. « Est-ce que j'ai l'air… bizarre maintenant ? »

Maman cessa de ramasser les miettes et leva la tête. Ses épaules s'affaissèrent. « Bizarre ? Non, Janie, sois pas idiote. Tu fais tourner les têtes, tu dois bien t'en rendre compte.

— Est-ce que j'ai l'air différent, étrange, tu vois ce que je veux dire ? »

Maman écarta le plateau. « Attends que je trouve un cendrier. »

Elle se dirigea vers le comptoir et prit un cendrier sur la pile branlante près des plateaux. Elle sortit une clope déjà roulée de la boîte décorée de champignons magiques que je lui avais offerte pour la fête des Mères. Elle l'alluma et tira une longue bouffée. Elle avait l'air tendu et j'aurais voulu ne jamais lui avoir posé cette question.

« Janie, y a rien d'étrange chez toi. Je sais que tu étais… pas bien. Est-ce que tous les trucs qui te faisaient te sentir pas bien sont arrangés maintenant ? »

Qu'est-ce que je pouvais répondre ? Elle en parlait comme si je m'étais disputée avec Beth après avoir picolé ou qu'un type m'ait laissée tomber. Mais ce n'était pas sa faute, je n'avais pas voulu lui en parler à ce moment-là et je ne voulais toujours pas. Je haussai les épaules. « Oui, enfin, je crois. J'ai des choses à régler.

— Bon, t'as l'air d'aller mieux et je me disais… » Elle posa sa clope et fouilla dans son sac. « Écoute, j'ai pensé à une formation. »

Elle étala la brochure en papier glacé devant nous. Elle avait déjà marqué des pages. « J'ai pensé à la restauration, ou peut-être quelques GCSE pour commencer, par exemple. »

Je levai les yeux du prospectus. Elle avait l'air super contente et n'arrêtait pas de frotter du bout des doigts le papier glacé. « C'est une idée géniale, maman. Tu devrais plutôt faire restauration parce que tu trouverais du boulot à la fin et…

— C'est pas pour moi, Janie. Les cours commencent bientôt, mais j'ai discuté avec l'école et ils ont dit que dans des circonstances exceptionnelles, ils peuvent accepter une inscription tardive. »

Je pris la brochure, pleine d'étudiants chargés de livres, aux cheveux lustrés, aux dents blanches, en pulls Gap. Est-ce que c'étaient des couillons d'étudiants de l'école de Great Yarmouth ? Elle avait corné des pages : GSCE, arts du spectacle, cours fondamentaux, soins aux animaux.

« Soins aux animaux, maman ? Écoute, je…

— Bon, c'est juste une suggestion. Le truc, c'est que l'été est bel et bien fini. Tu vas mieux, tu l'as dit toi-même, et maintenant il est temps de prendre les choses en main. » Elle poussa un peu la brochure qui se colla contre ma poitrine.

« Non. Pas question. Moi aussi j'ai des projets. »

Elle écrasa sa clope, tira la brochure vers elle et la referma d'un coup sec. Elle contempla la table, bras croisés, comme si elle savait depuis le début que je n'irais pas à la fac, mais qu'elle veuille me l'entendre dire. Ça lui donnait le dessus. « Alors, c'est quoi ton projet ? »

Je me mis à rougir devant ma propre mère, mais j'avais failli être mère, ce qui signifiait que je ne pouvais plus me comporter comme une gamine, même si elle me donnait l'impression d'en être une. « Londres peut-être. J'ai mis du fric de côté. Je me suis dit que je pourrais chercher mon père ou trouver un job dans un hôtel. Logée.

— Chercher ton père ? Est-ce que c'est parce qu'on se dispute ? Allons, Janie, tu me connais, c'est juste le caractère Ryan. Tu sais que ta maman t'aime. Tu vaux pas mieux que moi pour ça.

— C'est pas parce qu'on se dispute, maman. C'est cette ville, tu sais comment c'est. Tu avais mon âge quand tu es partie de chez toi.

— Oui, et j'étais une gamine. Je me suis retrouvée dans un bel état. » Elle avait élevé la voix et une des mamies leva la tête avec une grimace peu convaincue de ses fausses dents. De quel droit on lui gâchait son petit pain brioché du lundi ?

« Maman ? » Je tendis la main et la posai sur la manche de son sweat-shirt, glissai les doigts à l'intérieur comme je le faisais quand j'étais petite. « Ça sera pas pareil pour moi.

— C'est exactement ce que je disais. Allez, viens, je veux être rentrée pour *Ready Steady Cook*. » Elle se libéra de ma main et avança de quelques pas, puis s'arrêta et m'offrit son bras. Je le pris et on marcha vers les Caddies.

J'attendis d'avoir tout déballé avec maman pour aller sous la douche. Sa tête était encore à moitié dans la brume du congélateur, mais elle me vit passer avec les serviettes toujours trempées du matin.

« Encore une douche, Janie ? On est pas pleines aux as, tu sais. C'est pas seulement le gaz, l'eau aussi ça coûte bonbon.

— J'ai mes règles. »

J'entrai dans la douche et réglai l'eau sur le plus chaud possible. J'avais l'impression que ma peau allait peler comme un mouchoir en papier mouillé. Je n'avais pas menti à maman, sauf que la femme du Planning familial m'avait dit que c'était du spotting, sans doute à la suite d'une infection, et que j'aurais dû venir plus tôt. Elle était plutôt sympa, comme celle qui avait pris le rendez-vous avec un sourire ni trop joyeux ni trop triste, mais « spotting » était un mot trompeur pour dire qu'on avait tout le temps ses règles.

Mes poignets me piquaient un peu sous l'eau, sans doute parce que j'avais tenu les sacs de légumes et de frites congelés pendant que maman remplissait le congélateur, mais c'était une douleur agréable. Je me lavai deux fois les cheveux, ne rinçai pas tout de suite le shampooing et laissai l'eau tambouriner sur ma poitrine en imaginant le bruit qu'elle faisait sous mes côtes. Je me savonnai les mains et les passai sur toute ma peau, sur tout mon corps transformé, avec un petit ventre et des épaules plus timides. Un rappel constant, comme si j'avais besoin de ça.

Quand je sortis, enveloppée dans mes serviettes, maman était sur le canapé et regardait *Holiday*. Je m'assis devant elle sur la moquette pour allonger les jambes devant le chauffage.

« Regarde ça, mille livres une semaine en Argentine pour apprendre à danser le tango. J'adorerais ça. Elle a un super bronzage.

— Et des super nichons. » Maman ôta la serviette de mes épaules et me frotta les cheveux pour les sécher, les doigts enfoncés dans mon crâne, tirant un peu sur les racines. « Maman, un peu moins fort, tu veux bien ?

— Excuse. »

Quand elle eut terminé et que j'eus l'impression d'avoir les cervicales en bouillie, elle prit la brosse. Je m'adossai contre ses genoux, elle étala mes cheveux sur ses jambes et se mit à brosser les pointes, et chaque coup de brosse accrochait un nœud. Mes jambes me brûlaient un peu, mais je ne bougeais pas.

« Janie, tu sais que ça va me briser le cœur quand tu partiras.

— Maman, je t'ai dit… »

Elle posa la main sur mon épaule pour m'empêcher de me retourner. « Chut, Janie, du calme. Je te le dis juste pour que tu saches que tu vas me manquer. » Ses genoux me poussèrent un peu en avant pendant qu'elle cherchait quelque chose, et un rouleau de papier atterrit devant mes yeux. « C'est pas grand-chose. »

Je l'ouvris : l'adresse de Jennifer Furlong, un billet de vingt et deux de dix. « Écoute, maman, j'ai économisé plein de fric cet été. Quant à trouver papa, c'était juste…

— C'est seulement un cadeau en avance, ce que je mettais de côté pour ton anniversaire. Et c'est peut-être même plus la bonne adresse, mais j'ai pensé que ça pourrait t'aider pour commencer. J'ai pensé qu'y valait mieux te le donner maintenant. Au cas où tu aies pas l'occasion de dire au revoir. Je te l'ai dit, ça va me briser le cœur, mais tu es une bonne fille, Janie. Tu vas faire des étincelles. »

Je froissai le papier et les billets dans mon poing, tandis que le feu continuait à me brûler les jambes. Maman prit mes cheveux à deux mains et les plaça sur mon épaule. Je me mordis les joues, attendis que disparaisse la douleur derrière mes yeux, puis tendis le bras et touchai ses mains maigres, le peu de temps qu'elle me laissa faire, juste une seconde. On resta assises un moment sans rien dire. On regardait le gros cul d'un présentateur dans son caleçon de cycliste en Lycra, qui se baladait à vélo dans le sud de la France, et puis Tiny entra en trombe, hors d'haleine, apportant avec elle l'odeur de la nuit et de la transpiration.

« Maman, j'ai marché dans une crotte de chien et tout le monde s'est moqué de moi ! »

Elle haletait, son nez coulait, elle était toute rouge : prête à exploser. On était toutes les deux contentes de se lever et de s'occuper de l'urgence crotte de chien de Tiny. Maman avec une fourchette qu'elle rangeait pour ça sous l'évier, et moi avec une barre glacée et la promesse de foutre aux chiottes tous ceux qui faisaient pleurer ma petite sœur.

« Du Jack Frost Cider ? »

Beth haussa les épaules.

« C'était en promo, et si ça te plaît pas, c'est toi qui achètes la picole la prochaine fois.

« Et c'est quoi ce pull, à part qu'on est en septembre ? » Je tirai sur la laine rêche de son pull rose. Son soutien-gorge noir apparaissait sous le tissu lâche.

« Le vomi de bébé se voit sur le noir.

— Bon, au moins tu portes encore un sous-tif gothique.

— Et j'ai des nichons énormes, sans doute le seul truc bien quand on a un bébé.

— Merci, mais je préfère la silicone. »

On était assises sur la plage à quelques mètres de l'endroit où Beth avait conçu Jade. C'était soit là, soit sur le parking derrière Asda, mais Beth avait choisi la plage, elle disait que c'était plus romantique.

On se passait la bouteille pendant que du bras gauche Beth berçait le bébé dans la poussette, comme si on lui avait greffé un piston à l'épaule pendant sa grossesse. Son eyeliner était mis de travers et son rouge à lèvres débordait.

« Tu suis des cours de maquillage chez les aveugles, maintenant ?

— Ouais, ils m'ont dit qu'ils t'avaient vue là-bas l'autre jour. Tu cherchais un petit ami. »

Nos rires furent couverts par le bruit des vagues et le grincement des roues de la poussette.

« J'ai toujours su que tu te tirerais, Jamie. Je croyais juste que je viendrais avec toi.

— Je suis désolée pour tout.

— T'en fais pas, si tu t'étais retrouvée enceinte et que t'en étais réduite à porter des pulls roses, je prendrais moi aussi le car en moins de temps qu'il en faut à Michael Simpson pour juter.

— Y a pas que ça. Je sais que je t'ai laissée tomber quand t'avais besoin de moi. »

Un ballon passa au-dessus de nos têtes, toucha le bord de la poussette et Jade se mit à pleurer.

« Pauvres cons, vous faites pas la différence entre un bébé et un but ?

— Ouais, tirez-vous et allez jouer ailleurs, connards ! »

Beth prit Jade dans la poussette et la berça sur son épaule. Jade n'avait que trois mois, mais Beth semblait être mère depuis toujours.

« Écoute, j'essaie de te dire que je suis vraiment désolée et c'est pas parce que je m'en vais que t'es plus ma meilleure amie. »

Elle but une gorgée en tournant le dos à Jade. « Je sais. Je vais venir bientôt, moi aussi. Je trouverai un HLM et je t'hébergerai si tu changes les couches et que tu la gardes pendant que je sors en boîte avec des beaux mecs de Londres, et ensuite on partira en vacances en Grèce, ou peut-être aux Canaries. »

Même si Beth était gothique, elle n'était jamais rancunière. Je me penchai et l'embrassai sur les cheveux. Ils sentaient le vomi de bébé et le cidre, une bonne odeur.

« Putain, t'es pas en train de devenir gouine ?

— Et si je l'étais, je draguerais pas une fille en pull rose et maquillée n'importe comment, même si t'as vraiment des nibards encore plus gros qu'avant. »

Elle changea Jade d'épaule. « Tu veux même pas la prendre ? Jade, pourquoi tata Janie fait la gueule et veut pas te faire un câlin ? »

Je me détournai et collai sur mes lèvres un sourire aussi mal foutu que le rouge à lèvres de Beth. « Non, je risque de la faire tomber sur la tête.

— Et alors ? Ça m'arrive tout le temps. C'est pour ça qu'on boit sur la plage. »

Je pris Jade toute molle et somnolente dans mes bras crispés. Elle me regarda dans les yeux d'un air indifférent, bleu sur bleu. Elle était parfaite et j'eus un instant l'impression que mon ventre se brisait. Mais juste un instant.

« Oui, bon, c'était super, mais reprends-la maintenant. Ça me suffit pour le moment. »

Beth rit et on échangea, bébé contre cidre. Je berçai la bouteille. « Tu as ta môme, j'ai la mienne. Regarde, j'ai ça dans le sang. »

Elle me serra dans ses bras et je crus voir des larmes, mais Beth déclara que c'était juste un grain de sable.

« Je t'ai apporté un cadeau.

— En avance ? »

Elle me lança la boîte. Des Durex : super épaisseur pour une protection maximum.

« Des Durex de ma dure à cuire. Beth, je suis touchée. »

Le vent s'était levé, j'avais des cheveux plein la bouche.

« Rappelle-toi les conseils, super épais c'est les capotes, pas les types avec qui tu baises. »

On se dit au revoir en riant.

La première chose que je fis fut d'acheter les comprimés. Deux livres soixante-quatorze pour douze œufs de rouge-gorge bleu pâle dans leur petit emballage plastique. C'était aussi simple que ça. Puis j'achetai le billet à une femme aux cheveux carrément bleus, de la même couleur que mes comprimés.

Un paquet de Werther's Original était posé sur le comptoir à côté d'elle et elle avait déchiré le papier en une longue spirale marron et crème. Dans le carré de soleil, derrière la vitre, on aurait dit de l'art.

« Aller et retour ? »

Je levai les yeux du paquet et souris. « Non, aller simple. »

Elle haussa les sourcils, mais me tendit le billet en papier jaunâtre avec un Werther's Original qui grinça dans son emballage en plastique.

J'allai attendre Tiny devant la grille de son école. Elle se faisait des petites tresses avec des perles au bout et je l'entendis s'approcher dans un cliquetis avant de la distinguer dans la marée des sweat-shirts rouges.

On avança sur la jetée déserte et on laissa pendre nos jambes au bord tout en buvant du Coca et en mangeant des Smarties. On parla de son projet sur les Vikings, elle me montra son cahier avec l'Ours Paddington. Je glissai trente livres entre les pages, gardai un des billets de dix de maman pour m'acheter son cadeau et lui dis qu'elle devrait emmener maman au cinéma et manger un fish and chips.

« C'est notre secret d'aujourd'hui, d'accord ? Maintenant que tu es vraiment grande, tu peux garder un secret.

— Mais tu vas revenir, pour Noël et tout ça ? »

Je ne répondis pas. Mes doigts coururent sur ses tresses pour les entendre tinter, ce qui la fit glousser et elle déposa un baiser collant sur ma joue.

Cette nuit-là, je me glissai dans la chambre de maman et me lovai dans son dos, les genoux dans le creux des siens. Tiny nous rejoignit le matin, encore toute molle et engourdie de sommeil, et se roula en boule devant maman. On resta comme ça : Tiny, maman et moi. Les femmes Ryan au mauvais caractère, à la bouche pleine de gros mots et au grand cœur meurtri.

Je ne voulais pas d'une autre dispute, de paroles acerbes ni d'insultes à encaisser, alors je laissai un mot. Elle avait elle-même déclaré que je n'aurais peut-être pas l'occasion de dire au revoir. C'était quand même un mot lâche qui disait à maman de ne pas s'inquiéter, de veiller sur Tiny et que je l'aimais. Je mis dans l'enveloppe ma photo de bébé rafistolée au Scotch, mais ce n'était plus pareil. En regardant de près, on voyait qu'elle était déchirée.

Je pris deux comprimés couleur œuf de rouge-gorge et m'installai dans l'atmosphère chimique et le siège rêche du car. Ce fut la première fois que je descendis d'un car sans un goût de vomi dans la bouche, et ça pour la modique somme de deux livres soixante-quatorze.

La Victoria Line m'éjecta à Oxford Circus. Une marée humaine bougeait autour de moi dans la poussière et la chaleur du soir. Je pensais que l'homme maigre et bronzé, aux cheveux blonds et en tee-shirt bleu, vendait quelque chose, jusqu'au moment où je l'entendis crier dans son mégaphone.

« Pécheurs, vous êtes tous des pécheurs, posez vos sacs. Ils sont vides ! Vides comme votre vie. Tournez-vous vers le Seigneur et demandez-Lui d'être sauvés ! »

Je suppose qu'il avait quelque chose à vendre. Les gens levaient les yeux au ciel tandis qu'il faisait les cent pas et choisissait dans la foule ceux qui semblaient plus pécheurs que les autres.

« *Standard* ! Achetez le *Standard* ! »

Je me frayai un chemin et m'arrêtai au carrefour. J'avais sur l'épaule mon sac de classe, avec ses cœurs et ses crânes dessinés au Tipp-Ex, et un rouleau de billets de vingt qui prenait l'humidité dans le bonnet gauche de mon soutien-gorge, juste par précaution.

Je sentis par-dessus mon épaule les oignons frits et l'haleine de quelqu'un, odeur âcre de vieux café, et je forçai le passage. Je ne voulais pas commencer cette nouvelle vie en forçant le passage, mais apparemment il le fallait.

Une fois la cohue dépassée, j'avançai en regardant les vitrines et les gens gris de fatigue. Était-ce pour ça que j'étais venue ? Pour les bus rouges, les taxis noirs et les punks new wave qui crachaient sur le trottoir ? Ça n'avait pas l'air tellement mieux qu'à Great Yarmouth, sauf que j'étais seule, sans maman, Tiny ou Beth.

J'arrivai devant les fontaines tristes d'un immeuble dominant les autres. Personne ne les regardait et une eau trouble en jaillissait. Les comprimés m'avaient desséché la bouche. Je me hissai sur le mur de la fontaine. Il me fallait une pause pour trouver un plan.

« Ça va ? » Il portait une veste en cuir et le tee-shirt d'un groupe. Ses Vans étaient déchirées sur les côtés. Je le regardai, yeux qui louchaient, à la fois marron et vert, frange tombante presque rousse. « C'est quoi ton nom ? »

Il sourit de ses dents pointues et un peu jaunes. Je ne répondis pas, serrai mon sac à dos contre mon ventre et résistai à l'envie de poser la main sur mon sein gauche.

« Écoute, t'as l'air un peu paumée. T'as besoin de quelque chose ? » Toujours souriant, il donna un coup dans le mur avec ses Vans pourries, tout en tripotant les petits sachets qu'il avait sûrement dans les poches de sa veste en cuir.

Le bus 37 passa et je l'imaginai qui serpentait dans les rues vers de grandes maisons blanches avec des gros chats poilus et des pièces claires couleur porridge. Je lui rendis son regard et réfléchis à ce qu'il avait pour moi dans ses poches.

« Je m'appelle Janie Ryan et non, j'ai besoin de rien. Merci quand même. »

Digne fille de ma mère, j'avais un plan. Je sautai du mur et montai dans le 37, juste pour dormir une nuit, faire le point, peut-être pour trouver quelques réponses.

La pluie se mit à tomber dans la lumière pâle d'une fin d'après-midi d'automne. La route se déroulait devant moi, ruban gris et brillant, aux multiples possibilités à chaque tournant.

LE COMMENCEMENT

REMERCIEMENTS

D'abord et avant tout, je remercie ma merveilleuse agente, Juliet Pickering, et mon éditrice géniale, Becky Hardie de Chatto & Windus. Toutes les deux ont défendu le livre dès le début et je leur suis extrêmement reconnaissante d'avoir fait de sa publication un véritable plaisir, des épreuves aux rayonnages.

Merci aussi à : Fiona Murphy, Vicki Watson et le reste de l'équipe de Chatto, Clare Elliot, Judi Bennett, Helen Rosner, Suzie Ostrove et mon superbe filleul Xander.

MIXTE
Papier issu de
sources responsables
FSC® C003309

10/18, une marque d'Univers Poche,
est un éditeur qui s'engage pour
la préservation de son environnement
et qui utilise du papier fabriqué à partir
de bois provenant de forêts gérées
de manière responsable.

Imprimé en France par CPI

N° d'impression : 3018212
Dépôt légal : août 2015
Suite du premier tirage : juin 2016
X06445/02